JILL SMOLINSKI, originaria del Medio Oeste americano, vive en la actualidad en el sur de California con su hijo. Es autora de varias obras de no ficción, y ésta es su segunda novela, best seller en Alemania, donde ha vendido más de 200.000 ejemplares.
www.jillsmolinski.com

«Ingeniosa e irresistible, la novela de Smolinski conseguirá que los lectores animen a June mientras siguen con avidez sus progresos con la lista.»

Booklist

«Smolinski da vida a una heroína creíble, y su mensaje estimulante es capaz de mover a los lectores a imaginar sus propias listas de veinte prioridades... Encantadora.»

Kirkus Reviews

«Lo último en mi lista es una historia de autodescubrimiento, conmovedora y muy bien escrita, que engancha desde la primera página. Smolinski crea personajes entrañables y lleva al lector a alentar a June en sus esfuerzos por completar la lista que ha hecho suya.»

ReaderViews

ZETA

Título original: *The Next Thing on my List*
Traducción: Laura Paredes
1.ª edición: noviembre 2011

© 2007 by Jill Smolinski
© Ediciones B, S. A., 2011
para el sello Zeta Bolsillo
Consell de Cent, 425-427 - 08009 Barcelona (España)
www.edicionesb.com

Printed in Spain
ISBN: 978-84-9872-576-6
Depósito legal: B. 31.071-2011

Impreso por LIBERDÚPLEX, S.L.U.
Ctra. BV 2249 Km 7,4 Polígono Torrentfondo
08791 - Sant Llorenç d'Hortons (Barcelona)

Lo siguiente en mi lista

JILL SMOLINSKI

Para mi hijo, Danny Elder

1

Lo siguiente en mi lista: «Besar a un desconocido.»

—¿Qué te parece ése? —Susan me señaló a un joven tan apuesto que resultaba extraño verlo en un bar del centro de Los Ángeles con camisa y corbata en lugar de posando en ropa interior para la cámara, que era, evidentemente, lo que debería hacer.

—Seamos realistas.

—¿Por qué? Sólo es un beso.

Para ella era fácil decirlo; no era ella quien iba a hacerlo.

Era martes, después del trabajo, y el Brass Monkey estaba hasta los topes. Susan y yo ya llevábamos una hora en el bar estudiando el terreno y tomando margaritas de dos dólares que, lamentablemente, eran demasiado flojos para infundirme valor.

—¿Qué opinas... en los labios? —pregunté.

—Por supuesto, pero la lengua es cosa tuya.

Tras mucho discutir, me decidí por tres hombres sentados a una mesa en el otro lado del bar. De entre treinta y cinco y cuarenta años, y con atuendo de ejecutivo pero informal, parecían inofensivos: ése era su principal atractivo.

«Vamos allá», pensé, y me levanté con valentía de la silla

como si fuera a librar un combate. Mi plan era acercarme a la mesa, contarles mi dilema y esperar que uno de ellos se apiadara de mí y se ofreciera voluntario.

En caso de que no funcionara... Bueno, no quería pensar qué ocurriría en tal caso. Supongo que me marcharía humillada.

Me bebí de un trago el resto de la copa, tomé aliento y me dirigí con rapidez hacia la mesa.

Los tres hombres alzaron la vista hacia mí con evidente curiosidad. Una mujer que se les acercaba sin ser camarera era, sin duda, una imagen interesante. Además, podría decirse que lucía descocada para la ocasión. Llevaba un traje ceñido con una camisola a juego, y me había puesto lápiz de ojos. Los rizos del cabello me llegaban alborotados como siempre hasta los hombros.

—Hola, me llamo June —solté, animada.

Pasado un instante en el que tal vez se plantearan si iba a intentar venderles algo, uno de ellos habló:

—Yo me llamo Frank, y ellos son Ted y Alfonso.

—Mucho gusto —respondí y, acto seguido, me lancé—: He venido porque quería preguntaros si podríais ayudarme. Tengo esta lista de cosas que debo hacer. —Mostré la lista, Documento A, que estaba escrita a mano en una hoja de bloc corriente—. Una de ellas es besar a un desconocido. Así que me preguntaba si...

—¿Quieres besar a uno de nosotros? —preguntó entusiasmado Alfonso.

—¿Qué pasa? —intervino Frank—. ¿Estás haciendo una especie de gincana?

—No exactamente —aseguré.

—¿Y sería un beso en la boca?

—Sí.

—¿Con lengua?

—Opcional.

Tres pares de ojos me repasaron de arriba abajo, pero —y eso fue un tanto a su favor— con disimulo.

—Vaya por Dios —soltó Alfonso aparentemente disgustado—. Los tres estamos casados.

—Yo no lo estoy tanto —añadió Ted—. Quiero decir que si puedo ayudar a esta chica...

—No pasa nada —solté, dispuesta ya a marcharme.

«¿Por qué no se me habrá ocurrido mirar si llevaban alianza?», pensé.

—No, queremos ayudarte. Ninguno de nosotros puede hacerlo, pero aquí hay alguien de la oficina que podría hacerlo. ¡Eh, Marco! —gritó Frank hacia el otro lado del bar; y quién iba a volverse, sino el modelo de ropa interior. Genial—. ¡Esta chica necesita ayuda!

Marco acudió corriendo. Bueno, parecía bastante entusiasmado. Intenté no ruborizarme y, a sabiendas de que probablemente Susan se estaría partiendo de risa, repetí mi historia.

Antes de que pudiera terminar, me quitó el papel de la mano y empezó a leerlo en voz alta.

—Veamos de qué va esta lista —anunció—. Veinte cosas que debo hacer antes de cumplir los veinticinco. —Entonces, se detuvo un momento para mirarme y esbozó una sonrisa burlona—. ¿Veinticinco?

¡Oh, qué agradable!

Puede que para él tuviera treinta y cuatro; pero, según la iluminación, todavía paso por una jovencita.

—Dame eso. —Alargué la mano para recuperar la lista.

Interpuso un hombro para impedírmelo y siguió leyendo:

—Veamos qué pone, ¿vale? Ah, sí, aquí está: «Besar a un desconocido...»

Como tenía miedo de que la lista se rompiera si intentaba arrebatársela de nuevo, me quedé quieta, con los brazos cruzados, furiosa.

—No seas gilipollas, hombre —intentó defenderme Ted.

—«Correr un cinco mil... Salir por la tele...» Oh, espera, ésta es la mejor: «Perder cuarenta y cinco kilos.» Estabas gordita, ¿eh? Bueno, ahora estás muy bien, bonita, así que entiendo que la hayas tachado.

—Mira —salté—, la lista no es mía.

—Sí, claro.

—No lo es. Pero resulta que tengo que hacer lo que pone.

—¿Por qué? —preguntó Alfonso inocentemente.

—Es una larga historia —suspiré—. Por favor, devuélvemela —pedí, alargando la mano.

Era verdad. La lista no era mía.

Era de Marissa Jones.

Aunque no estaba firmada, estoy segura de que era suya. Lo sé porque yo misma la encontré unos días después de haberla matado. Estaba limpiando la sangre de su bolso para devolvérselo a sus padres, y ahí estaba. Doblada y guardada en el billetero.

Devolví todas sus cosas, por supuesto; incluso un par de gafas de sol que encontré cerca de la escena y que creía que podían ser mías.

Pero me quedé la lista. No les dije ni una palabra sobre ella. Al fin y al cabo, ¿no sería desgarrador ver la lista de los sueños que tu hija de veinticuatro años nunca vería hechos realidad?

De veinte cosas, sólo había hecho dos: «Perder cuarenta y cinco kilos» y «Llevar unos zapatos *sexys*». La primera estaba tachada. La segunda, tuve que hacerlo yo por ella, y al verla escrita comprendí por qué calzaba esos zapatos plateados de tacón de aguja al morir.

Naturalmente, todo el mundo insistió en que no había sido culpa mía.

En el funeral, casi se pelearon entre sí para darme ánimos y abrazos, que acepté como parte de mi penitencia. Tenía el cuerpo totalmente magullado. Hasta el contacto más ligero me causaba un terrible dolor.

Y lo peor de todo era que Marissa había estado delgada menos de un mes. Un asqueroso mes. Después de toda una vida con sobrepeso.

Como para restregármelo por las narices, en la iglesia había una fotografía ampliada de Marissa metida en una pernera de unos pantalones de la talla sesenta y estirando con la mano la cintura todo lo posible hacia el otro lado. La sonrisa de su rostro decía claramente: «¡Allá voy, mundo!»

En fin.

En todo el tiempo que el pastor estuvo en el púlpito, apenas oí lo que dijo. En lugar de eso, me dediqué a pensar la mentira que diría a la familia de Marissa sobre sus últimas palabras. Porque iban a querer saberlas. Y no iba a decirles la verdad: que me había dado la receta de una sopa de taco.

Resultó que no debería haberme preocupado. Mi interacción con ellos se limitó a un apretón de manos y a un: «Mi más sentido pésame.» Me salté el velatorio porque me pareció que mi presencia, con la clavícula magullada y el ojo morado, sería más bien de mal gusto. Además, no era que Marissa y yo fuéramos amigas. La había conocido la noche en que murió.

Habíamos ido a la misma reunión del programa de adelgazamiento Weight Watchers. Yo acababa de apuntarme, con la esperanza de perder los cuatro kilos que había ido ganando lentamente desde la última vez que había perdido cuatro kilos. Le habían dado el pin de toda una vida por haber alcanzado su peso ideal (la ironía de las palabras «toda una vida» no me pasaba ahora inadvertida). No suelo llevar a desconocidos en coche, pero la vi dirigirse hacia la parada de autobús tambaleándose con esos «zapatos *sexys*», pensé lo increíble que era que hubiera adelgazado tanto y me dije: «¡Qué diablos! Quizá se me pegue algo de su éxito.»

Así que ahí estábamos, recorriendo Centinela Boulevard y charlando sobre hacer dieta. Le dije algo como:

—No sé si lo conseguiré, porque hacer dieta me da mucho apetito.

—Tengo la receta de una sopa que llena mucho —respondió ella.

—No se me da nada bien la cocina —comenté yo.

—Ésta es facilísima —aseguró ella.

—¿De veras? —me sorprendí yo.

—Llevo la receta encima. Te aseguro que es muy sencilla. Sólo hay que abrir unas cuantas latas —afirmó ella.

—¡Perfecto! ¿Me la enseñas? —exclamé yo.

Y alargó la mano hacia el asiento trasero del coche para tomar el bolso, lo que motivó que llevara el cinturón de seguridad desabrochado en el momento del impacto.

SOPA DE TACO DE MARISSA JONES

- 4 latas de alubias blancas o alubias de Lima
- 1 lata de tomate picante mexicano
- 1 lata de tomate triturado
- 1 lata de maíz
- 1 paquete de aliño para taco
- 1 paquete de aliño ranchero sin grasa

Mezclar los ingredientes en una olla grande. Calentar y servir.

Para 8 personas.

Por lo que recuerdo (me di un buen golpe en la cabeza, así que no lo recuerdo con claridad), se cayó un tocador de un camión que circulaba delante de nosotras y giré el volante para esquivarlo. Lo demás está borroso. Según los testigos, el coche chocó contra el bordillo y dimos varias vueltas de campana.

—Cayó de cabeza —oí que un sanitario decía a otro al meter mi camilla en la ambulancia.

Otra cosa que oí fue: «Ésta no corre prisa; está muerta.»

¿Muerta? Me palpé el cuerpo con las manos. No estaba segura de a cuál de las dos se refería.

No era a mí.

Lo cual significaba que...

Oh, mierda.

Mierda, mierda, mierda.

Después del accidente, intenté volver a mi vida normal, sin éxito. Parecía incapaz de asumir un hecho irrefutable: es muy triste saber que has matado a alguien. Francamente, no entiendo que personas como Scott Peterson, acusado de asesinar a su esposa en alta mar, puedan reponerse y salir a pescar. Yo apenas tenía fuerzas para presentarme en la oficina y hacer un trabajo tan rutinario que podría hacer en coma.

Pasaron las semanas. Los cardenales desaparecieron y, aun así, incapaz de sacudirme de encima esa desesperación que me envolvía como una niebla, llegué a la conclusión de que hay dos tipos de hechos horribles: los que son un revulsivo que hacen que te aferres a la vida y no vuelvas a darla nunca por sentada, y los que hacen que te quedes en la cama y mires mucha telebasura.

El mío se incluía en esta segunda categoría.

Sin nadie lo bastante cerca para presenciar mi descenso en espiral, pude caer en picado. Ni marido ni hijos. Nadie que compartiera el piso conmigo.

Mi novio, Robert, cortó conmigo a finales de agosto, un mes después del accidente. De todos modos, ya estábamos a punto de separarnos. Nos encontrábamos en esa fase en la que ambos sabíamos que todo se había acabado y, aun así, actuábamos como con un coche que no estás preparado para vender, haciéndole pequeñas reparaciones a la espera de que se le estropee algo importante como la transmisión. Al final, nuestra relación quedó para el desguace. Robert apenas podía soportar ver lo mal que yo estaba y, francamente, fue un alivio que se fuera. Apenas me di cuenta de que recogía el cepillo de dientes y el par adicional de zapatos que guardaba bajo mi cama, pendiente como estaba del inicio de la nueva programación de otoño en la televisión.

Ojalá Marissa no hubiera escrito esa lista... o hubiera sido más parecida a las mías: un puñado de tonterías que, sin embargo, me habían tenido ocupada las últimas tres décadas y pico. Recoger la ropa de la tintorería. Ir al gimnasio. Quedar para comer con una amiga. Algunas de las cosas acababan tachadas... otras pasaban de un papel a otro hasta que por fin las hacía o decidía que no eran tan importantes como creía.

Si me moría, ¿qué podría decir mi necrológica? «June Parker, novia intermitente, empleada media y fracasada habitual, murió esperando que pasara algo. Deja por estrenar unas medias, cuya compra fue lo más importante que tachó de su lista de cosas que debía hacer.»

Sólo había leído una vez la lista de Marissa antes de meterla en el cajón del tocador. Ni siquiera estaba segura de por qué la había guardado. Me dije que entristecería a la familia, claro. Pero, aun así, ¿por qué me preocupaba tanto?

Hasta que no estuve bañada en la luz compasiva del televisor, no pude admitir la verdad: pese a lo horrible que era haber matado a alguien, me tranquilizaba no haber muerto. Por alguna razón, me habían dado una segunda oportunidad.

Y desperdiciarla me hacía sentir muy culpable. Los dioses que me habían perdonado la vida debían de estar sentados entre las nubes rascándose la cabeza y diciendo cosas como: «¡Y pensar que bastaría con rescatarla de un montón de chatarra! ¿Qué hará falta para que esta mujer lo entienda? ¿Una plaga? ¿Langostas?»

El problema era que no sabía cómo cambiar. No había sido nunca la clase de persona que se sienta a escribir una lista de cosas que quiere hacer y, luego, las hace. Tenían que pegárseme cosas de Marissa Jones. No tanto lo de perder peso, sino lo de tener idea de qué quería hacer una vez lo había conseguido.

Parecía que haría falta un milagro para sacarme de mi angustia y hacerme tomar un nuevo rumbo. Al final, bastó un hombre que vendía ramos de rosas a diez dólares en el cruce de Pico Boulevard con la calle Once.

Era el veinte de enero, exactamente seis meses después del día en que murió Marissa. Se me había hecho un nudo en el estómago cuando me fijé en la fecha en mi calendario y me percaté de que había pasado medio año.

Parecía que había sido ayer y, a la vez, hacía una eternidad. Lo que había planeado para conmemorar la ocasión era volver a casa al salir del trabajo y... Bueno, no tenía nada previsto. Pero, entonces, me paré en un semáforo junto a un hombre que vendía rosas y se me ocurrió algo al instante. Visitaría su tumba. Me disculparía y, al hacerlo, tal vez me liberaría.

Con las flores en el asiento del copiloto, me detuve ante una garita en la entrada del cementerio para pedir indicaciones. Una mujer me dio un mapa fotocopiado donde había marcado con rotulador el camino hasta la tumba de Marissa. Estacioné el coche y recorrí a pie el resto del trecho hasta donde estaba enterrada. Su lápida, de buen gusto por su sencillez, rezaba: «Marissa Jones, querida hija, hermana y amiga», e incluía las fechas de su nacimiento y de su defunción.

—Lo siento —susurré, y deposité las flores.

Me quedé allí parada un buen rato, esperando una sensación de paz que no llegaba, y entonces alguien detrás de mí dijo:

—¿June?

Me volví y me encontré en esa situación que todo el mundo detesta: no reconocí a mi interlocutor. Aunque estaba de buen ver. Tenía aspecto de surfista curtido. De treinta y pocos años. Alto, pero no demasiado, cabellos rubios, nariz fuerte y una mandíbula acorde. Llevaba unos vaqueros y una camiseta Billabong.

—Ah, hola —solté para hacerle creer que sabía quién era.

—Seguramente no me recuerdas. Soy Troy Jones. El hermano de Marissa.

—Claro que te recuerdo.

Vale, puede que no al instante. Llevaba una ropa más formal en el funeral. Y los cabellos más cortos. Además, sólo había coincidido con él el rato suficiente para estrecharle la mano.

—Me pareció que podías ser tú, pero no estaba seguro. ¿Vienes aquí a menudo? —En cuanto lo dijo, sacudió la cabeza—. Madre mía, ha sonado como la típica frase para ligar. Lo siguiente será preguntarte qué hace una chica como tú en un sitio como éste.

—Si vas a utilizar todos los tópicos, te ahorraré tiempo; soy Escorpio —comenté para evitar la respuesta evidente: «Visitar la tumba de tu hermana, que está muerta por mi culpa.»

—Me alegra saberlo.

—Y en respuesta a tu pregunta: no, no vengo aquí a menudo. Pero hoy hace seis meses...

—Sí —me interrumpió—. Yo también.

Al parecer, decidimos guardar un minuto de silencio, porque nos quedamos allí sin hablar; y, cuando iba a poner una excusa para irme, dijo:

—¿Te apetece caminar un poco?

Ojalá hubiera dejado las flores y salido corriendo cuando tuve ocasión.

—Claro —contesté para no ser maleducada—. Estaría bien.

Tomamos un camino de tierra que serpenteaba por el cementerio y lo seguimos sin prisa.

—Tienes buen aspecto —comentó tras observarme—. La última vez que te vi estabas muy magullada.

—Sí —dije sin comprometerme; y, para mi alivio, a partir de entonces no charlamos sobre nada importante, sólo sobre que últimamente había llovido mucho y que los perros ladraban antes de un terremoto. Se parecía mucho a su hermana, y eso removió lo que había intentado sepultar en mi interior: una vergüenza que me afeaba tanto como cuando tenía el ojo morado.

Temí que, si hablaba demasiado, viera lo que yo había sabido ocultar durante meses a los demás. Que aunque por fuera pareciese estar bien, por dentro seguía dolorida, magullada e inflamada. Finalmente volvimos al punto de partida, a poca distancia de mi coche.

—He aparcado ahí —indiqué.

Me acompañó el resto del camino. Yo ya tenía las llaves en una mano y había alargado la otra hacia la manija de la puerta cuando habló.

—¿Te importa que te pregunte algo?

Mierda. Por qué poco...

—Claro que no.

—Es sólo que... fuiste la última persona que vio a Marissa. —Las alarmas se dispararon en mi cabeza mientras seguía—: Mis padres y yo sabemos los detalles del accidente, pero hay una cosa que no alcanzamos a entender. ¿Por qué no llevaba el cinturón de seguridad abrochado? Siempre se lo ponía. No tiene sentido. Lamento molestarte con ello, pero nos está volviendo locos.

Ahí estaba. Iba a tener que revelar sus últimos instantes. De acuerdo, podía decir que no lo sabía, pero eso parecía más cruel que la verdad.

—Estaba buscando en su bolso una receta para mí.

—¿Una receta?

—Sopa de taco.

—Una receta —repitió mientras se pasaba una mano por la nuca—. Muy propio de mi hermana.

Su expresión de decepción fue tan grande que añadí:

—Parecía deliciosa.

—Estoy seguro de ello.

Oh, ¿por qué no había mentido? ¿Por qué no le había dicho que me había estado contando lo mucho que adoraba a su familia, especialmente a su hermano?

—Siento que no fuera alguna cosa mejor —solté, sin convicción.

—No pasa nada. No sé muy bien qué me esperaba. Es sólo que... —Se metió las manos en los bolsillos y se apoyó en mi coche—. Hay tantas cosas que no sé... que nunca sabré. Eso es lo que no te deja dormir por las noches. No es sólo que los extrañas. Es el pesar de no haberles hecho las preguntas importantes mientras estaban vivos —explicó y, tras dirigir una mirada hacia la tumba de su hermana, prosiguió—: Unas semanas antes de morir, Marissa y yo fuimos a cenar a casa de mis padres. Estábamos fuera, pasando el rato, jugando un uno contra uno. Le pregunté cómo había cambiado su vida después de adelgazar, aparte de que ya podía darme una paliza al baloncesto. Me dijo que quería hacer muchas cosas... Y parecía tan entusiasmada que le pregunté qué clase de cosas. Pero entonces mi madre nos llamó para cenar, una cosa llevó a la otra, y ya no volví a tocar el tema. No había prisa, ¿sabes? Teníamos todo el tiempo del mundo.

Dios mío. Me retorcía por dentro mientras hablaba.

Devolver la lista no habría sido cruel. Estaba mal quedármela, sobre todo cuando ese agradabilísimo hombre que tenía delante había sufrido tanto por culpa de mi egoísmo.

—Bueno... de hecho... —empecé, nada segura de qué decir, pero con la sensación de que tenía que decir algo—. Verás, había algo más. Tenía una lista. —Como no reaccionó de inmediato, lo dejé escapar—. Tu hermana había escrito una lista con las cosas que quería hacer antes de cumplir los veinticinco. La tengo yo.

Movió los ojos para fijarlos en los míos y... brrr, ¿bajó diez grados la temperatura? Porque su mirada fue más gélida de lo que jamás habría imaginado.

—¿Te la quedaste? Había una lista... ¿y te la quedaste? Hombre, dicho así...

—Tenía que hacerlo —aseguré a la defensiva.

—¿Por qué?

Sí, eso: «¿Por qué?» El pánico se empezaba a apoderar de mí cuando, por suerte, se me ocurrió una mentira tan brillante que parecía verdad.

—Porque estoy terminando la lista por ella.

Su cambio de expresión fue como esos rompecabezas cuadrados en los que puedes mover las piezas para formar una imagen. Todavía no había terminado de formarse, y como no sabía cuál sería, seguí hablando:

—Bueno, pensé que, como Marissa no podría hacerlo, debería hacerlo yo. Era yo quien conducía cuando ocurrió el accidente. Me siento responsable.

Y ya está: la frialdad había desaparecido y la había sustituido una expresión que, aunque no podía interpretar del todo bien, me gustaba. Que me elevaba y me transportaba por los aires. Ya no era June Parker, homicida involuntaria rayana en la vagancia. Era la clase de mujer que, si encontraba una lista de sueños pendientes, decidía terminarla ella misma. Me estremecí de la emoción.

—Eso es... asombroso —logró articular, y entonces, para

mi horror, añadió—: ¿Llevas la lista encima ahora? ¿Puedo verla?

—La tengo en casa —me apresuré a responder—. Y me temo que te llevarías una decepción. No hay demasiadas cosas tachadas; como todavía faltan meses para su cumpleaños... —Recordaba que era el 12 de julio porque lo había visto en la lápida. Quedaban menos de seis meses—. De hecho, te agradecería que no le diéramos demasiada importancia al asunto. Ya estoy bastante nerviosa y preferiría no comentarlo de momento, si no te importa.

—Lo comprendo —asintió—. No hay problema.

—Debería irme —comenté, después de echar un ostentoso vistazo a mi reloj de pulsera.

—Claro. —Cuando ya estaba dentro del coche, él se sacó la cartera y rebuscó en su interior. Después, me alargó una tarjeta de visita.

—Llámame si puedo hacer algo para ayudar. Lo que sea —dijo.

Se me ocurrió que había algo que podía hacer.

—Puede que me fuera bien conocer mejor a Marissa. Pero no quisiera molestarte demasiado. ¿Quizá podrías enviarme sus anuarios del colegio o sus álbumes de fotos? Cualquier cosa que pueda orientarme sobre lo que la habría llevado a incluir en la lista las cosas que hay en ella.

Accedió sin vacilar, y yo le di mi tarjeta de visita antes de arrancar. La sangre me circulaba tan violentamente por las venas que temía la evidencia de mi pulso acelerado.

Iba a hacerlo. Iba a terminar la lista de Marissa Jones. Ya que no podía sacar nada en claro de mi vida, lo sacaría de la suya.

Por primera vez en mucho tiempo, desde el accidente e incluso antes, sentí una emoción tan desconocida que tardé todo el trayecto hasta casa en discernir qué era.

Esperanza. Tenía esperanza.

Lo que me llevó a donde estaba: en un bar, descubriendo que no iba a besar a ese imbécil ni loca, por mucho que quisiera tachar algo de una lista.

—Bueno —soltó con una sonrisa que dejó al descubierto unos dientes blanquísimos mientras me devolvía el papel (y debo añadir que una dentadura puede estar demasiado blanqueada)—, ¿qué clase de beso?

—En la boca —le informó su amigo Frank—. La lengua es opcional.

—Da igual —intervine—. Ya me...

Antes de que pudiera terminar, había acercado su boca a la mía y me había metido la lengua entre los labios. No fue terrible. Mis primeros intentos con Grant Smith en la secundaria fueron, sin duda, mucho más chapuceros. Sin embargo, me habían gustado mucho más los besos de Grant. Francamente, éste me había dejado como paralizada de cintura para abajo.

—De nada —dijo sin la menor sinceridad, tras separarse de mí.

¡Oh, por favor! Ojalá me lo hubiera dicho mientras me estaba besando, porque así le habría podido vomitar en la boca.

—Por desgracia —repliqué fingiendo pesar—, la lista especifica que el beso tengo que darlo yo. Ya me entiendes, ser quien besa, no la besada. Me temo que éste no vale. Pero tranquilo. —Guiñé un ojo a sus compañeros de mesa antes de volverme para marcharme—. Agradezco la intención.

Cuando ya me iba, por poco tropiezo con un ayudante de camarero. Hum... Debía de tener unos diecisiete años y era, oportunamente, de mi misma estatura más o menos.

—¿Te importa? —le pregunté. Lo sujeté por el cuello de la camisa para acercarlo más a mí, me detuve unos segundos para que pudiera salir por piernas si quería, y lo besé en los labios. Sin lengua, pero con mucha calidez y humedad. Y, sí, ése era el gusto del que hablaba antes.

Entonces, con las carcajadas de fondo de los muchachos de la mesa, que se lo estaban pasando en grande con todo esto, me dirigí hacia Susan.

—Salgamos de aquí —le pedí.

Al fin y al cabo, tenía que tachar muchas más cosas de la lista. Y, como solía decir mi abuela: «No dejes para mañana lo que puedas hacer hoy.»

2

20 cosas que debo hacer antes de cumplir los 25

1. ~~Perder 45 kilos~~
2. ~~Besar a un desconocido~~
3. Cambiarle la vida a alguien
4. ~~Llevar unos zapatos *sexys*~~
5. Correr un 5.000
6. Atreverme a ir sin sujetador
7. Hacer que Buddy Fitch pague
8. Ser la chica más explosiva del Oasis
9. Salir en la tele
10. Ir en helicóptero
11. Proponer una idea en el trabajo
12. Intentar hacer *bodyboard*
13. Comer helado en público
14. Tener una cita a ciegas
15. Llevar a mamá y a la abuela a ver a Wayne Newton
16. Darme un masaje
17. Tirar la báscula del cuarto de baño
18. Contemplar un amanecer
19. Demostrar a mi hermano lo agradecida que le estoy
20. Hacer un gran donativo a una obra de caridad

—Lanzarme en paracaídas está en el primer lugar de mi lista —comentó Susan antes de dar un mordisco al cucurucho.

—¿Tú también tienes una lista?

—Nada por escrito. Pero sí, hay cosas que quiero hacer antes de morirme.

—Pues a mí no se me ocurre nada peor que lanzarse en paracaídas. Surcas el aire sin ningún control sobre lo rápido que caes ni sobre dónde puedes aterrizar. No entiendo cómo la gente lo encuentra divertido.

Estábamos sentadas en la terraza de un café durante una pausa del trabajo, sorbiendo un cucurucho con dos bolas de helado. Las oficinas del Rideshare de Los Ángeles, donde Susan es directora de Atención al Cliente con veinte personas a su cargo y yo soy redactora y me incluyo más en la categoría de abeja obrera, están situadas en una de las zonas comerciales más antiguas del centro. Unos edificios recargados bordean las estrechas calles, lo que les confiere un aspecto excepcionalmente antiguo para Los Ángeles. Esa tarde, con el sol abrasándonos los hombros, veíamos llover a cántaros al otro lado de la calle, donde se rodaba un anuncio de Visa. Unas máquinas inmensas rociaban de agua falsos taxis neoyorquinos. A un lado, había turistas con camisetas de tirantes y pantalones cortos preparados con papel y bolígrafo para obtener un autógrafo si el joven que sonreía a la cámara era un famoso.

Pese a lo contenta que estaba por el éxito de haber besado al ayudante de camarero, sabía que faltaba mucho por hacer.

Teníamos la lista en la mesa, entre ambas, para que Susan pudiera ayudarme a establecer las reglas (lo que había que hacer y lo que no, por así decirlo) para terminarla. Por ejemplo, decidimos que no tenía que hacer las cosas por orden. Y que tenía que seguir «el espíritu de la ley», como dijo Susan cuando solté que para la número 8 («Ser la chica más explosiva del Oasis»), podría limitarme a entrar en el bar y hacer explotar algo.

—¿Qué plan tienes para terminarlo todo a tiempo? —preguntó Susan mientras se limpiaba con una servilleta de papel unas gotas de helado que le habían caído en la blusa. Estaba espléndida, como siempre, con un traje pantalón de seda. Iba sin maquillar, salvo por el lápiz de labios rojo, y llevaba el pelo recogido en un moño natural. Era la clase de aspecto que hacía que observara la blusa y la falda floreadas que yo había comprado en una tienda de todo a quince dólares con algo menos de benevolencia que cuando las pasaba por caja.

—¿Plan? —fruncí el ceño—. Pensaba ir improvisando sobre la marcha.

—No sé, June. Creo que algunas de estas cosas te llevarán tiempo. Como ésta: «Cambiarle la vida a alguien». No es la clase de cosa que puedas hacer a la hora del almuerzo.

—Oh, no te preocupes; ésa ya la he hecho. De hecho, ¿tienes un bolígrafo? La tacharé. —Parecía tan deprimida que Susan me miró perpleja hasta que lo amplié—. Marissa estaba viva. Ahora está muerta. Es un gran cambio, ¿no crees?

—Oh. ¿Cuánto tiempo vas a castigarte con eso?

—El tiempo que tarde en terminar la lista.

—Razón de más para que te la tomes en serio.

—Espero terminarla.

No necesitaba decir nada más. Susan es mi mejor amiga desde que nos conocimos en la Universidad de California, Santa Bárbara; el tiempo suficiente para saber que no me será fácil. Lo ha visto todo. Las vacaciones que planeé, pero que ni siquiera llegué a reservar. El máster en *marketing* que creía que impulsaría mi carrera profesional y que dejé a medias. O el poncho que hace poco intenté tejer a ganchillo y tardé tanto en terminar que la prenda ya había pasado de moda.

—Ya sabes que haré todo lo posible por ayudarte.

—Gracias. —Eché un vistazo a mi reloj—. Será mejor que vuelva a la oficina. Lizbeth ha convocado una de sus famosas reuniones por la tarde para asegurarse de que ninguno de nosotros trata de escabullirse pronto. Pero, mira, por lo menos hoy he hecho una de las cosas —anuncié, mientras alzaba el cucurucho como si hiciera un brindis—. Número trece: «Comer helado en público».

—La verdad, no lo entiendo. ¿Qué tiene lo de comer helado?

—Los gordos no pueden comer en público.

—¿Qué dices? —soltó con algo de esnobismo a mi entender—. Yo los veo constantemente comiendo.

—Exacto.

—No te sigo.

—Es difícil disfrutar de la comida cuando notas que todo el mundo te observa y piensa: «No es extraño que esté como una foca. Mira cómo come.»

—¡Yo no pienso eso!

—Ya. —Aunque yo nunca he tenido un sobrepeso como el de Marissa, sé cómo la gordura puede afectar a las cosas. Me he pasado la vida ganando y perdiendo los mismos cuatro o cinco kilos. Tengo uno de esos cuerpos que van en esa dirección: todo curvas, pecho y pandero. Ahora, como estoy demasiado abatida para comer desde el accidente, peso menos que nunca en mucho tiempo (por cierto, no recomiendo esta dieta). Como es lógico, sé que no tengo exceso de peso, pero temo que, si doy un paso en falso (un taco o un burrito de más), podría volver a estar gruesa en menos que canta un gallo.

Susan señaló mi cucurucho con la barbilla. Me había abierto paso por el helado y estaba atacando la galleta.

—¿Lo estás disfrutando?

—Para ser franca, el helado no me entusiasma.

—¿Cómo es posible que a alguien no le guste el helado?

—Demasiado compromiso.

—Eso no tiene sentido.

—Piénsalo. Cuando te compras un helado, te lo tienes que terminar ahí, en ese momento. O te lo comes o te quedas sin él. Mira éste. Ya gotea. No puedes guardarlo para terminártelo después como con una galleta, por ejemplo.

—¡Qué dices! ¿Te has guardado alguna vez una galleta para terminártela después?

—Eso da igual. Podría, si quisiera.

—Me parece que, si vas a hacerlo bien, tienes que disfrutar el helado. Sin sentimiento de culpa. Sin preocupaciones. Déjate llevar. —Cuando la miré con escepticismo, sentenció—: Es lo que habría hecho Marissa.

Maldita sea. Tenía razón, claro. Así que cerré los ojos y pasé la lengua por el helado. Dejé que su fría dulzura me invadiera. Lo saboreé. Lo sentí. Debo decir que, cuando por fin me dejé ir, fue increíble. Suave y cremoso. Lo lamí con entusiasmo hasta el fondo del cucurucho, suspiré y solté un hum de puro placer.

Y abrí los ojos.

Peter, del departamento de contabilidad, estaba ante nuestra mesa, jadeando con una sonrisa enorme en la cara.

—Oye, me han dicho que hay dónuts en la sala de descanso. ¿Hay alguna posibilidad de que me avises si decides comerte alguno? Me gustaría verlo. —Dirigió una mirada ansiosa a Susan y, de nuevo, a mí—. Mejor aún, quizá podríais comeros uno a medias.

—Hola —saludé mientras me sentaba ante una reluciente mesa de reuniones que podría acoger a una familia de doce miembros en la cena del Día de Acción de Gracias. Era casi tan grande como mi puesto de trabajo. Dejé en ella la Coca-Cola *light* y observé con alegría cómo se formaba un círculo de líquido a su alrededor.

La oficina de Lizbeth Austin Adams me recordaba el salón de una casa más que un despacho. Le había puesto plantas y lámparas, y le había dado otros toques hogareños. Cada vez que añadía algo era como si me clavara un puñal en el corazón, porque eso significaba que estaba echando raíces.

—Su majestad vendrá enseguida —me informó Brie, la ayudante de Lizbeth, sin apenas levantar los ojos de la revista *Us*—. Caramba, no puedo creer que Beyoncé actúe como si hubiera descubierto el atractivo de tener un buen trasero. —Se cruzó de piernas dejando al descubierto la línea del control superior de las medias en un muslo enorme—. Yo ya tenía un buen trasero cuando ella todavía iba en pañales.

—Espera un momento; no eres mucho mayor que ella —repliqué—. ¿No irías tú también en pañales entonces?

—Sí, pero ya tenía un buen trasero.

Eran las tres en punto, y el departamento de *marketing* estaba reunido. Al mirar a mis compañeros, casi compadecí a Lizbeth. Después de que se incorporara como directora de *marketing* al Rideshare de Los Ángeles hacía dos años, unos inesperados recortes presupuestarios conllevaron una oleada de despidos. El imperio al que se había trasladado desde Tejas había quedado reducido a nosotros cuatro. Como desconocidos que comparten un bote salvavidas, parecíamos tener una única cosa en común: el instinto de supervivencia. Además de Brie y de mí, estaban Greg, el diseñador, y Dominic Martucci, conocido como Martucci, cuyo trabajo consistía en conducir la «Caravana del Rideshare». Martucci sonreía con los labios apretados y tenía la costumbre de acariciarse la trencita que le crecía de la nuca como un renacuajo peludo. A veces, me estremecía pensar que toqueteaba mis folletos con esas manos.

—Buenas tardes —dijo Lizbeth cuando entró. Martucci y Greg se enderezaron. Lizbeth provocaba este efecto en los hombres. No me habría extrañado que corearan como niños en el colegio: «Buenas tardes, señorita Austin Adams.»

Lanzó una carpeta delante de mí y me soltó:

—Buen trabajo con este folleto. Te he puesto algunos comentarios. —Hojeé el borrador que le había pasado para su revisión. Había tanta tinta roja que creí que quizá se habría abierto una vena sobre él. Qué más quisiera yo—. En conjunto, preferiría que lo hicieras menos a lo Jane Fonda —indicó, con una sonrisa condescendiente.

—¿A lo Jane Fonda...?

—Ya me entiendes —aclaró arrugando la nariz, y susurró como si soltara un taco—: estridente.

—Sólo dice que los coches contaminan.

—Exacto.

—Pero, ¿no es eso lo que...?

—Muy bien, chicos, hoy tenemos bastantes asuntos que tratar —me interrumpió, ignorándome como siempre y dirigiéndose al grupo—. Empecemos.

Me guardé el folleto. Haría los cambios que quería, ¿para qué discutir?

Como en todas las reuniones del departamento, Lizbeth dio la vuelta a la mesa para que cada uno de nosotros informara sobre la situación de los proyectos en los que estábamos trabajando. Cuando me tocó a mí, mencioné un folleto sobre carriles para coches compartidos que estaba redactando y un comunicado de prensa para anunciar un nuevo abono de autobús. Me aburrí hasta a mí misma al hablar de ello.

Cuando la gente se entera de que trabajo como redactora, aclaro enseguida que no soy una auténtica redactora. Veo cómo se les iluminan los ojos al pensar: «¡Oh, una redactora!», así que procuro cortarlo antes de que vaya a más. Aunque no pueda decirse que me avergüence, hay que reconocerlo: mi empleo carece de *glamour* hasta un punto casi imposible de entender. Viajar en coche compartido no es lo que se dice *sexy*.

Por eso me desconcierta que alguien como Lizbeth Austin Adams terminara trabajando aquí. Bueno, salvo por el hecho de que Lou Bigwood, el presidente de nuestra agencia, la «descubriera» en una conferencia que ella había organizado; una historia que se propagó por la oficina con la misma veneración que la que contaba que a Lana Turner la habían descubierto en Schwab's. Ése era el fuerte de Lizbeth: la planificación de eventos. La primera vez que nuestro departamento se reunió hacía dos años, alardeó de haber organizado la fiesta de presentación en sociedad de las gemelas Bush, a lo que Brie se había dado una palmada en el muslo y había exclamado: «¡Como si no las conociera ya todo el mundo!». Bigwood, según parece impresionado por la trayectoria profesional de Lizbeth, o impresionado por algo en cualquier caso, le había ofrecido un puesto en el acto.

No cualquier puesto.

Mi puesto.

De acuerdo, no era técnicamente mío. Pero mi anterior supervisor me había preparado para el cargo. Habría dirigido un grupo de doce personas, estado al frente de las publicaciones y las campañas publicitarias, además de organizar los actos promocionales: grandes fiestas donde ofrecemos perritos calientes a la gente y, una vez tienen la boca llena, les hablamos sobre lo divertido que puede ser el transporte compartido.

En cambio, me vi obligada a sonreír y a aplaudir cuando Lou Bigwood había llevado a Lizbeth a una reunión del personal y la había presentado como la nueva directora de *marketing*.

Supongo que no debería haberme sorprendido tanto. Era famoso por encontrar a mujeres despampanantes y, ante la infinita frustración del director de personal, ofrecerles sueldos altos y los mejores empleos de la agencia sin consultárselo a nadie. En ese sentido, era muy heterodoxo. Lizbeth, rubia y cercana a la cuarentena, tenía el atractivo convencional del estilo de una mujer del tiempo de la televisión. Esto, en sí, era una sorpresa. Los gustos de Bigwood solían decantarse más bien hacia las bellezas exóticas, morenas como mi amiga Susan. De hecho, la propia Susan le había interesado durante un tiempo, para mi pavor.

—¿Quieres decir que eres uno de los Ángeles de Charlie? —recuerdo haber exclamado después de que Susan hubiera mencionado, sin darle importancia, que Bigwood la había contratado tras haberla conocido en una conferencia (¿dónde, si no?). Creo que entonces yo sólo llevaba trabajando unas semanas en el Rideshare de Los Ángeles, gracias a que Susan me había recomendado para el puesto de redactora de textos publicitarios.

—Por lo menos, soy el Ángel listo —había respondido.

—¡Pero eso es horrible! ¡Te contrató por tu aspecto físico! Se había encogido de hombros.

—¿No te importa?

—No especialmente. —Debí de adoptar una expresión vanidosa y crítica, porque añadió—: Mira, ya sé que Bigwood es gilipollas, pero lo mismo puede decirse de cualquier director de empresa. Yo cumplo. La gente me respeta. ¿Qué más me da por qué me contratara? Además, eso es pagarles con la misma moneda; ¿tienes idea de cuántos hombres consiguen un cargo antes que una mujer sólo porque tienen pene?

Tenía razón.

Y ahora, al ver cómo Lizbeth se cargaba los diseños de una página web de Greg con su estilo frío pero imposible de replicar, me percaté con un suspiro de que tenía una jefa con un par de pelotas.

—Hoy hablé con tres periodistas —anunció enérgicamente cuando le tocó a ella—. Mucho interés, pero nada concreto.

Se refería al proyecto Amigos del Rideshare. Era algo que me daba tanta vergüenza como recordar la errata que se me coló en un boletín de 2002. (Sin querer, había puesto «transporte púbico», en lugar de «transporte público».)

Amigos del Rideshare era una idea que había lanzado como parte de mi fallido ascenso. Sugerí que pidiéramos a los locutores locales que mencionaran los viajes en coche compartido cuando emitían la información del tráfico. Podían decir cosas como: «El efecto mirón está provocando retenciones en la 405. ¿No desearían haber compartido el trayecto?» A mi antiguo jefe le maravilló la sencillez y genialidad del plan. Salvo que cuando Lizbeth llegó, se atribuyó el proyecto y empezó a perseguir a personajes famosos. Oí que se había pasado meses llamando a la gente del entorno de Brad Pitt para intentar que hiciera de portavoz. Ni siquiera logró acceder al entorno de su entorno. El proyecto se hundía, y Lizbeth se aseguró de que todo el mundo supiera que había sido idea mía.

—Estoy haciendo lo imposible para sacarlo adelante, pero la cosa no da para más —oí que se quejaba a otro director de departamento.

Y ahora nos decía que había renunciado a conseguir estrellas de cine y músicos, que había tenido una idea. ¡Y qué original! Consistía en dirigirse a locutores especializados en la información del tráfico. Aunque (y aquí soltó un suspiro afligido) no estaba segura de que fuera posible salvar el proyecto.

—Sin ánimo de ofender —añadió.

Faltaba más. Puta.

Terminamos la reunión y nos disponíamos a irnos, cuando Martucci sugirió:

—Quizá June podría hablar con Troy Jones.

Esto... Hum... ¿Qué? ¿Por qué mencionaba a Troy Jones? Lizbeth se hizo la misma pregunta.

—¿Qué pasa con Troy Jones?

—¿No lo sabías? June atropelló a su hermana el pasado mes de julio.

—¡No la atropellé! —protesté.

—Bueno, vale —concedió Martucci mientras cerraba de golpe una carpeta—. No la atropelló. Pero la chica que iba en su coche era la hermana de Troy Jones. ¿No, Parker?

—¿Es eso cierto? —preguntó Lizbeth, que me miraba con

interés—. ¿Ella fue quien tuvo el accidente contigo? ¿Por qué no dijiste nada?

Un escalofrío de pavor me recorrió la espalda.

Era evidente que todo el mundo sabía quién era Troy Jones, aparte del hermano de Marissa. Ojalá yo también, pero no iba a preguntarlo.

Por suerte, Greg me salvó.

—¿Quién es Troy Jones? —dijo.

—Un locutor de tráfico —respondió LIZBETH—. Empezó hace poco en un programa matutino de la K-JAM. Muy prometedor; le dan mucho tiempo en antena.

Así que Troy informaba del tráfico por la radio. Supuse que debería haberlo sabido, pero dejé de interesarme por el sector cuando me negaron el ascenso. No tenía sentido estar en el ajo si no iban a pagarme por ello.

—¿Hablarás pronto con Troy? —quiso saber Lizbeth, inclinada hacia mí.

—¿Para qué?

—Oh, lo habitual. Conmemoraciones. Lanzamiento de cenizas. Esa clase de cosas. Me encantaría que trabajara con nosotros. Y como ahora te tenemos como contacto personal...

Abrí la boca, con la mandíbula desencajada. ¿Hablaba en serio?

—Lo conocí en un funeral.

—A mí me suena a oportunidad —intervino Martucci, pelota como siempre—. ¿Cómo era aquello? —Chasqueó los dedos al acordarse—. Ah, sí. Cuando Dios cierra una puerta, abre una ventana.

Fruncí el ceño. ¿Cómo se atrevía a citar *Sonrisas y lágrimas* en mi contra?

—Es verdad, nunca se sabe —aseguró Lizbeth, que alargó las manos hacia mí. Suerte que estaba sentada demasiado lejos, porque sospecho que podría haber intentado sujetarme las mías—. Por muy triste que sea la muerte de su hermana, a veces esta clase de tragedias crea vínculos entre las personas.

—Sí, tampoco es que atropellaras a su hermana a propósito —dijo Martucci, casi con ternura.

—¡Ooooh! ¿Sabes a quién tendrías que haber atropellado? —intervino Brie—. A Rick Hernandez, de Channel 5. Ese hombre está muy bien. No me importaría nada compartir el coche con él un ratito, ya me entiendes.

—Yo... no... atropellé... a... nadie —siseé.

—No hace falta que te pongas así, Parker —indicó Martucci, recostándose en la silla con los brazos cruzados—. Sólo estamos haciendo *brainstorming*.

—Quizá deberíamos dejarlo correr —sugirió Greg, lo cual fue una suerte porque Martucci se merecía una réplica rápida y, mientras yo me esforzaba inútilmente por encontrar una, alguien tenía que defenderme—. Este tipo no es el único locutor de tráfico que hay en el mundo. Tengo la impresión de que June preferiría olvidarse del accidente.

Dirigí una tímida sonrisa de agradecimiento a Greg. Había logrado hacer callar a Martucci; pero, por desgracia, Lizbeth no iba a renunciar tan fácilmente. Se volvió hacia mí.

—Deberías pensártelo —me aconsejó con voz enérgica, de nuevo muy profesional—. Incorporar a Troy Jones supondría más fondos para el departamento. Te apuntarías un tanto.

Una mujer mejor que yo se habría puesto de pie de un salto y gritado: «¿Cómo te atreves a pedirme que explote una situación tan horrible como ésta?» Por pura diversión, me imaginé que la abofeteaba. Que le daba un pisotón. Que le retorcía el brazo. Que la obligaba a comerse un pimiento picante.

Pero lo cierto era que me gustaba ser el centro de atención. De repente, era el bicho raro del colegio que tenía una entrada de más para el mejor concierto del año.

Era extraño, pero me hacía sentir bien.

No es que pensara hacerlo. El infierno se convertiría en una pista de hielo antes de que utilizara cualquier relación que pudiera tener con el hermano de Marissa para mejorar mi currículum. O, siendo más realista, el de Lizbeth. La mera idea era atroz.

Aun así, fui incapaz de negarme. En lugar de ello, hice lo que tan bien hago.

Di largas al asunto.

Y, en ese sentido, no tenían ni idea de con quién estaban tratando.

—Si crees que irá bien —comenté, a la vez que recogía mis notas—, veré qué puedo hacer.

3

Unos días después, llegué a casa muy animada. Al salir del trabajo, había ido a casa de Susan a cuidar de los gemelos. Su marido, Chase, estaba fuera de la ciudad, la canguro no podía quedarse y Susan tenía que trabajar hasta tarde en una propuesta. Le dije que me encantaría hacerlo. No hay nada que levante más el ánimo que pasar unas cuantas horas con dos chicos que creen que eres la bomba, aunque tengan cinco años.

Eran casi las diez y me moría de ganas de meterme en la cama. Los críos eran encantadores, pero estaba agotada.

Santa Mónica, donde vivo, es una bulliciosa ciudad costera; liberal cuando se trata de ayudar a los indigentes, pero que recibe a los *yuppies* con los brazos abiertos. Tal vez más famosa por ser el lugar donde se celebró el juicio a O. J. Simpson y donde Jack, Janet y Chrissy compartían sus vivencias en *Apartamento para tres*. El edificio en el que vivo está a unos tres kilómetros de la playa, cerca del límite occidental de Los Ángeles. Tiene doce pisos, repartidos en dos plantas y dispuestos en forma de U alrededor de una piscina que apenas nadie usa. Yo ocupo un piso de dos habitaciones en la planta de arriba. Hace doce años que vivo en él; Susan y yo lo compartíamos antes de que se casara con Chase. Quizás acabe mis días aquí, porque, gracias al control del alquiler, sólo pago quinientos cincuenta dólares por un piso que vale varios millares. El propietario, que espera ansiosamente que me marche para poder subir el importe, se niega a hacer cualquier obra que pueda catalogar, aunque sea remotamente, de estética. Hace unos años, discutimos largo y tendido sobre si era o no «necesario» que me arreglara el techo, que se estaba hundiendo. Así que la moqueta está raída, y las encimeras han vivido mejores días; pero es espacioso y luminoso.

Dejé las llaves en la encimera y pulsé la tecla Play del contestador automático antes de dirigirme hacia la nevera para ver si me quedaban sobras de algo.

Tenía dos mensajes, ambos de mi madre.

—Junie, soy mamá. Llámame cuando puedas.

La llamaría a primera hora de la mañana. Hacía tiempo que no había hablado con mis padres. Ellos viven en el Valle de San Fernando, en la misma casa donde crecí. Suelo hablar con mi madre más o menos una vez a la semana, y con mi padre, los cinco segundos que tarda en decir: «Ahora se pone mamá», si contesta él.

En el segundo mensaje, que no sé cuándo lo dejó porque jamás me molesté en poner en hora el reloj del teléfono, de modo que la voz digital anuncia siempre horas de lo más arbitrarias, sonaba extraña. Como si le faltara el aliento y estuviera desconcertada.

—Hola, cielo. Esperaba que estuvieras en casa. Bueno, no es la clase de cosa que me guste dejar en un mensaje. Quería... Vaya por Dios. Bueno, llámame. —Se le fue la voz—. En cuanto puedas.

El corazón me latió con fuerza. «Dios mío, ¿ahora qué?»

Tenía que ser algo horrible. ¿Qué podía ser tan malo que no lo dejara grabado en un mensaje? Alguien había muerto. Mi padre... O mi hermano...

Marqué con manos temblorosas, y tuve la impresión de que el teléfono sonaba una eternidad. «Contesta... Contesta... Contesta...»

—¿Diga? —Era mi madre.

—Recibí tu mensaje. ¿Qué pasa?

—Dios mío —exclamó al notar la urgencia de mi tono—, no quería alarmarte. Todo va bien. Llamé para preguntarte si sabías a quién habían expulsado de la isla esta noche. Tu padre tenía la cena con el equipo de bolos y creí que había programado el vídeo, pero debí de hacerlo mal. Se lo habría preguntado a Pat Shepic, pero...

—¡Creí que papá estaba muerto!

—Lo siento —se excusó, avergonzada.

—O que había tenido un infarto.

—No. —Alzó la voz, al parecer para que la oyera mi padre—. Aunque podría tener un infarto, si sigue comiendo esas patatas fritas.

—¡Es el primer puñado! —le oí protestar de fondo.

—¿Y bien? —dijo mi madre.

—Han expulsado al alemán —la informé a regañadientes, todavía con las manos temblorosas—. El de los dientes separados.

—Oh, perfecto. No me caía bien. Parecía un farsante.

Tras ponernos un poco al día sobre quién se tiraba a quién en la isla, charlamos sobre la lista de Marissa, que finalmente le había mencionado después de haberme encontrado con Troy Jones en el cementerio. A mamá la había decepcionado que no incluyera nadar con delfines; pero, por lo demás, estaba encantada con el proyecto. Creía que me iría bien para volver a salir con hombres después de mi ruptura con Robert, y se negaba a creer que la lista no dijera nada de encontrar novio.

—Está lo de tener una cita a ciegas —comentó.

—Pero eso es más por la emoción de conocer a alguien que

por el tormento de tener que recogerle los calcetines del suelo el resto de tu vida —repliqué yo.

—Igualmente, acabas recogiéndoles la ropa interior sucia —dijo ella entonces, y resultaba muy difícil rebatirlo.

Sonó el timbre del microondas y le dije que tenía que dejarla. La cena estaba a punto. Había preparado un «surtido internacional» que consistía en sobras de espaguetis (Italia), un taco de pescado de Rubio's (México), dos rollitos de sushi (Japón) y una loncha de queso Kraft sin grasa (Francia).

—Perdona que te asustara —repitió mi madre antes de colgar.

—No te preocupes. Supongo que últimamente pienso mucho en la muerte.

—Eso no es nada —rio—. Espera a tener mi edad.

Me incliné por encima del hombro de Susan para ver la pantalla que tenía delante, asombrada.

—Es un poco como ir de compras.

—¿Qué te parece éste? —preguntó, tras desplazar hacia arriba una hilera de fotos de hombres—. «Amante apasionado busca mujer libre y salvaje».

—¡Uf! Podría decir directamente: «Salido busca calentorra para ahorrarse prostituta.»

—¡Oh, vamos! —se burló con esa superioridad que sólo pueden mostrar las personas felizmente casadas—. ¿Dónde está tu espíritu de aventura?

—En casa, con las zapatillas puestas, viendo la tele.

—Necesitas vivir.

—¿No es eso lo que intentamos hacer ahora?

La oficina estaba casi vacía. Susan y yo nos habíamos quedado después del trabajo para buscarme un hombre en Internet sin que nadie lo supiera. Lo siguiente que iba a tachar de la lista podría ser el punto número catorce: «Tener una cita a ciegas». Mi madre me había estado insinuando que tal vez podría buscarme a alguien. Me había comentado que los hijos de algunas de sus amigas se estaban divorciando y estaban a punto de caramelo... y quién sabía durante cuánto tiempo lo estarían. Supongo que, en situaciones así, la mejor defensa es un buen ataque.

No podíamos hacerlo en mi mesa. La pantalla del ordenador está puesta de forma que cualquiera que pase por ahí ve exactamente qué hay en ella y, además, los programas informáticos de la empresa limitan de todas las formas posibles el acceso a Internet a las personas de mi nivel. Al parecer, sólo los altos ejecutivos pueden tener citas en línea y ver porno todo el día sin problema.

—Éste tiene buena pinta. —Señalé la foto de un tipo que... Bueno, lo describiría, pero tenía la clase de cara que se te olvida. Su frase de presentación era: «Chico corriente y simpático.»

—¿Para qué quieres a un chico corriente y simpático?

—¿Qué tiene de malo un chico corriente y simpático? —pregunté con el ceño fruncido.

—Nada.

—¿Entonces?

—Pero ¿recuerdas que me pediste que fuera sincera sobre todo este asunto?

—Sí —acepté, indecisa.

—Si te soy sincera, estás siendo cobarde.

—Fantástico.

—¡En serio! La idea es arriesgarse, salir al mundo. Lo siento, pero creo que eres divertida, lista y muy bonita. Un chico como éste es indigno de ti. Te mereces algo mejor.

Cuesta discutir con alguien que te halaga mientras te recrimina. Puede que ésta sea la razón de que los empleados de Susan la quieran tanto. Es así de hábil.

—¿Te me estás insinuando? —bromeé, con la esperanza de cambiar de tema.

—Hablo en serio. ¿Recuerdas las fotos que hicimos el mes pasado en la fiesta de cumpleaños de C. J. y de Joey? Las mandé por correo electrónico a varias personas, y Kevin, un amigo de Chase, mandó un mensaje para preguntar quién era la belleza de la blusa roja.

—¿De veras? —Hasta yo tengo que admitir que estoy muy *sexy* con esa blusa—. Bueno, ¿por qué no nos olvidamos de esto y me preparas una cita con este tal Kevin?

—En primer lugar, está en Zimbabwe. Y, en segundo lugar, es indigno de ti.

Suspiré. Con tanto hombre indigno de mí, cabría esperar que tuviera una vida amorosa más excitante.

—Sólo te digo que tienes la oportunidad de correr un riesgo —prosiguió Susan—. Apunta alto. Inténtalo con alguien que parezca fuera de tu alcance. ¿No se trata de eso? Por ejemplo... —Desplazó la página hacia arriba hasta encontrar a un hombre que se parecía a Fabio Lanzoni—. Éste. «Entrenador personal busca señora divertida y en forma.»

—Yo no soy lo que busca. No soy ninguna señora.

—¿Qué más da lo que busca?

—No lo sé. Es demasiado apuesto. Además, aquí pone que su libro favorito es *Prefiero el cine*.

Susan siguió buscando y se detuvo en lo que parecía un anuncio de Calvin Klein. Cabellos oscuros, barba de unos días, ojos inteligentes pero provocativos... y las manos con indiferencia en los bolsillos de los pantalones de lo que parecía ser un traje muy caro.

—Olvídalo —dije al recordar, avergonzada, al idiota del bar. No quería saber nada más de imitaciones de modelo.

—¡Es escritor! —Hizo clic para obtener sus datos—. Se llama Sebastian y trabaja como redactor de textos publicitarios. Treinta y tres años... no se ha casado nunca... no fuma... Oh, y mira, es lo bastante hombre para señalar la casilla de «cualquier edad» en lugar de indicar que quiere que la mujer sea más joven que él. Deberíamos enviarle un correo electrónico. ¡Es perfecto!

Exacto. Ése era el problema. Salir al mundo era una cosa, pero ese chico no es que estuviera fuera de mi alcance, es que era de otro planeta.

—Suele ir de vacaciones a St. Croix. Ni siquiera sé dónde queda eso.

—Oh, vamos.

—Estoy dispuesta a tener una cita a ciegas, pero la lista no decía nada de acabar humillada y rechazada. No, gracias.

Me dijo que era tonta, pero, finalmente, siguió adelante. Poco después, lo dejamos para el día siguiente y me fui al gimnasio. La desventaja de superar mi depresión era que el apetito había vuelto en todo su esplendor.

Susan se quedó para terminar un informe, con lo que hizo gala de la clase de ética laboral que hace que ella tenga despacho y acceso total a Internet y yo no.

A la mañana siguiente, Brie se acercó a mi mesa. Llevaba un top amarillo que se le pegaba al generoso pecho y una minifalda con estampado de leopardo. Su pelo (una fuente inagotable de diversión para mí y, a menudo, una obra de arte) recordaba algo al de Diana Ross en la época de las Supremes. En resumen, muy recatado para Brie.

—He encontrado esto en la impresora —comentó mientras agitaba una hoja de papel hacia mí—. Pero no sé si es para ti o para Susan. Es de su ordenador, pero la nota va dirigida a ti.

Estaba muy concentrada intentando encontrar una palabra que rimara con «tráfico» para un titular en el que estaba trabajando, así que apenas alcé la vista.

—Gracias.

—Es de alguien llamado Sebastian —siguió, mientras yo

descartaba «pánico» por ser negativa. Cuando oí ese nombre, un escalofrío de inquietud me recorrió la espalda.

—¿Sebastian?

—Sí. Es extraño porque queda para salir con una de las dos, creo que contigo; como Susan está casada... Pero es de su ordenador, así que...

Le arrebaté el papel de las manos.

—Te invita a la presentación de un libro —me informó con cara de entusiasmo—. Suena a la clase de evento al que tú irías, ¿no? Muy intelectual y todo eso. Yo, en cambio, prefiero las citas con algo de acción para poder vestirme elegante. Ya me entiendes, ir a una discoteca... Oh, está esa nueva de Hollywood a la que fui el fin de semana pasado, y te diré que es lo máximo. Estrené mi falda de cuero rosa y...

—¿Brie? —la interrumpí—. ¿Dices que lo encontraste en la impresora?

—Sí. ¿Habéis roto tú y Robert? —Como no contesté de inmediato, me miró con los ojos entornados—. ¿Le estás poniendo los cuernos?

—Rompimos en agosto. Dame un segundo, ¿quieres? —Leí lo que me había traído, que era la impresión de un *e-mail*. Sí, era de Sebastian. Me agradecía que le hubiera escrito; decía lo encantado que estaba de tener noticias de una colega de profesión y lo mucho que le había gustado la foto que le envié. Luego me invitaba a la presentación de un libro, el jueves a las siete en la librería Book Soup.

«Habrá vino y queso, y después podemos ir a cenar —rezaba la nota—. Sé que te aviso con muy poco tiempo, pero hazme saber si te va bien. Me encantaría verte y conocerte mejor.»

—Susan debió de escribirle —comenté, y me di cuenta de que no tendría que haberlo dicho cuando Brie levantó ambas manos y empezó a retroceder.

—¿Sabes qué? No es asunto mío —soltó—. Si hacéis algo raro, es cosa vuestra y yo no tengo por qué saberlo.

Genial. Ahora Brie iba a contar a todo el mundo en la oficina que Susan y yo llevábamos una doble vida.

—Acompáñame. —Tomé a Brie por el brazo y la llevé hasta el despacho de Susan, donde entré con decisión y cerré la puerta.

Susan alzó la vista de la mesa. Sin decir palabra, agité la hoja de papel en el aire.

—Vaya por Dios —dijo—. Sí que se imprimió.

—Sí. Vaya por Dios —la imité.

—La impresora no funcionaba bien ayer por la noche —explicó—. Iba a llevártelo esta mañana para comentártelo. De cualquier modo, creí que había cancelado la impresión y...

—¡Le escribiste en mi nombre! —la interrumpí.

—¡Sí, y quiere quedar con nosotras! —Entonces, se corrigió—. Bueno, contigo. Ya te dije que estabas espléndida en la fotografía del cumpleaños. Me contestó por correo electrónico a los pocos minutos. Nos mandamos un par de mensajes. No soy escritora y hace años que no ligo, pero parece que todavía se me da bien. ¡Una cita! Una cita a ciegas, no sé si me entiendes.

—Brie lo encontró —dije, lanzándole una clara indirecta.

Susan hizo una mueca de lamentación que duró sólo un segundo y luego empezó a reprenderme:

—Es ridículo que lleves todo esto tan en secreto. Si yo estuviera haciendo algo tan bonito, lo gritaría a los cuatro vientos.

Solté el aire con fuerza y miré a Brie. Por alguna razón, no quería que pensara mal de mí. Admiraba su estilo «no me vengas con sandeces». Nadie manejaba a Lizbeth como ella.

Brie sabía lo del accidente, por supuesto, así que le conté lo de la lista de Marissa y que la estaba terminando por ella.

—Vi algo parecido en *The Guiding Light* —dijo Brie con entusiasmo cuando hube acabado—. Una mujer tenía una extraña enfermedad de la sangre y sólo le quedaban seis semanas de vida, así que intentaba hacerlo todo muy deprisa antes de morir. Oh, si algún día quieres verla, Lizbeth acostumbra a reunirse en la sala de conferencias a las dos, de modo que puedo utilizar el televisor portátil que tiene en el ala auxiliar.

—Brie, esto debe quedar entre nosotras. ¿Vale?

—Claro. Como lo de ver *The Guiding Light*.

Antes de irme, me hicieron enviar un mensaje de correo electrónico a Sebastian para aceptar su invitación. Qué diablos. Tampoco era que tuviera más ofertas.

Después, Susan recibió una llamada, y Brie y yo nos dirigimos hacia mi mesa.

—¿Qué clase de cosas hay en la lista? —quiso saber.

Recité de un tirón algunas de las cosas y pensé que tal vez no había sido tan malo que Brie se enterara. Como era la ayudante de Lizbeth, podía resultar útil.

—Ahora que lo pienso —dije, pasado un momento—. Una de las cosas que tengo que hacer es proponer una idea en el trabajo. Tengo pensada una campaña consistente en ofrecer gasolina de regalo, pero Lizbeth parece tan empeñada en el proyecto de los locutores de tráfico que no sé si escuchará una nueva propuesta. ¿Alguna sugerencia?

Brie meditó un instante mi pregunta.

—Esa mujer es un bulldog. Si no consigue lo que quiere de una forma, lo logra de otra. Será difícil, pero no te preocupes —aseguró mientras nos separábamos en el pasillo—, yo te apoyaré.

4

Hasta ahora, he tenido ocho novios, con una duración media de mis relaciones de 9,8 meses. El promedio es de 14,4 meses. Dos de los ocho (el veinticinco por ciento del total de todos mis enredos amorosos) se llamaban Scott.

Obtuve todas estas estadísticas un fin de semana que pasé con unas amigas en Palm Springs hace cierto tiempo, cuando la lluvia nos impidió salir y no teníamos otra cosa que hacer que jugar a cartas y calcular los datos de nuestros romances. Linda, una amiga mía de secundaria, había llevado un portátil, así que pudimos introducirlos en una hoja de cálculo.

Mi historial parecía razonable hasta que Linda empezó a jugar un poco más con las cifras.

—Mirad esto —dijo—: El promedio de tiempo que estás entre un novio y otro es de 13,4 meses. —Tecleó hasta sacar un nuevo informe—. Lo que significa que en tu vida adulta has estado un ciento cincuenta por ciento más de tiempo sola que con alguien.

Vaya.

Qué bien, ¿no?

Me avergoncé al pensar que casi habían pasado seis meses desde que Robert me había dejado y todavía no había hecho ningún avance en la búsqueda de otra relación. De acuerdo, había estado ocupada. En primer lugar, había todos esos programas de televisión por ver. Después, estaba la lista. Pero, aun así, todo el tiempo leo sobre famosas a las que llevan al altar cuando apenas se ha secado la tinta de los artículos sobre cómo terminó su última aventura. No era justo.

«¡Quiero casarme! ¡Quiero tener hijos!», pensé con amargura mientras me duchaba por la mañana el día de mi cita a ciegas. Otras mujeres parecían encontrarse con maridos e hijos como si fueran derechos divinos y no las dificilísimas hazañas que yo consideraba. Tampoco era codiciosa: sólo quería un marido. Algunas mujeres de mi edad ya habían tenido dos o tres. Tal vez uno de ellos tendría que haber sido mío. Puede que incluso tuvieran mis hijos.

Hubo alguno de mis ocho hombres (los números tres y siete) que creí que podía ser mi pareja ideal. Siempre y cuando pudiéramos resolver algunas cuestiones. Es decir, si él lograba (a) comprometerse, (b) trabajar, (c) dejar de hurgarse las uñas de los pies y tirar después la roña al suelo. Y si yo lograba ser más esa cosa misteriosa que los hombres quieren y que, al parecer, por lo menos para una relación larga, yo no tengo.

Bueno, la ducha me había sentado de maravilla. Nada como el agua humeante para quitarse el frío de los huesos una mañana lluviosa de enero. Aunque más tarde lo pagaría. Mi piso sólo tiene un depósito de agua caliente. Cuando se acaba, se acaba.

«Por favor, que le guste», pedí en silencio. Ya había tenido muchas citas a ciegas, pero solían ser menos premeditadas que la de esa noche. Una amiga celebraba una fiesta o un encuentro en un bar y me invitaba como posible pareja de alguien. La anfitriona podía incitarnos un poco para generar entusiasmo, pero podíamos fingir que no sabíamos que era una cita si no conectábamos.

«Por favor, que conectemos», supliqué mentalmente.

No habría problema por mi parte. Había conectado de sobra con sólo ver la foto de Sebastian.

Y eso era lo que me preocupaba. Sebastian parecía la clase de hombre al que las mujeres perseguían. Era probable que tuviera que sacudírselas de encima. Seguro que no tenía un promedio de 13,4 meses entre una pareja y la siguiente como yo. Diría que más bien sería de 13,4 minutos. Por suerte para mí, una cita no era a una entrevista, de modo que no tenía que presentar un currículum en el que constara mi lamentable vida amorosa. ¡Imagina que Sebastian lo viera!

—Muy bien, June —diría, sin duda, mientras me observara desde el otro lado de la mesa del restaurante—. Pero, dime, ¿qué hiciste entre Jason y Mark? Aquí pone que rompiste con Jason el mes de agosto de mil novecientos noventa y nueve, cuando admitiste que hablaba mucho pero no hacía nada. Y, después, pasan tres años hasta que empiezas a salir con otro hombre.

—¿Fueron tres años? ¡Caramba! Cómo pasa el tiempo...

—Sí, ¿ves este enorme espacio vacío en tu currículum?

—Ahora que lo dices, es un período bastante largo de tiempo.

—¿Quizá te estabas concentrando en tu carrera profesional por aquel entonces? —podría sugerir, esperanzado—. ¿O viajando alrededor del mundo? ¿O aprendiendo alguna técnica nueva?

Yo sacudiría la cabeza con tristeza.

—Entonces, ¿estabas eligiendo? ¿Ibas de cita en cita para asegurarte de que encontrabas a alguien que mereciera tu amor?

Oh, eso sonaba bien, y se merecería asentir con entusiasmo. Aunque fuera mentira.

La verdad era que... No tenía ni idea de cuál era la verdad. Sólo que tenía la costumbre de esconderme en mi madriguera como una marmota cada vez que una relación fracasaba.

No tenía la habilidad de sobreponerme y volverlo a intentar. Lo único que me hacía salir del agujero era alguien lo bastante valiente para entrar y sacarme de él.

Era absurdo esperar que un hombre que Susan había encontrado por Internet fuera a hacer eso. Por el amor de Dios, sólo tenía esta cita a ciegas para terminar la lista de deseos de otra persona. No sabía nada de él, salvo lo que había incluido en sus datos.

Y, sin embargo, esa mañana, en la ducha, como si me guiaran unas fuerzas ajenas a mí, hurgué entre el montón de productos de belleza que tenía abandonados en busca de una esponja vegetal. Decidí que si, por casualidad, conectábamos, no tenía sentido ahuyentarlo con unas rodillas y unos codos ásperos.

Llegué diez minutos tarde y mucho más cansada de lo que esperaba a la Book Soup.

Además del tiempo que me había pasado arreglándome y eligiendo el atuendo adecuado para la presentación de un libro, la reunión del departamento de Lizbeth había durado más de la cuenta.

La reunión podía haberse dado por terminada a las cinco. Normalmente, habríamos salido a toda velocidad, pero resultó que Brie comentó para darme pie:

—Oye, June, ¿por qué no nos cuentas esa idea tan buena que has tenido?

Me contuve para no fruncir el ceño. Al parecer, la idea que tenía Brie de «apoyarme» era lanzarme desprevenida a los leones, y el primero que se lanzó sobre mí fue Martucci.

—Esto va a ser bueno —comentó a Greg en un aparte, y volvió a dejar en la mesa los papeles que había recogido para disfrutar del espectáculo.

Los demás se me quedaron mirando. «¿June va a proponer

otra idea a pesar de que su programa Amigos del Rideshare está agonizando como pez fuera del agua?»

Habría estado bien que Brie me hubiera advertido de que iba a hacer eso. Habría preferido tener gráficas, o estadísticas, o un estudio; algo. Aun así, la idea de hacer dos cosas de la lista en un solo día me espoleó.

—Mi idea consiste en ofrecer gasolina de regalo —solté, intentando imprimir algo de garra a mi presentación—. El precio de la gasolina está alcanzando cifras récord en todas partes. Así que pensé que podríamos informar a la gente de que el Rideshare de Los Ángeles recompensa a las personas que comparten coche pagándoles la gasolina al llenar el depósito. Seguro que a los medios de comunicación les gustaría.

—Interesante. El problema es el de siempre —dijo Lizbeth despacio—. La financiación. ¿Quién pagaría la gasolina?

—Un patrocinador. No costaría tanto. No pagaríamos la gasolina a todos los que viajan en coche compartido. Les informaríamos de que existe la posibilidad y los sorprenderíamos en los surtidores. Diríamos: «¡Sorpresa! ¡Les pagamos la gasolina!»

—Si vamos a sorprenderlos, ¿cómo van a saberlo los medios de comunicación? —preguntó Martucci.

—Les avisaríamos con tiempo —contesté con suficiencia, contenta de tener una respuesta y, por lo tanto, de no darle la satisfacción de hacerme quedar mal—. Les pediríamos que mantuvieran los surtidores en secreto.

—No hay duda de que suena... interesante —repitió Lizbeth—. Y admiro tu iniciativa de plantearlo en esta reunión. Por desgracia, no creo que debamos ir en esa dirección. No, deberíamos concentrar nuestras energías en conseguir un locutor de tráfico. Por cierto, ¿te has puesto ya en contacto con Troy Jones? —susurró.

Me vino a la mente la caja que tenía sobre el escritorio con los anuarios de Marissa y una nota del locutor de tráfico en cuestión: «Espero que esto te sirva.» Todavía no había reunido el valor suficiente para hojearlos, aunque tenía que hacerlo. Una de las cosas que me preocupaba especialmente (además de la número 3: «Cambiarle la vida a alguien», que parecía bastante difícil), era la número 7: «Hacer que Buddy Fitch pague». ¿Quién demonios era Buddy Fitch, y qué le había hecho que fuera tan terrible? Sospechaba que encontraría alguna pista en esos anuarios; quizá fuera un deportista chuleta que la atormentaba por estar gruesa. Un bravucón que sabía que Marissa Jones sería presa fácil. La idea me revolvía el estómago.

Lizbeth no tenía por qué saber nada de eso, claro.

—Bueno, le dejé un mensaje —mentí con dulzura—. Intentaré volver a llamar.

Lizbeth asintió y se dirigió al grupo:

—Tenemos mucho trabajo y no hay bastante presupuesto para ampliar los proyectos que tenemos entre manos. Así que concentrémonos, ¿vale? Hasta mañana.

Cuando salí de la reunión, Brie silbó e imitó con la mano un avión que descendía.

—Derribado en llamas —comentó, a la vez que sacudía la cabeza.

Me marché derrotada.

Después de retocarme el maquillaje y de intentar que mi pelo recuperara el control que había insinuado poder conseguir antes, me encontré con Susan en una tienda cercana a la oficina. Había aceptado ayudarme a comprar algo de ropa que me hiciera parecer *sexy* y a la vez intelectual después de rechazar la blusa roja que llevaba, indicándome, con toda la razón, que Sebastian ya la había visto.

Una hora y doscientos dólares después, vestía una chaqueta de raya diplomática, una camiseta roquera y un par de vaqueros con la cintura lo bastante baja como para que tuviera que meter bien la ropa interior si no quería que se viera. Me fui a la cita convertida en una nueva mujer.

Book Soup es una pequeña librería independiente que se encuentra en una parte muy de moda de Sunset Boulevard: West Hollywood. Cuando llegué, ya había cola para entrar.

Había quedado con Sebastian en la cafetería adyacente. Al entrar, temí que se llevara una decepción nada más verme. Brie me había advertido de que lo que más debía temer era que la decepcionada fuera yo, y había añadido en tono grave:

—Los hombres que he conocido por Internet se parecían a su foto. Si es que se la habían hecho veinte años antes y con veinte kilos menos, claro.

Enseguida vi a Sebastian. Era una réplica exacta de su foto, salvo que a todo color y en tres dimensiones. Madre mía, era guapísimo, e iba vestido con otro traje que también parecía carísimo. Cuando se levantó para saludarme, noté que, además, olía bien.

—¿Eres June Parker?

—Sí, hola —dije, y alargué la mano para dársela.

Me la estrechó con tanta fuerza que casi me fusionó los dedos entre sí.

—Encantado de conocerte. Tu foto no te hace justicia. —Antes de que pudiera contestar nada o sonrojarme con elegancia, añadió—: ¿Te importa si vamos a la librería? No quiero llegar tarde.

Salimos, y pasó junto a la cola para dirigirse directamente a la entrada. El gorila, o como queramos llamarlo, nos dejó entrar. Había un montón de sillas plegables en una parte abierta de la librería y, delante de ellas, una tarima con un micrófono. Algunas personas ocupaban parte de los asientos mientras que otras pululaban por allí hojeando libros y bebiendo vino.

—Vaya. ¿Conoces al autor? —pregunté.

—En realidad —contestó con vergüenza—, yo soy el autor.

—¿Perdona?

Tomó un libro y me lo dio. *Hombre de una sola mujer*, una novela de Sebastian Forbes.

—Es mío. Esta noche lo presento. —Le dio la vuelta para mostrarme la fotografía del autor: la misma que había colgado en el sitio web de las citas.

—¿Lo has escrito tú?

—Sí.

—No puedo creer que hayas escrito este libro.

Lo que realmente quería decir era que no podía creer que hubiera escrito ese libro y me hubiera invitado a la presentación sin conocerme.

—No puedo decir que sea exactamente Shakespeare. Es más bien una comedia romántica. Pero me siento orgulloso.

—¿Y por qué...? —empecé a decir.

—¿Por qué te invité? —terminó por mí. Cuando me encogí de hombros, sonrió—: ¿Puedes culpar a un hombre por intentar impresionar a una chica? También pensé en llevarte a París a cenar, pero lo descarté por demasiado ostentoso.

Le habría hecho un comentario igual de insinuante; sin embargo, estaba demasiado ocupada pensando que le gustaba, lo cual perjudicaba gravemente mi capacidad de formular réplicas inteligentes. Así que miré la sala con calma.

¡Le gustaba! ¡Había publicado un libro y le gustaba!

¡Yo!

—¿Una copa? —dijo.

—Sí, gracias.

—Por cierto —comentó al entregarme una copa de vino—. Creo que deberíamos guardar en secreto que se trata de nuestra primera cita.

Sonreí agradablemente y tomé un sorbo de vino.

¡Oh, no! Se avergonzaba de mí.

Intenté dominar mis inseguridades y seguí el consejo que solía leer en la revista *Teen*. Le pregunté cosas sobre él. Y, una vez lo hice, me relajé. Sebastian Forbes se ponía los pantalones de Armani como cualquier mortal: primero una pernera y después la otra.

Resultó que trabajaba como redactor para la agencia publicitaria DDB, y que había escrito ese libro en sus ratos libres durante los últimos dos años. Me explicó que eso había significado renunciar a cualquier parecido de vida social ya que dedicaba las noches que solía salir a trabajar en el ordenador. (Y no sé qué envidié más, si el hecho de que dejara de salir para escribir o que antes saliera.) No estaba seguro de escribir algo que le interesara a la gente.

—Sólo sé que había una historia que quería contar —me comentó—. Por cursi que parezca.

Después de encontrar un agente y empezar a ofrecer el manuscrito, se encontró en medio de una guerra de ofertas, algo poco habitual para un autor novel. Cuando superó el laborioso proceso de revisión de la edición, se dio cuenta de lo mucho que había dejado de lado en la vida y, lo que me hizo erguir las orejas, estaba ansioso por recuperar la normalidad.

Sebastian me revolucionaba las hormonas. Más sorprendente aún era lo cómoda que me sentía hablando con él. Como si hablara con una de mis amigas, sólo que se trataba de una amiga con una barba incipiente en un rostro fuerte, masculino y atractivo.

—¿No estás nervioso? —quise saber.

—Un poco. No me puedo creer que haya tanta gente. Y creo que va a venir el crítico literario del *Los Angeles Times*.

—Parece importante.

—Puedo triunfar o hundirme.

La sala se había llenado, y yo estaba acaparando la atención del protagonista.

—Me siento como si estuviera monopolizando a los novios en una boda —le confesé.

—Agradezco la distracción, pero tienes razón. Debería mezclarme con la gente. Ven, déjame que te presente. —Me tomó por el brazo, y dudó un momento antes de preguntarme—: June, ¿tienes algún apodo?

—Mi madre me llama Junie. Mi hermano me puso algunos que no quiero repetir. ¿Por qué?

—No me parece que tengas cara de June. Deberías tener un nombre con más garra. No sé, como, por ejemplo, J. J.

Y, a continuación, me condujo hacia donde estaba la gente.

—Ven, J. J. —dijo—, necesito que me acompañes para enfrentarme al pelotón de fusilamiento.

Conocí a su agente y a su publicista, que me estrecharon la mano y me dijeron cosas como «Es maravilloso conocerte» y, de modo todavía más extraño, «Eres tal como te había imaginado, J. J.».

Había oído decir que la gente del mundo del cine era muy falsa. Puede que la gente del mundo editorial fuera igual y diera muchos besos al aire y fingiera que todos son muy amigos. Pero era desconcertante que tantas personas me felicitaran. A Sebastian, era lógico. Pero, ¿a mí? La tercera vez que pasó, la mujer me estrechó la mano y comentó:

—Sebastian, qué malo eres. ¿Por qué lo llevas tan a escondidas?

Me volví hacia él.

—¿Qué diablos quiere decir con...? —pregunté.

—Perdona que te interrumpa, pero vamos a empezar —dijo mientras me guiaba hacia una silla en la parte delantera de la sala—. Te he reservado este asiento.

Y, después de besarme en la mejilla, se dirigió hacia la tarima para leer varios extractos de su novela, que era bastante buena. Contaba la historia de un hombre que conoció al amor de su vida en la década de 1960 en un concierto de Peter, Paul & Mary y seguía su noviazgo con la época de la música folk de fondo. Era original e inteligente: una novela romántica, pero desde el punto de vista de un hombre.

Tras la lectura, contestó a las preguntas del público. Después, nombró y dio las gracias a la agente y a la publicista que me había presentado antes.

—Y, por último —dijo antes de terminar—, me gustaría presentar a mi querida J. J.

Todo el mundo aplaudió, y Sebastian me indicó con gestos que me levantara; lo cual hice, saludando a la gente mientras la confusión y el espanto me encogían el estómago.

«¿Mi querida J. J.?»

Un psicópata. Era evidente que era un psicópata. Oh, ¿por qué dejaría que Susan me convenciera para usar Internet? Todo el mundo sabe que está plagado de chiflados.

Mientras me imaginaba que más tarde acabaría prisionera en un sótano a la espera de que Sebastian decidiera qué parte de mi cuerpo usaría para hacerse un abrigo de piel humana, el gorila que estaba antes en la puerta anunció que haríamos una breve pausa, tras la cual el señor Forbes firmaría libros.

Sebastian se acercó a mí y esta vez me besó en la frente.

—¿Qué tal lo he hecho?

«Calma. Tranquila. No saques de quicio al loco», pensé.

—¡Muy bien! Pero, ¿sabes qué pasa? Que tengo que irme.

—¿Te vas? —Le cambió la expresión.

—Había olvidado que tengo una reunión muy importante mañana. —Fingí un bostezo—. Pero me encantó tu libro. Muchas gracias por invitarme.

—¿No puedes quedarte un poco más?

«No hagas ningún movimiento brusco que pueda sobresaltarlo», me dije.

—Ha sido espléndido, de verdad. Pero tengo que irme.

—Dame unos minutos más, por favor. Déjame que te lo explique —suplicó, con tanto sentimiento (a pesar de que era un psicópata, tenía una expresión de lo más dulce) que le dejé que me llevara detrás de una estantería, desde donde supuse que podrían oírse mis gritos—. El crítico literario del *Los Angeles Times* todavía no se ha presentado, y mi publicista dice que está al caer. ¿No podrías quedarte hasta entonces, por lo menos?

—Para serte franca, Sebastian, no entiendo lo que está pasando.

—¿Pasando?

—Todo el mundo me trata como si me conociera, y no paran de felicitarme. Y tú vas y me presentas como a tu querida J. J.

—¿No puede ser amable la gente?

—Me voy, gracias.

—¡Espera! —susurró con urgencia, a la vez que me sujetaba el brazo—. Hay algo más.

—Te escucho.

—Puede que haya dado a entender que estábamos prometidos.

—¿Prometidos? ¿Por qué?

—Piénsalo un momento. ¿Escribo sobre la historia de amor de un hombre y una mujer que dura toda una vida, pero vengo solo a la presentación? Nadie me tomaría en serio.

—¿No podías pedirle a una amiga que te hiciera el favor?

—No quería ser tan taimado —dijo, y me soltó el brazo—. Esperaba que no te dieras cuenta; la prensa escribiría sobre ello y, para cuando todo el mundo lo descubriera, mi libro ya sería un éxito de ventas.

—¿No tuviste miedo de que alguien viera tu anuncio por Internet?

—Era un riesgo que tenía que correr.

—Te deseo suerte, Sebastian. De verdad, pero...

—Nada de peros, por favor. Te lo suplico. Finge ser mi prometida sólo una hora más. Te lo ruego. Como un favor a un colega. Detesto pedírtelo, pero cuando recibí tu mensaje y tu foto, me pareciste tan simpática...

—Esta situación me incomoda. Lo siento —dije, antes de volverme para irme.

—Crees que estoy loco, ¿verdad? —Se había dejado caer hacia la estantería.

—Oh, pues... —respondí mientras gritaba «¡Sííí!» mentalmente.

—¿Te tranquilizaría saber que, a pesar de lo encantadora que eres, no eres exactamente mi tipo?

—¿Cómo? —Me enfurecí, finalmente harta y sin temer hacérselo saber. ¿Ahora iba también a insultarme el psicópata?—. ¿Quieres decir «cuerda»?

—No. Mujer.

Lo miré, él se encogió de hombros y, pasado un instante, se me encendió la bombilla.

—¡Oh! —exclamé.

Con razón era tan apuesto.

—No estoy en el armario, pero, para este primer libro, me pareció que sería mejor si daba la impresión de ser heterosexual. El libro ha tenido una buena aceptación. Si la prensa averigua que soy gay, por muy positivas que sean las críticas, seguirá siendo el relato de una historia de amor de un homosexual. No quería verlo tan limitado. Cuando sea un éxito, me dará igual lo que nadie piense, te lo aseguro. Regalaré ejemplares gratuitos en la cabalgata del Día del Orgullo Gay.

—No tengo ni idea de cómo se escribe un libro —dije, sin mencionar la obra *Guía de seguridad viaria para los viajeros en coche compartido*, de la cual era autora—, pero ¿no dicen que hay que escribir sobre lo que conoces? ¿No deberías haber escrito sobre una relación gay?

—Esto es lo que conozco. Es la historia del noviazgo de mis padres, y es una historia de amor; pero también es una historia sobre drogadicción, cambio de pareja y otras cosas que superaron y que les humillaría que se supiera que habían hecho. Ahora están muertos. Escribí este libro para honrar íntimamente su memoria, pero anunciar públicamente que se trata de su historia haría que se revolvieran en la tumba.

Vaya. ¿Cómo no iba a ayudar a un hombre que intentaba contar la historia de amor de sus padres?

—¡Oh, mierda...!

Sebastian vio su oportunidad.

—Siéntate a mi lado mientras firmo. Emite estrógenos. Eso es todo.

—De acuerdo —resoplé—. Pero más te vale que sea cierto que eres gay.

—Por favor. ¿Llevaría un heterosexual unos zapatos tan caros?

Después, durante la cena, me contó toda la historia. J. J. era su novio, a quien había dedicado el libro y quien, junto con los demás amigos de Sebastian, había boicoteado la presentación. Eso demostraba lo molestos que estaban porque fingía ser heterosexual. Pero una amiga, una modelo letona llamada Mjorka que quería ser actriz y que tenía tendencia a apuntarse a todo, había aceptado hacer el papel de prometida. Cuando lo canceló por una sesión fotográfica de última hora en Bolivia, Sebastian, desesperado, había colgado sus datos en Internet para ver si podía encontrar a alguien. Y le llegó mi correo electrónico.

—Es probable que J. J. me haya dejado para siempre —se lamentó—. Así que puede que pase los datos a una web gay. ¿Te gusta el sistema de citas por Internet?

Le expliqué lo que estaba haciendo con la lista de Marissa y decidí tachar «Tener una cita a ciegas» ahí mismo, en la mesa. Sebastian me hizo sentir que la velada había valido la pena, ya que aplaudió con tal fuerza que la camarera se acercó para preguntarnos si queríamos champán para celebrar algo.

5

Rose Morales me miró por encima de sus gruesas gafas de lectura rojas.

—Dígame —preguntó mientras ordenaba los papeles que tenía en la mesa que nos separaba—, ¿por qué quiere participar en el programa Big Sisters?

—Me encantan los niños, y creo que tengo muchas cosas que ofrecerles —respondí la frase que había estado ensayando diez minutos frente a sus oficinas—. Toda mi vida he soñado con ser mentora de una niña y compartir con ella todo lo que pueda.

Rose asintió.

Parecía creérselo. Como directora del programa Big Sisters de Los Ángeles, se encargaba de entrevistar a las posibles voluntarias, para cribar a las criminales y a cualquier bicho raro que se presentara con malas intenciones. Mientras repasaba los detalles de ser Big Sister (una especie de «hermana mayor»), yo la escuchaba hinchada, felicitándome por lo hábil que era mi plan. Susan había dicho que no podría tachar el punto de la lista que decía «Cambiarle la vida a alguien» a la hora del almuerzo; pero ahí estaba, un jueves a mediodía, haciéndolo. O, por lo menos, empezando a hacerlo.

La idea se me había ocurrido mientras volvía en autobús

a casa la semana anterior. Estaba mirando por la ventanilla y escuchando a Whitney Houston en mi iPod (con el volumen bajo, para que el chico de aspecto moderno que iba sentado a mi lado no lo oyera), cuando vi una valla publicitaria del programa Big Sisters, que anunciaba con unas letras inmensas: «¡Cámbiale la vida a alguien: hazte Big Sister!»

«Esto sí que es una señal, en sentido literal.»

En cuanto llegué a casa, rellené una solicitud por Internet. Bueno, sí, después de cenar y de navegar por eBay en busca de unas gafas de sol. Aun así, la velocidad con que llevé la idea a la práctica me sorprendió, teniendo en cuenta que cambiarle la vida a alguien me parecía lo más difícil de la lista. Requería tiempo. Perseverancia. Era la clase de cosa que normalmente pospondría, ya que eludo las cosas difíciles hasta que es demasiado tarde para hacerlas bien, si es que todavía pueden hacerse.

Y, sin embargo...

Si todo salía bien, y a Rose parecía haberla impresionado mucho que trabajara como escritora, aunque fuera de folletos, pronto tendría una Little Sister, o «hermana menor». La idea de que un pedacito de arcilla encantador y pecoso estuviera ansioso de que lo moldeara y le diera forma me mareaba. Le compraría globos y la llevaría a montar en poni. Ella alzaría los ojos hacia mí agarrada de mi mano y me diría: «Eres mucho más divertida que mamá.» Es verdad que mis intenciones no eran del todo sinceras. Quería cambiarle la vida a alguien más que establecer vínculos afectivos. Pero, mientras escuchaba a Rose hablar sobre lo importantes que eran los modelos a imitar en la vida de esas niñas, recordé que creo que los niños son nuestro futuro. Hay que educarlos bien. Hay que dejarles...

—¿Con qué frecuencia querría ver a su Little Sister? —preguntó de repente.

—¿Con qué frecuencia?

—Sí. La mayoría de la gente queda una vez a la semana. O cada quince días.

—Semanalmente —solté, asombrada de que sólo preguntaran eso. ¿Por qué no se me había ocurrido antes hacerlo? ¿Por qué no lo hacía más gente?—. Sí, semanalmente. —Y, entusiasmada, añadí—: Será divertidísimo. Llevar a una niña a comprar vestiditos y...

—Desaprobamos las salidas de compras —me reprendió Rose—. No se trata tanto de malcriarlas como de ser una influencia positiva. Sugerimos eventos deportivos o ir a la playa o a museos. Hasta cocinar juntas puede resultar muy divertido y gratificante para ambas.

—Por supuesto —accedí, sonrojada.

Ya sabía por qué no lo hacía más gente. Es bastante triste no conseguir el empleo que deseas, pero resulta humillante que te rechacen cuando te ofreces para hacer algo como voluntario. ¿Cómo de inepto había que ser para eso? No me apetecía averiguarlo. La fecha límite era el doce de julio y, si no conseguía una Little Sister, lo más probable era que no me encontrara con ninguna otra valla publicitaria que me diera instrucciones sobre qué hacer.

—No pasa nada por hacer algunas compras —dijo Rose, que debió de notar mi inquietud.

A continuación, me explicó que tendrían que comprobar mis referencias e informarse un poco sobre mi situación, lo cual solía llevarles unos días.

—Si todo va bien, esperamos encontrarle pronto una Little Sister —comentó, mientras recogía mi expediente—. ¿Quiere añadir algo antes de marcharse?

Pensé en los cinco meses que faltaban para cumplirse el plazo. No parecía demasiado tiempo para cambiar una vida, pero era lo que había.

—Sólo que tengo muchas ganas de empezar —respondí con entusiasmo.

Catorce de febrero. Día de San Valentín. El día empezó con una nota amarga por ser el día de San Valentín y empeoró antes de vestirme siquiera. Me había pesado y me había enterado de que había ganado dos kilos. No necesitaba la habilidad para elaborar hojas de cálculo de Linda para saber que eso suponía que había recuperado la mitad de todo el peso que había perdido, y que hasta el último gramo se me había puesto directamente en el trasero.

«Nada de bombones —pensé con un suspiro—. Nada de mordisquear las galletas en forma de corazón que la gente llevará a la oficina. Nada de celebrar la fiesta como suelo hacer; como una excusa para consumir una ingente cantidad de azúcar con total alegría. No, después de ver lo que peso.»

Pero, por otro lado...

Me agaché para recoger la báscula del suelo. Y la tiré directamente a la basura.

Número 17: «Tirar la báscula del cuarto de baño.»

«Esa Marissa era un genio», pensé mientras desayunaba un huevo revuelto para compensar lo que iba a perjudicar después mi cantidad de azúcar en la sangre. Deshacerme de la báscula había sido una liberación positiva. Tanto que habría tirado también la faja si no hubiera sido por ese vestido azul con el que parecía un saco de patatas si no me la ponía.

Poco después del almuerzo (había comido una ensalada de pollo para compensar lo que, efectivamente, había perjudicado mi cantidad de azúcar en la sangre), entré en el despacho de Susan.

—¿Sigues queriendo que haga de canguro esta noche?

Me miró desde detrás de un ramo lo bastante grande para confundirlo con un macizo de arbustos. Era de su marido, Chase. Lo bueno siempre es bueno.

—Si no te importa, te lo agradecería toda la vida. Tenemos

una reserva en Nic's. La madre de Chase se ofreció para quedarse con los niños, pero el otro día le operaron el dedo del pie. No quiero pedirle que corra detrás de un par de pequeños de cinco años tan pronto.

—Ningún problema —le aseguré.

Sabía que era una fiesta especial para ellos, ya que —y eso sólo le podía pasar a Susan— se habían conocido un día de San Valentín. Fue en la universidad, cuando ella y yo estábamos en un bar negándonos a sentirnos mal porque no teníamos pareja. En un momento dado, un chico borracho, muy corpulento, tropezó con Susan e hizo que se le derramara la bebida encima. Y se marchó sin disculparse. Chase, que mide casi metro noventa y que por aquel entonces apenas debía de pesar sesenta kilos, se acercó enseguida.

—¿Queréis que le dé su merecido? —preguntó, señalando al imbécil con el mentón. Cuando nos lo quedamos mirando, atónitas, concluyó—: Es broma. Me aplastaría como a una mosca.

Susan se enamoró locamente de él al instante, y me complace informar que, desde entonces, Chase está de mejor ver.

Viven en Brentwood, a unos kilómetros de mí, en una casa de tres habitaciones parecida a un rancho que compraron tirada de precio en una subasta y que, gracias al ridículo mercado inmobiliario de California, había sido valorada hacía poco en más de un millón de dólares. La llamamos «palacio», aunque sólo mide ciento cincuenta metros cuadrados.

Llegué al palacio a las siete. Susan ya había dado de cenar y bañado a C. J. y a Joey, y les había puesto el pijama.

—¡Hola, bichos! —los llamé en el salón, donde jugaban con el Lego.

C. J. y Joey, gemelos idénticos, eran morenos y larguiruchos como su padre. La única forma de distinguirlos era por la cicatriz que Joey se hizo al caerse de una mesa cuando empezaba a caminar.

—¿Qué es eso? —chilló Joey, entusiasmado, al ver la enorme caja que llevaba, con la esperanza de que fuera algún regalo. Él y su hermano volvieron a concentrarse en el Lego cuando les mostré que sólo era un puñado de anuarios de Marissa.

—Pensé que esta noche sería ideal para hojearlos —expliqué a Susan, mientras ella y Chase se ponían el abrigo.

—Buena suerte. Espero que encuentres lo que buscas. Y gracias otra vez por venir —dijo Susan—. No tardaremos demasiado.

—Volveremos antes de las diez —añadió Chase—. Quiero estar en casa a tiempo de obtener mi premio del día de San Valentín.

—Entonces queda descartado hasta Semana Santa —sonrió Susan.

—¡Ja! Para entonces te habré agotado. —Tomó las llaves y abrió la puerta—. Además, te olvidas del Día de los Presidentes.

—¡Dejad de presumir de vuestra vida sexual! —exclamé, mientras se despedían con la mano de los niños y de mí.

Cuando se hubieron ido, me calenté un poco de pizza y me dediqué a hacer lo que hacía siempre que cuidaba de C. J. y de Joey: dejarlos a su aire. Les permitía sacar juguetes, juegos y pelotas, y no les hacía guardar nunca aquello con lo que estaban jugando antes de pasar a otra cosa. Comían lo que querían. Me figuraba que no pasaba nada, porque no les hacía demasiadas veces de canguro. He pensado que tal vez ésa sea la razón de que no lo haga demasiadas veces.

La única vez que los reñí en toda la noche fue cuando observé que habían dejado abierta la puerta de la jaula de su cobaya, *Tía June*, que se llama así por servidora (Susan dijo que esto demostraba el cariño que los niños me tenían; pero yo sospecho que ella debió de influirlos algo).

—Siempre la dejamos abierta —explicó C. J. cuando le enseñé el pestillo descorrido.

—¿No se escapa?

—No.

Entonces Joey tomó un ramito de perejil de la nevera para demostrármelo. Incluso cuando puso la comida fuera de su alcance, el animalito se limitó a inclinarse en el umbral de la puerta y a chillar.

—Queríamos un perro —se quejó después de lanzar el perejil a la jaula.

Los niños se quedaron por fin dormidos en el suelo del salón, poco después de las nueve. Tuve que pasar por encima de C. J., acurrucado a mis pies, para tomar la caja llena de anuarios.

Por doloroso que fuera, me obligué a hojearlos todos en busca de Buddy Fitch. Pero no había ni rastro de él. Nadie llamado Fitch.

Así que no era un compañero de secundaria. Sentí cierto alivio, aunque eso significara que la búsqueda seguía. Me había criado viendo películas de adolescentes en las que el principio básico es la supervivencia del más fuerte, de modo que había temido lo peor. Me había imaginado toda clase de posibilidades sobre quién sería Buddy Fitch. Básicamente, lo imaginaba un deportista chuleta, rico y popular, como Steff, de *La chica de rosa*; un jovencito que se habría divertido maltratando a Marissa porque era gorda.

Y lo era.

Me refiero a gorda. Pobre chica. Sus anuarios mostraban la progresión desde sus días de jovencita rechoncha, al empezar la secundaria, hasta que fue ganando más y más peso con los años. Y, por si eso no fuera lo bastante duro, había fotografías en las que aparecía en la banda de música, en la coral y como miembro del equipo de ajedrez. ¿Por qué no llevaba siempre colgado un monigote de papel en la espalda?

Pero Marissa lucía una sonrisa preciosa en la fotografía de último curso, y parecía sincera. Quizá su bocadillo rezaría: «¡Gracias a Dios que ya se acaba!» O, vete a saber, quizá le gustaba la secundaria. Después de todo, cuando yo estudiaba, creía que me lo pasaba bien. Sólo después, cuando salí al mundo, me di cuenta de lo desdichada que había sido en realidad.

Una cosa era segura: tendría que buscar mucho para encontrar a Buddy Fitch. Necesitaba saber quién era y qué había hecho antes de decidir qué clase de venganza se merecía.

Sería mejor que empezara a actuar. Ya había pasado un mes, y sólo había hecho cuatro de las cosas de la lista (yo habría reivindicado cinco; pero, cuando mencioné a Brie que ya había propuesto mi idea a Lizbeth en la reunión del departamento, Brie exclamó: «¿A eso le llamas tú proponer una idea?» Y no me atreví a tacharla).

Después de repasar el último anuario, saqué la lista del bolso.

20 cosas que debo hacer antes de cumplir los 25

1. ~~Perder 45 kilos~~
2. ~~Besar a un desconocido~~
3. Cambiarle la vida a alguien
4. ~~Llevar unos zapatos *sexys*~~
5. Correr un 5.000
6. Atreverme a ir sin sujetador
7. Hacer que Buddy Fitch pague
8. Ser la chica más explosiva del Oasis
9. Salir en la tele
10. Ir en helicóptero
11. Proponer una idea en el trabajo
12. Intentar hacer *bodyboard*
13. ~~Comer helado en público~~
14. ~~Tener una cita a ciegas~~
15. Llevar a mamá y a la abuela a ver a Wayne Newton
16. Darme un masaje
17. ~~Tirar la báscula del cuarto de baño~~

18. Contemplar un amanecer
19. Demostrar a mi hermano lo agradecida que le estoy
20. Hacer un gran donativo a una obra de caridad

Había empezado, sí, pero quedaba mucho por hacer. Si quería conseguirlo, tenía que remangarme y poner todo mi empeño en ello. El martes siguiente haría la número 6: «Atreverme a ir sin sujetador». La mayoría del personal iría a un congreso de transporte compartido. No vería a demasiada gente en todo el día.

Quizá fuera una salida fácil, pero estaba dispuesta a darme todos los respiros posibles.

El martes por la mañana, mientras me vestía para ir a trabajar, no pude evitar pensar que no era justo. Al fin y al cabo, Marissa era, por decirlo con delicadeza... menuda. Parecía una tabla de planchar, vamos. Una copa A, diría yo. No es que pasara mucho rato mirándole el pecho, pero recuerdo muy bien que estaba poco dotada. Por tanto, el ritual de renunciar al sujetador habría sido para ella parecido al de tirar la báscula: liberador.

Para mí, rayaba en lo obsceno.

No es que yo sea exuberante; suelo usar una copa C, aunque, según la marca, pueda llegar a necesitar una D. En Los Ángeles, eso no es nada. El problema es que, a diferencia de las de muchas de mis contemporáneas de esta ciudad, las mías son auténticas. Es decir, se mueven. Botan, se balancean, tienen vida propia.

Para intentar limitar el posible perjuicio, busqué en el armario mi ropa más conservadora y me decidí por una blusa gris y unos pantalones negros. Y di unos brincos delante del espejo.

Dios mío, podría sacarle un ojo a alguien.

Me quité la blusa, me puse un suéter elástico negro y me coloqué la blusa encima de él. Volví a dar unos saltitos.

Mejor.

La oficina, como había previsto, estaba casi vacía cuando llegué. Me pasé la mañana poniendo al día meses de archivos pendientes y, cuando me disponía a dirigirme a la sala de descanso para comerme la ensalada que había llevado para almorzar, sonó mi móvil. Era Rose Morales, del programa «Big Sisters».

—Tengo excelentes noticias —anunció con entusiasmo—. No solemos tener suerte tan pronto, pero he encontrado a la niña ideal para usted. Recuerdo que dijo que tenía muchas ganas de empezar.

—Pues sí.

—Se llama Deedee y es un ángel. Estoy segura de que la adorará. La razón por la que pensé en ella es que sueña con ser escritora de mayor. ¿No es perfecto? Veamos —prosiguió—, ¿qué más puedo decirle sobre ella? Es hispana por parte de madre. Hace años que no se sabe nada del padre. Vive cerca de usted, en la zona de Mar Vista, y va al instituto...

—¡Instituto! —exclamé—. ¿Cuántos años tiene?

—Catorce.

Y desperté de mi sueño. ¿Cómo iba a moldear y dar forma a una adolescente? La arcilla ya se ha endurecido mucho para entonces. No pude ocultar mi decepción.

—Esperaba que fuera... más pequeña.

—Todavía es una niña —comentó Rose, después de guardar silencio un momento—. Y es una buena niña. Su madre es legalmente ciega. Deedee ayuda a cuidar de ella, y también de su hermano menor. Creímos que merecía divertirse un poco.

—Es que... ¿catorce? ¿Qué hago yo con una chica de catorce años?

—Puede llevarla al cine. Ayudarla con el maquillaje. Practicar ese patinaje en línea que tanto le gusta —sugirió, y me encogí al recordar que había puesto eso en mi solicitud—. Puede que descubra que tiene más cosas en común con una niña mayor que con una más pequeña. —Como no respondí de inmediato, añadió—: No estoy intentando convencerla de nada.

—Ya lo sé.

—Es una niña encantadora a la que le iría bien un respiro.

—¿Puedo pensármelo?

—Por supuesto. Si no se siente cómoda con esta propuesta, podemos buscarle otra niña; aunque, para serle sincera, no sé cuándo la encontraremos. Solemos ser más estrictos a la hora de asignar a las niñas a personas de su propia cultura étnica cuando son más pequeñas. Podrían pasar meses. Pero es importante que crea que puede establecer vínculos afectivos con su Little, de modo que puede que merezca la pena esperar.

¡Meses! ¡Yo no tenía meses!

—Me imagino que debe de ser muy duro tener una madre legalmente ciega —me atreví a decir.

—Deedee carga con muchas más responsabilidades de las que debería una niña de catorce años. Pero es valiente —convino Rose antes de preguntarme—: ¿Cuántos años dijo que tenía?

—Treinta y cuatro.

—Hay otra cosa que debería tener en cuenta. Supongo que pronto querrá formar una familia. —Procuré no resoplar mientras seguía hablando—. ¿Podría compaginar las necesidades de una Little con su nueva familia? Por desgracia, muchas veces se deja de lado a las niñas. Pero una adolescente sólo necesitará a una Big unos años, como mucho.

Colgué pasados unos minutos, después de haber aceptado dar el siguiente paso, que consistía en ir con Rose Morales a ver a Deedee y a su madre a su casa. Así podríamos conocernos sin estar obligadas a seguir adelante.

A la una, volvía de comer dándome con la cabeza en la pared por haber puesto el patinaje en línea en mi solicitud. Había tantas líneas bajo «Pasatiempos» que me dio vergüenza dejarlas todas en blanco.

Sumida en mis pensamientos, no oí llegar a *Bubba*.

Bubba era el labrador negro del director general que éste llevaba a veces a la oficina. El animal me hundió inmediatamente el hocico en la entrepierna. De tal amo, tal perro.

Lo cual significaba, como deduje horrorizada, que Lou Bigwood no andaría lejos.

—Hola, *Bubba* —dije, mientras intentaba apartarle la cara con las caricias que se dan a un perro en lugar de con la clase de caricias que *Bubba* buscaba.

Era evidente que *Bubba* no había visto el vídeo sobre acoso sexual del departamento de personal que hablaba sobre tocamientos indebidos. Mis intentos de apartarlo sólo consiguieron excitarlo más. Se lanzó sobre mí y me hizo tambalear hacia atrás de modo que perdí el equilibrio y tuve que sujetarme a la pared para no caerme.

—¡*Bubba*! —Era Lou Bigwood—. ¡Ven aquí!

En todo el tiempo que llevaba trabajando en el Rideshare de Los Ángeles, sólo había visto a Bigwood de lejos en las reuniones de personal. Ocupo un cargo demasiado bajo para tener trato directo con él. Bigwood tendría cerca de sesenta años, diría yo: con canas en las sienes, pero fuerte como un roble. Podría capitanear un barco en alta mar y dirigir una agencia de tráfico con la misma soltura.

—Buenas tardes, señor Bigwood.

—June, ¿verdad? —Me miraba con los ojos entrecerrados mientras sujetaba a *Bubba* por el collar.

—Sí.

—¿Cómo va todo por... publicaciones, verdad?

—Exacto. Bien, gracias.

Pensé en decir «Que le vaya bien» y salir pitando; pero me miraba con curiosidad, acariciándose el mentón de esa forma que tiene la gente de demostrar que está muy concentrada.

—Te has hecho algo —comentó—. ¿Qué es?

—¿Cómo dice?

—¿Es el peinado? ¿Has cambiado de peinado? Tengo tres hijas, y se me suele dar muy bien observar esta clase de cosas.

Cuando sacudí la cabeza sin dar a entender nada, soltó:

—Por cierto, buen trabajo en el informe anual.

—Gracias —logré decir, asombrada de que se hubiera fijado en mi trabajo.

Siguió ahí de pie en el pasillo, mirándome, comentando ideas para futuros folletos. No vino nadie. Me imaginé que debía de hablar conmigo por puro aburrimiento, pero parecía realmente interesado en lo que pudiera decirle. Me pregunté si podría verme los pezones a través de la blusa. Hacía algo de frío en el pasillo; la clase de cosa que te suele hacer ir con las largas puestas. Usé mis poderes mentales para mantener los pezones a raya.

Bubba me dio de nuevo, y me tambaleé.

—¡Ya lo tengo! —exclamó Bigwood tras chasquear los dedos—. Llevas zapatos planos y pareces más baja.

Como siempre llevaba zapatos planos, asentí.

—¿Lo ves? —se jactó—. Ya te dije que se me da bien observar esta clase de cosas. —Sus ojos se dirigieron entonces hacia algún punto situado detrás de mí, y pareció sobresaltarse de repente—. ¿Va bien ese reloj? —quiso saber.

Me volví. La una y cuarto.

—Puede que vaya un minuto o dos adelantado —confirmé.

—Necesito que me ayudes, June —dijo en tono de urgencia—. De aquí a treinta minutos tengo que estar en una reunión en Long Beach. No puedo llegar tarde. Necesito que me acompañes para poder utilizar el carril para coches compartidos. —Se giró sin darme la oportunidad de responder y se fue prácticamente corriendo por el pasillo. *Bubba* salió disparado tras él—. ¡Nos vemos en los ascensores en dos minutos!

Esto sí que es que te quieran por tu cuerpo.

Cuando nos subimos a su descapotable, me explicó que la reunión era con S. C. Electric, a quienes esperaba convencer de que aportaran fondos a la agencia.

—Dudo mucho que acepten, porque esos cabrones son muy agarrados. Pero haré lo posible para sacarles unos cuantos dólares.

Yo llevaba una libreta que había tomado de mi escritorio apretada contra el pecho. ¿Por qué no habría llevado un sujetador de reserva? La situación podría calificarse de emergencia corsetera. Podría haber intentado hacer otro día ese punto de la lista.

Circulamos por el carril para coches compartidos a velocidades próximas a los ciento sesenta kilómetros por hora.

—¡Mira eso! —exclamó Bigwood, que había señalado con la cabeza los carriles normales de la autopista. Incluso a mediodía, iban cargados de tráfico—. Por eso hacemos un buen trabajo.

Yo lo habría interpretado como que no estábamos haciendo un trabajo muy bueno.

Llegamos sanos y salvos y estacionamos el coche. Bigwood me llevó a las oficinas de S. C. Electric con unos segundos de sobra. Esperaba que me dejara en la recepción; pero, en lugar de ello, insistió en que lo acompañara.

—Así es cómo se aprende —dijo en un tono que sospeché que usaba a menudo con sus hijas.

En la sala de reuniones ya había dos mujeres y dos hombres sentados a la mesa. Bigwood me presentó como la encargada de *marketing* de su agencia (un ascenso estupendo, aunque temporal, al puesto de Lizbeth), y empezó a explicar directamente por qué S. C. Electric debería darnos dinero.

La propuesta, a pesar de su enérgica presentación, fracasó desde un principio.

Y entonces, sorprendentemente, llegó mi momento.

Aun ahora, cuando lo recuerdo, no sé si es que Bigwood quería darme una oportunidad o si es que había decidido que, ya que iba a saltar del avión, me llevaría con él para que le amortiguara la caída.

Los representantes de S. C. Electric habían contestado sin rodeos que no podían financiarnos porque sus recursos eran limitados. Bigwood les había dado las gracias y yo me imaginé que ya nos íbamos. Pero, entonces, se volvió hacia mí y dijo:

—¿Tienes algo que añadir, June?

En la vida real, es decir, en mi antigua vida, en la que ni siquiera estaría allí porque no me habría meneado por el pasillo, de modo que no habría captado la atención de Bigwood, habría hecho un comentario inocuo como: «Cuando quiera, nos vamos.»

Ahora, en cambio, dejé la libreta que había estado sujetando. Lizbeth no iba a escucharme nunca cuando propusiera una idea. Ésta era mi oportunidad. ¿Qué era lo peor que podía pasar si metía la pata? Nunca volvería a ver a esa gente, y Bigwood no podría culparme por fracasar cuando él también lo había hecho unos instantes antes.

—Hay una forma en la que podríamos colaborar con muy poco coste para ustedes —aseguré, intentando que la voz me sonara firme—. Serviría de prueba. Y estoy segura de que, una vez vieran el trabajo que podemos hacer, querrían aumentar el grado de asociación con nosotros.

Y, a continuación, lancé mi idea de la gasolina de regalo. Estaba tan concentrada en lo que decía, que ni siquiera me preocupó no llevar sujetador. Sin las tablas y los gráficos que había estado preparando, sabía que yo era la atracción principal, así que hice todo lo posible para hacer que regalar gasolina sonara como el siguiente paso de los *reality shows* televisivos. Describí a conductores felices que gritaban de alegría al saber que podían llenar el depósito gratis y que, sin duda, agradecían este honor a sus generosos patrocinadores; puede que incluso se secaran lágrimas de gratitud. Todo ello por televisión. Y todo por la módica cantidad de, digamos, ¿unos pocos millares de dólares?

Les encantó. ¡Les encanté! Aunque no podían aceptar en el acto, ya que tenían que consultarlo con las altas esferas, nos aseguraron que harían todo lo posible para que se llevara a cabo el proyecto.

Más tarde, cuando regresábamos a su coche, Lou Bigwood me dio un apretón en el hombro y me dijo que lo había hecho muy bien.

—Gracias, señor Bigwood.

—Llámame Lou.

Y entonces caí en la cuenta: ahora era uno de los Ángeles de Charlie. Susan iba a partirse de risa.

Sospeché que a Lizbeth, en cambio, no le haría tanta gracia, y me pasé todo el camino de vuelta hasta la oficina preocupándome por cómo intentaría que mi trabajo fuera un infierno.

6

Me despertó el timbre del teléfono. Eran las ocho menos cuarto de un sábado. ¿Quién llamaría tan temprano?

Dejé que saltara el contestador, pero, cuando oí que era mi madre, descolgué.

—¡Todavía no son las ocho!

—¿Ah, no? Oh, perdona. Vuelve a dormirte.

—No... —Me levanté de la cama y me fui a la cocina para prepararme un café—. Tenía que levantarme de todos modos. ¿Qué pasa?

—Quería que supieras que en Vons tienen las bolsas de gambas congeladas rebajadas a diecinueve con ochenta y dos dólares el kilo.

¡Como si supiera cocinar las gambas!

—Muy bien... Gracias... No creo que necesite.

—Ya lo sé, pero tu padre quería que te llamara y te pidiera que compraras unas cuantas. Hay un límite de cinco bolsas por persona. Ya ha ido dos veces a la tienda y tiene miedo de que, si vuelve, puedan pillarlo.

Sonreí. A mi padre le encantaban las gangas.

—Claro. Ningún problema.

Después de que mi madre me advirtiera de que la rebaja

terminaba el miércoles, nos pusimos al día. Mientras me preparaba tostadas con mantequilla de cacahuete para desayunar, mi madre me presentó lo que yo he bautizado como informe floral, es decir, la situación de diversas flores de su jardín.

—¿Y cómo es que hoy tenías que levantarte tan temprano? —me preguntó, después de contarme la inquietante historia de la espuela de caballero, que estaba a las puertas de la muerte.

—Voy a conocer a la que podría ser mi Little Sister —le recordé—. La niña de catorce años, ¿recuerdas?

—Es verdad. Ya me lo habías dicho. Pero debo de estar confundida, porque no recuerdo que la lista pusiera que debías tener una Little Sister.

—No lo pone. Va por lo de que debería cambiarle la vida a alguien.

—¿A una adolescente? —gruñó, burlona—. Buena suerte. Justo lo que me preocupaba.

—¿En qué me he metido?

—Era broma, cielo. Cuando tú tenías esa edad, me habría encantado que un adulto responsable te llevara a hacer actividades divertidas. Quizá lo habrías aceptado. Dios sabe cómo intenté que probaras cosas nuevas.

—¿De veras? No lo recuerdo. ¿Como qué?

—Oh, como aprender a tocar un instrumento o practicar un deporte.

—Bob ya lo hacía por los dos —me quejé, celosa. Mi hermano, que era once meses mayor que yo, podía incluir tantas actividades en sus solicitudes de acceso a la universidad que había tenido que suprimir algunas por falta de espacio.

—Siempre le gustó mantenerse ocupado —estuvo de acuerdo mi madre, que, como siempre, hizo oídos sordos a mi arranque de rivalidad fraternal—. ¿Sabes qué me gustó siempre de ti?

—¿Qué?

—Me encantaba que parecieras contenta con ser quien eras. Nunca tenías que demostrar nada a nadie. Podías haber mirado menos la televisión, claro, pero...

—¿Creías que estaba contenta?

—Por supuesto. Desde el día en que naciste. Tu hermano lloraba y alborotaba mucho cuando era un bebé. Tenía que distraerlo casi todos los minutos del día. Pero, a ti, apenas tenía que cogerte en brazos. Te quedabas acostada en la cuna horas seguidas, gorjeando. Mirando el techo... la mar de contenta.

La bruma de la tarde se resistía a levantarse. A las cinco, cuando Rose Morales y yo detuvimos el coche frente a la casa de Deedee, el cielo seguía lanzando su lúgubre hechizo. Por suerte, las casas estaban pintadas de amarillo, rosa y azul vivos, de modo que prácticamente emitían luz propia.

La casa donde vivía Deedee era casi lo bastante pequeña, con jardín incluido, para caber dentro de mi piso. Estaba a pocos metros de la entrada a una autopista, la Marina Freeway. Pese al ruido de los coches, un grupo de chicos intentaba jugar un partido de fútbol en la calle. Me sentía culpable al disfrutar de un alquiler controlado, porque seguramente ellas pagaban el doble que yo.

Rose estacionó su Honda Civic y subió la ventanilla. El plan era visitar a Deedee y a su madre unos minutos. La madre no hablaba nada de inglés, de modo que Rose haría de intérprete. Luego, Rose y yo llevaríamos a Deedee a cenar a Sizzler.

—¿Hay algo más que deba saber? —pregunté antes de bajar del coche. Para ser sincera, me ponía nerviosa conocer a una mujer ciega que no hablaba el mismo idioma que yo. ¿Qué íbamos a hacer, palparnos para saludarnos? Supuse que podríamos hablar sobre burritos o tacos, ya que mi dominio del español se limitaba a palabras culinarias.

—Todo irá bien —me tranquilizó Rose, que había notado mi inquietud—. Maria es muy amable, y usted y Deedee van a llevarse bien. Si, por cualquier motivo, no fuera así, me lo dice. Le encontraremos otra Little. Así de sencillo.

Nos dirigimos a la casa, y Rose tocó el timbre. Pasado un momento, un niño abrió la puerta. Tenía unos diez años, los labios carnosos y un corte de pelo que parecía obra suya. Nos dejó ahí plantadas, mientras gritaba en español. Al poco rato, una chica, que supuse que era Deedee, se acercó a la puerta y nos pidió que entráramos.

La casa estaba poco amueblada y muy ordenada, y en cuanto la madre de Deedee, una mujer baja y achaparrada con un chándal de toalla rosa, salió afanosamente a recibirnos, comprendí por qué era importante el orden. No habría sabido que era invidente si Rose no me lo hubiera dicho antes. Era obvio que conocía el terreno que pisaba. Si mi madre hubiera dependido de que Bob y yo recogiéramos nuestras cosas para no tropezar, se habría caído y roto la cadera un día sí y otro no.

Rose hizo las presentaciones oportunas y nos sentamos en el salón. El nombre completo de Deedee era Deanna Garcia Alvarez. El niño que nos había abierto la puerta era su hermano, Ricky. Y no tenía que haberme preocupado por que se produjera un silencio incómodo. Rose charlaba animadamente en inglés y en español para plantearnos con habilidad a los demás una serie de temas inocuos, desde la decoración de interiores o los trayectos en autobús hasta el hecho de que Deedee había aparecido hasta entonces en el cuadro de honor de su instituto todos los semestres.

Este rato de conversación me permitió mirar con disimulo a Deedee. Medía más o menos lo mismo que yo, un metro y sesenta y dos centímetros de altura, y tenía los ojos grandes y almendrados. Y si yo creía que me había aplicado el lápiz de ojos con generosidad el día que había besado al ayudante de camarero, es que desconocía la cantidad de maquillaje que el ojo humano puede soportar. Aun así, la favorecía, y le daba un aspecto más bien felino. Era una niña de catorce años que intentaba parecer mayor. Dicho de otro modo, típica. Llevaba el pelo recogido, y tenía la cara redonda y un lunar sobre la ceja derecha que, aunque me pareció adorable, habría apostado lo que fuera a que ella lo detestaba. Vestía unos pantalones cortos masculinos de estilo *hip-hop* y un jersey de los Raiders demasiado grande; de hecho, en un momento dado, sospeché que su atuendo se había convertido en tema de la conversación, porque vi que Maria la señalaba con ese gesto de desaprobación que hacen a veces las madres, y fue la única vez que Deedee pareció adoptar una actitud desafiante. Además, Rose optó por no traducir esa parte.

Al pensar en la cena posterior, no puedo señalar el momento exacto en que decidí que aceptaría ser la Big Sister de Deedee.

Puede que fuera cuando anunció en Sizzler que le encantaba la ensalada y, acto seguido, se llenó el plato de ensalada de patata, ensalada de pasta, ensalada de gelatina y de natillas sin darse cuenta de lo irónico que resultaba.

O incluso antes, cuando fuimos a cruzar la calle para llegar al restaurante y, supongo que por costumbre, me tomó el brazo un instante antes de soltarlo y separarse de mí avergonzada.

Vete a saber. Tal vez me atrajo su carácter, alegre y dispuesto, que prometía cierto grado de... ¿maleabilidad?

Además, me daba pena, la pobre. En el bufé de tacos, Rose me susurró que Deedee no había ido nunca al cine. Supongo que, cuando tu madre es ciega, mejor te esperas a que la película salga en DVD.

Aun así, si pudiera elegir entre todas las niñas del mundo, no sé si elegiría a Deedee. Es difícil saberlo. No se parecía en absoluto a la niña pecosa e inocente que había imaginado. Pero me consolé pensando que tampoco funciona así con los hijos. Tienes los que tienes.

Lizbeth me abordó en la recepción a primera hora de la mañana del lunes.

—¿Hiciste esa llamada?

—¿Qué llamada? —pregunté, sabiendo exactamente a qué se refería. Si iba a seguir dándome sólo el aumento mínimo cada año, quería merecerlo.

—Troy.

—¿Troy?

—Troy Jones.

Fruncí el ceño como si intentara recordar el nombre.

—Troy Jones, el locutor de tráfico de la K-JAM —soltó—. Dijiste que lo llamarías para hablar con él porque no habías tenido noticias suyas.

Fue una de esas veces en que me compadecí de ella. No me imaginaba a mí misma tratando de supervisar a una empleada tan patológicamente pasiva-agresiva. Pero eso era lo que pasaba por molestarme antes de la primera Coca-Cola *light* del día. Y por ser Lizbeth.

—De hecho, lo hice. Dijo que tenía que pensarlo y que ya me llamaría.

—¿Parecía optimista? —Se le había iluminado la cara—. Quizá también lo llame yo para darle un poco de...

—Tiene que consultarlo con su jefe —me apresuré a interrumpirla—. Le gusta la idea, pero la situación es delicada debido a la política de la empresa y todas esas cosas. Tengo la sensación de que no le gustaría que lo presionáramos.

Lizbeth asintió, me dijo que la mantuviera informada y se fue a incordiar con sus viles exigencias a quien tuviera previsto a continuación.

En cuanto se hubo ido, me relajé aliviada. Eso me enseñaría a no pasarme de lista.

Aunque lo cierto era que todo lo que le había dicho era verdad: lo había llamado y me había dicho que tenía que mirarlo y que ya me llamaría. Sólo que no habíamos hablado de que fuera portavoz del Rideshare de Los Ángeles. Ni siquiera le había mencionado el tema.

Le había pedido que intentara averiguar quién era Buddy Fitch y qué podía haberle hecho a Marissa.

Lo cual había requerido extrema sutileza. Había llamado a Troy para darle las gracias por haberme enviado los anuarios. Y, mientras lo tenía al teléfono, le había preguntado con indiferencia si conocía a un tal Buddy Fitch. Quiso saber por qué, claro. Aunque procuré despistarlo aludiendo vagamente a la lista, noté que la curiosidad se lo comía vivo.

—Una de las cosas de la lista dice «Hacer que Buddy Fitch pague» —admití por fin—. Pero no sé quién era ni qué hizo.

—¿Dice «hacerle pagar»?

—Sí.

—Caramba. Me cuesta pensar que mi hermana escribiera algo tan vengativo. No le pega nada.

—¿No?

—No. Si estaba así de cabreada, es que este tipo se lo debe de tener merecido. Tiene que haber...

—Troy, estoy segura de que no fue nada malo —lo interrumpí, con la esperanza de cambiar el hilo de sus pensamientos, por lo menos de momento. Si la idea de que Marissa había sido víctima de alguna crueldad iba a arraigar en su cabeza, no iba a ser yo quien la plantara—. A lo mejor le gastó una broma divertida y ella quería devolvérsela.

—A lo mejor sí —dijo Troy en tono escéptico—. ¿Y no aparecía en ninguno de los anuarios?

—No. Precisamente esperaba que lo preguntaras por mí. Pensé que podría ser un amigo de la familia o alguien con quien hubiera trabajado.

—De acuerdo. Se lo preguntaré a mis padres y trataré de llamar a su antiguo jefe. En cuanto sepa algo, te lo diré. —Y, después, añadió en tono de disculpa—: Pero podría llevarme un tiempo. Ahora mismo estoy liadísimo en el trabajo; la emisora va a organizar una feria y me han enganchado para que ayude. ¿Lo necesitas muy pronto?

—No corre prisa. Mientras lo tenga todo hecho antes de su cumpleaños, tenemos tiempo.

—No tanto. Sólo faltan cuatro meses.

Noté la advertencia subyacente en las palabras de Troy. Que él supiera, me dedicaba diligentemente a terminar la lista desde el accidente, en julio, y no sólo desde que lo había visto en el cementerio hacía seis semanas. Así pues, según sus cálculos, había pasado ya la mitad del tiempo en lugar de apenas comenzar.

—Bueno, no querría presionarte —solté, a modo de explicación.

—Es que no sé cuánto tardaré en encontrar a ese tipo. Pero antes hablaba en serio: estaré encantado de hacer lo que sea para ayudar.

Si alguna vez tuve la oportunidad de hacer feliz a Lizbeth y pedir a Troy que aceptara ser portavoz de mi empresa, fue en ese momento. Aun así, no me vi capaz de hacerlo, no después de que acabara de decirme que estaba tan ocupado. No cuando ya le estaba pidiendo otro favor.

En lugar de eso, me limité a darle las gracias, e incluso cuando me preguntó directamente si podía hacer algo más, lo que fuera, rehusé recatadamente.

Me dije que, de todos modos, daba igual. El proyecto del locutor de tráfico ya era historia. Me senté en mi escritorio tras escapar del marcaje al que me había sometido antes Lizbeth y planeé en secreto lo de la gasolina de regalo. De acuerdo, aún no tenía la autorización de Bigwood, lo que significaba que S. C. Electric todavía no había aceptado; pero estaba segura de que lo haría. Cuando me planteaba si tendría el valor de llamarlos, Phyllis, la secretaria de Bigwood, se acercó a mi mesa con aire resuelto.

—Llegas tarde —dijo con su voz de cazalla.

—¿Tarde? ¿Para qué?

Se cruzó de brazos, puro músculo. Phyllis me aterraba. Con su piel curtida, su complexión fuerte y su pelo canoso, que llevaba recogido en un moño, daba a entender que los rumores de que había formado parte de los Hell's Angels eran ciertos.

—La reunión de dirección empezaba a las diez. Te están esperando.

¿Me invitaban a asistir a una reunión de dirección? ¿A mí? Esta clase de cosas no le ocurrían a nadie, y mucho menos a mí. Si alguno de mis predecesores había ido a una reunión de dirección, no había salido vivo; porque jamás había oído hablar de ello.

—Nadie me lo había dicho —intenté explicar mientras seguía los pasos seguros de Phyllis. Luego, añadí nerviosa—: ¿Sabes por qué quieren que vaya?

—Ni idea —contestó, antes de dejarme en el despacho de Bigwood sin comentar nada más.

Entrecerré los ojos para adaptarme a la tenue luz. Aunque la oficina ocupaba una esquina con una vista espectacular, Bigwood había corrido todas las cortinas; lo cual le confería, pese a su tamaño, aspecto de cueva. Él estaba ahí, junto con Lizbeth, Susan, jefa de finanzas, e Ivan Cohen, alias Doctor Muerte (nadie sabía qué hacía; pero, si alguna vez te llamaba a su despacho, ya podías recoger tus cosas, porque ibas directo a la oficina del paro o a algún puesto en Siberia).

—Muchas gracias por venir —se burló Lizbeth.

Susan me hizo sitio a su lado y le dije un silencioso «Gracias».

Bigwood me observaba con curiosidad.

—Te veo distinta. ¿Qué te has hecho?

«¿Ponerme sujetador, quizá?», pensé. Cuando me encogí de hombros, Susan abrió los ojos como platos, como para indicarme que contestara. Enseguida comprendí por qué: no iba a cambiar de tema hasta que lo hiciera.

—Las gafas. ¿No llevabas gafas antes? —Pensaba a toda velocidad qué podía decir. ¿El color del esmalte de uñas? ¿Las cejas depiladas? —. Espera —exclamó, a la vez que chasqueaba los dedos—. ¡Has engordado unos kilitos!

Lizbeth se rio, burlona.

—Acertaste —contesté lo más alegre que pude, dado que era cierto que había ganado unos kilos.

—Bien hecho —sentenció Bigwood—. Tienes muy buen aspecto. Admiro a las mujeres que no temen comer.

Y, para deleitarlo aún más, tomé una galleta de una bandeja que había en el centro de la mesa.

Mi interés por haber sido invitada al sanctasanctórum pronto se transformó en un aburrimiento terrible. ¿Cómo lo soportaba Susan semana tras semana? *Bubba* estaba sentado a mis pies, seguramente porque era la única que le daba trocitos de galleta. Comentaron estrategias y financiación, y no consigo recordar qué más, porque al final ya no había galletas para mantenerme distraída, y a *Bubba*, interesado; y, cuando empezaba a preguntarme si habría llegado ya la primavera y a plantearme el arrastrarme hasta el Doctor Muerte para suplicarle que acabara con mi sufrimiento, Bigwood se volvió hacia mí.

—June, tú te encargarás de la promoción de la gasolina de regalo. Me gustaría que estuviera funcionando en un mes.

Por fin, la razón por la que estaba ahí. Al parecer, no sólo habían aprobado mi proyecto, sino que me ponían al mando. ¡Nada menos que por encima de Lizbeth! Pese a lo contenta que estaba, fui lo bastante lista para contener cualquier muestra de emoción.

—Fantástico —dije, intentando sonar inexpresiva. No me atreví a mirar directamente a Lizbeth, por miedo a convertirme en una estatua de sal.

—¿Gasolina de regalo? —oí que decía. Sin duda, era la primera noticia que tenía al respecto, y no parecía nada contenta de estar fuera de juego—. Pero, bueno, Lou, me parece que yo no...

—June te pondrá al día —la interrumpió Bigwood.

Y eso fue todo. Se levantó para marcharse, y todos los demás hicieron lo propio, incluida Lizbeth, que, o bien respetaba a Bigwood y aceptaba lo que había dicho como si fuera la última palabra o bien estaba demasiado ocupada planeando mi asesinato para decir nada más.

Me dirigí hacia ella con cuidado, como cuando uno se acerca a un gato salvaje.

—Avísame cuando quieras que te explique los detalles. Estaré encantada de hacerlo —dije.

—Oh, no me cabe la menor duda —respondió con frialdad, sin ni siquiera mirarme.

7

Pronto descubrí que el problema de tener una lista como la de Marissa es que te cuesta dedicar energía a cualquier cosa que no esté directamente relacionada con ella. Depende de lo que te suponga hacerla. Como en la secundaria, cuando un profesor nos hablaba con los ojos brillantes sobre una apasionante oportunidad educativa: una obra a la que podríamos asistir o una exposición de un museo relacionada con nuestros estudios. Puede que hasta sonara remotamente interesante. Pero todo se reducía a lo que, al final, algún valiente expresaba por todos nosotros: ¿contará para la nota?

Así fue como me sentí cuando Sebastian Forbes me invitó a una fiesta que se daba a sí mismo. Era para celebrar el éxito de su libro, que en aquel momento encabezaba la lista de ventas de *Los Angeles Times* y figuraba en quinto lugar en la del *New York Times*. *Publishers Weekly* lo llamaba «un *tour de force* lleno de humor negro».

—No te debo casi nada de esto —dijo con alegría—, pero quiero que vengas a la fiesta y veas a los canallas que me abandonaron cuando más los necesitaba.

—¿Han vuelto?

—Como moscas a la miel.

Insinuó que también podría haber escritores y algún que otro actor; ya se hablaba de hacer una versión cinematográfica de su novela. Aun así, tuve que obligarme a aceptar la invitación. Me limitaba a pensar si habría alguien que diera masajes o si saldría por televisión. Y entonces recordé otras cosas pendientes de la lista: ¿habría ocasión de practicar *bodyboard*? ¿Estaría invitado Buddy Fitch?

Finalmente cedí y anoté cómo ir a su casa.

—Supongo que debería contarte lo de mi médico.

—Oh... —No sabía qué decir. Me parecía una confidencia muy íntima, teniendo en cuenta que nos conocíamos desde hacía muy poco tiempo. Además, parecía muy sano.

—No —aclaró, al captar mi vacilación—. Es que estoy saliendo con él. Se llama Kip, y es inteligente y guapísimo. Estará en la fiesta, así que pórtate bien.

—¿De modo que lo de J. J. se acabó para siempre? —pregunté, tras suspirar de alivio.

—¿Qué J. J.?

Sebastian vivía en una casa de estilo mediterráneo en las colinas de Hollywood, si bien podría hablarse de mansión. Al entrar en el inmenso vestíbulo, solté un silbido de admiración. Me acompañaba Susan; la cual, cuando le mencioné la fiesta, me había suplicado ir. Y es que le había dejado mi ejemplar de *Hombre de una sola mujer*, y no podía dejar de hablar de él. Las paredes, pintadas en tonos dorados, estaban forradas de cuadros abstractos. Estoy segura de que todos eran de gente desnuda.

—Así que éstos son los beneficios del autor de un éxito de ventas, ¿eh? —dije a Sebastian cuando nos recogió los abrigos.

—¿Esto, los beneficios? ¡Qué va! —se burló—. Mi anticipo fue minúsculo. La casa es gentileza de mi abuelita, que murió hace unos años.

—Lo siento...

—No tienes por qué. Era una bruja; una mujer mala y resentida que le amargaba la vida a todo el mundo.

—¡Me encanta tu libro! —soltó Susan, tan de repente que me sobresalté.

—¿Quién es esta amiga tuya tan encantadora, June? —sonrió feliz.

Los presenté mientras nos acompañaba hacia el salón. Susan empezó a explicarle con voz entrecortada cómo la metáfora del terremoto que había utilizado para referirse a la tumultuosa relación con su madre la había hecho llorar.

Había unas doce personas en la estancia de techo alto, con muy pocos muebles y, en lugar de paredes, unos enormes ventanales que daban a la ciudad centelleante. La noche estaba despejada, aunque hacía algo de fresco. Al dirigirme en coche hacia allí, había visto el cielo lleno de estrellas; lo cual, dado el *smog* y las luces de la ciudad, no era nada habitual. Desde mi casa, sólo suelo ver un puñado. Es irónico: Los Ángeles es la ciudad de las estrellas, pero sólo de las que hay en tierra, que asisten a estrenos y consiguen las mejores mesas en los restaurantes de lujo.

—Todavía es temprano, y sois de las primeras —comentó Sebastian.

—¿Temprano? ¡Pero si son las diez y media! —exclamé.

—Lo sé. Ya hay bastante gente, ¿no crees?

Esperaba que Susan y yo no diéramos la nota. Las dos íbamos de negro, sólo que ella llevaba un conjunto clásico de seda que le quedaba muy bien. Mi atuendo, en cambio, parecía salido de las estanterías más discretas de Express; y así era, aunque en el probador se veía mucho más sofisticado que en la fiesta.

Me estaba sirviendo un pastelito de cangrejo de una bandeja que pasaba, cuando un hombre fornido y moreno se acercó con lo que parecían unos pantalones corrientes de hombre, sólo que con la cintura tan baja en la parte trasera que se le veía la raja. No le quedaban «caídos» como a los chicos, que los llevan muy bajos para enseñar los calzoncillos. Eran simplemente cortos de tiro, y sin ropa interior a la vista.

—*Man-ass* —me informó Sebastian cuando me pilló mirándolo.

—¿Cómo dices?

—Es la última moda en Nueva York. Lo denominan *man-ass*. Llámame anticuado, pero prefiero limitar las rajas que veo a las de los albañiles y los estibadores.

Enseguida me sentí mejor. Era totalmente imposible que pudiera competir con la clase de moda que se exhibiría esa noche. Se acabó la presión. Puede que a mi ropa le faltara garbo; pero, al menos, nadie podría acusarme de haberme pasado.

—Bebed lo que queráis —dijo Sebastian, señalando al camarero que había en el rincón antes de dejarnos para alternar con los invitados—. ¿Y por qué no saludas después a mi publicista, Hillary? La recuerdas de la presentación, ¿no?

Para cuando nos sirvieron las copas, Hillary conversaba animadamente con Man-ass; de modo que aproveché la oportunidad para comerme un huevo duro con salsa picante y para contar a Susan mi primera salida como Big Sister con Deedee esa misma tarde. La había recogido, habíamos ido al cine y la había llevado de vuelta a casa.

—Eso fue todo —me quejé—. No puede decirse que le cambie la vida.

—¿Qué esperabas? Era una película.

—Y palomitas —añadí a la defensiva.

—¿Se lo pasó bien?

—No sé. Es encantadora, pero muy poco habladora. Me encuentro haciendo lo que sé que los niños detestan: le hago un montón de preguntas idiotas.

Hice una mueca al recordar fragmentos de nuestra conversación:

«¿Te gusta el instituto?»

«No está mal.»

«¿Cuál es tu asignatura favorita?»

(Encogida de hombros) «Lengua y literatura, supongo.»

«Claro. Rose me comentó que quieres ser escritora.»

(Ninguna respuesta, ya que oficialmente no había hecho ninguna pregunta.)

«¿Qué clase de cosas escribes?»

«Ficción, supongo.»

«¿Ah, sí? ¿Qué tipo de ficción?»

«Relato breve.»

—Ya se abrirá —me aseguró Susan—. Respecto a si puedes o no cambiarle la vida, sé paciente. Diría que no tiene demasiadas ocasiones de relajarse y ser joven. Puede que ni siquiera sepa hacerlo. Tal vez baste con llevarla a divertirse un poco, aunque sea a ver una película un sábado por la tarde.

—Supongo que espero trompetas y revelaciones.

—Como todo el mundo.

La habitación sólo tardó una hora más o menos en llenarse. Asistieron los famosos que Sebastian había prometido; es decir, famosos en el sentido amplio de la palabra. Reconocí a un hombre que salía en una de esas series de solteros y a una mujer que se había ganado sus quince minutos de fama televisiva por haberse bebido una licuadora llena de babosas sin devolver.

—¡June! ¡Susan! ¡Venid aquí! —Sebastian nos hacía gestos para que fuéramos a donde él se encontraba con un grupo de personas; una de las cuales me llamó inmediatamente la atención, ya que se trataba de un pedazo de mujer, con el pelo rubio claro, unos pómulos en los que podías hacer saltos de esquí y la anchura de hombros de una nadadora olímpica.

Me la presentó como Mjorka, la modelo/actriz letona que había sido inicialmente elegida para interpretar a J. J. antes de que yo me ofreciera como brillante suplente. También estaban su publicista, Hillary, Man-ass y el novio de Sebastian, Kip, que con la perilla y las gafas de metal tenía la clase de aspecto adorable que te incita a pellizcarle los mofletes.

—Les estaba contando lo de tu lista —explicó Sebastian—. Traté de decir algunas de las cosas que contenía, pero sólo recordé la cita a ciegas y lo de correr un cinco mil.

—Si yo supiera que me iba a morir —intervino Man-ass—, querría lanzarme en paracaídas.

Susan dio una palmadita.

—¡Yo también!

Entorné los ojos; ¡ya estaba bien, tanto paracaídas!

El tema se desvió hacia una historia que Man-ass había leído en la serie de relatos de *Sopa de pollo para el alma* sobre un hombre que, a los quince años, había elaborado una lista de ciento veinte cosas que quería hacer. (Sabía de quién estaba hablando: yo misma lo había leído en casa de mis padres las Navidades pasadas, cuando me quedé sin nada que hacer. Su lista incluía aprender idiomas, escalar montañas, estudiar culturas primitivas, poseer animales exóticos, fotografiar parajes naturales espectaculares... cosas que resultaba difícil que cualquier persona lograra hacer en su vida. Recuerdo haber comentado a mi madre que decía que había hecho la mayoría de las cosas y todavía le había sobrado tiempo para casarse y tener cinco hijos. Mi madre había resoplado y había sentenciado: «Sí, claro, pero seguro que no cambió ni un solo pañal.» Y eso me sorprendió, porque mi madre rara vez es cínica.)

—Lo que resulta tan interesante de la situación de June es que está completando la lista de otra persona —soltó Sebastian, que así volvió a centrar hábilmente el tema en mí. Se volvió para mirarme—. ¿Qué más hay en ella?

Dije algunas cosas que se me ocurrieron. Cuando llegué a «Comer helado en público», Mjorka pareció desconcertada.

—¿Desnuda, quieres decir?

—¿O durante un salto en paracaídas? —Esa aportación fue de Man-ass.

—Pensadlo bien —dije, negando con la cabeza—. La chica que escribió la lista había tenido mucho sobrepeso. Había perdido cuarenta y cinco kilos. Así que el mero hecho de comer en público sería...

—Los americanos coméis demasiadas patatas fritas y azúcares —me interrumpió Mjorka.

—Nos encanta la comida —afirmó Hillary agradablemente, y se dio unas palmaditas en las anchas caderas.

—No os encanta la comida. Os da miedo la comida. Así que coméis basura. Os envenenáis el cuerpo y os volvéis gordos y feos —acusó Mjorka. Eso pareció molestar a Hillary.

Kip se volvió hacia mí.

—Sebastian me contó que hacía poco que había adelgazado —dijo, y cuando asentí, prosiguió—: Qué pena. No me imagino lo que es estar grueso toda la vida. La gente es muy mala. Seguro que esa lista era su primer intento de llevar una vida normal. Y entonces... —Chasqueó los dedos—. ¡Adiós! Nunca podrá ser feliz.

Caramba, Kip.

Sé que la intención era buena, pero... ¡ay!

—¿Por qué todos suponéis que era desdichada? —lanzó Hillary—. Hay muchas personas obesas que llevan una vida plena y satisfactoria. Tienen amigos y trabajos gratificantes, y sí, incluso se enamoran y se casan. No todo el mundo está obsesionado con lucir cuerpo de modelo. —Y entonces dirigió una mirada despectiva a Mjorka—. Creo que tenéis demasiados prejuicios con las tallas.

—Si era tan feliz como dices —replicó Mjorka—, ¿por qué iba a adelgazar?

—O a hacer una lista —añadió Sebastian.

—Yo tengo una lista —explotó Hillary—. ¡Y soy feliz!

—Al parecer, no en ese momento.

Susan intentó una de las cosas que tan bien se le dan: calmar los ánimos.

—Eso es admirable —intervino—. ¿Qué hay en ella?

Hillary se puso colorada y, antes de que pudiera decir nada, habló Mjorka:

—¡Ja! ¡Quieres dejar de estar gorda! ¡Eso es lo que hay en tu lista!

Al oírla, Hillary se marchó; Man-ass la siguió, y Mjorka, sin inmutarse, se fue al otro lado de la habitación para saludar a alguien que conocía.

—Oye, ¿cómo va la lista? —quiso saber Sebastian.

—Hasta ahora, bien.

—Bueno, eres consciente de que no podrás hacerlo todo tú sola. Prometiste que me dejarías participar. Últimamente, me limito a escribir, así que necesito vivir a través de ti.

—Cierto —corroboró Kip—. Es la clase de cosa por la que vive.

—A ver, June, ¿qué tienes para mí? —me presionó Sebastian.

—¿Por casualidad, no conocerás a alguien llamado Buddy Fitch? —pregunté, pensando en lo que más me estaba costando de la lista.

—¡Pues sí! —exclamó.

—¿Sí? —¡Dios mío, era increíble! Empecé a dar brincos. ¡Se había acabado la búsqueda! Caramba, ¿cuántas probabilidades había de que Sebastian conociera a...? Me detuve en seco—. Me estás tomando el pelo, ¿verdad?

—No sabía que te ibas a emocionar tanto. ¿Quién es?

—Ni idea. Ése es el problema. Una de las cosas de la lista es «Hacer que Buddy Fitch pague». Pero resulta difícil vengarse de alguien cuando no sabes quién es.

—¿Lo has buscado por Internet? —preguntó Kip.

Los puse al corriente de lo que había intentado hasta entonces: repaso de anuarios, búsquedas en Internet, conversaciones con Troy, que me había llamado para decirme que las personas con quienes había hablado tampoco sabían nada.

—¿Sabes qué? —dijo Sebastian—. Un par de detectives privados me están ayudando a documentarme para mi nuevo libro. Les pediré que investiguen un poco a ese tal Buddy Fitch.

—Oh, no puedo pedirte eso.

—No hay problema. Te debo una.

Cierto, me debía una. Además, no sabía qué más hacer. Era vital encontrar a Buddy Fitch. Después de todo, sería terrible tomarme la molestia de correr para terminar la lista y que, al final, me quedara todavía una cosa pendiente.

8

Las siguientes semanas pasaron deprisa. Para castigarme por estar al cargo de la gasolina de regalo, Lizbeth se negó a ser flexible con mis plazos habituales. De hecho, sospechaba que se estaba inventando trabajo de más para dármelo a mí. La mayoría de días me quedaba hasta tarde en la oficina para intentar compaginarlo todo. No me había percatado de lo atareada que estaba hasta que mi madre me llamó para hablar sobre un finalista del concurso musical *American Idol*, y caí en la cuenta de que había olvidado verlo. No toda la temporada, sino sólo unos cuantos capítulos, pero aun así... (Lo comparo con esa gente que, cuando llega la noche, tiene algo de hambre y comenta: «¡Vaya, se me olvidó comer!» Eso tampoco me pasa nunca.)

Pese al aumento de trabajo, había encontrado tiempo para reunirme con Deedee cada sábado por la tarde; aunque las cosas con ella no avanzaban lo deprisa que habría esperado.

Le había estado dejando elegir la actividad, y cada semana decía que quería ver una película. Suponía que quería recuperar el tiempo perdido. El único problema era, como empecé a comprender, que eso no establecía exactamente la clase de vínculo que me permitiría influir en su vida. La recogía en su casa e íbamos juntas en coche los diez minutos que había hasta el cine, hablando sobre todo de lo que observábamos por las ventanillas; cosas como las vallas publicitarias, una señora con el carrito de la compra o qué pizzerías ponían la capa más gruesa de queso. Una vez en el cine, comprábamos chucherías, veíamos la película y, después, volvíamos a casa. Hasta entonces, la única lección vital que le había enseñado era mi truco a la hora de comprar palomitas: insistir en que llenaran el paquete hasta la mitad, que entonces le pusieran la mantequilla y lo rellenaran de palomitas hasta arriba antes de añadir la mantequilla final.

—De esta forma, están todas untadas —le había dicho con aire de entendida. Y aunque eso pareció impresionarla de verdad, y las siguientes visitas pedía las palomitas como una auténtica profesional, dudaba de que fuera la clase de cosa que Marissa tenía en mente cuando había escrito: «Cambiarle la vida a alguien.»

Con el fin de avanzar con la lista, la cuarta vez que recogí a Deedee traté de sugerir otra actividad. En el Museo de la Ciencia había una exposición especial de cadáveres auténticos conservados. Estaba segura de que le interesaría; ¿a qué adolescente no le gusta el *gore*?

—¡Pero si acaban de estrenar la última película de Chris Rock! Me muero de ganas de verla.

Me abroché el cinturón de seguridad y puse el coche en marcha.

—¿No estaría bien hacer algo distinto?

—Por favoooor —suplicó—. Me han dicho que es muy divertida. Todo el mundo la ha visto. Si no vamos, seré la única persona de todo el instituto que no sabe de qué va. —El fervor la hacía temblar como un flan.

¿Cómo iba a negarme?

—De acuerdo. Vamos a ver a Chris Rock.

Todo iba como de costumbre hasta que llegamos al puesto de las palomitas y demás chucherías. Oí que Deedee murmuraba «¡Mierda!» y mascullaba algo en español.

—¿Qué? —pregunté, pero como había aprendido a hacer oídos sordos a sus palabrotas, volví a fijar la atención en el chico que me estaba atendiendo—. No, no lo llenes hasta arriba. Hasta la mitad. Luego ponle la mantequilla... —Me incliné hacia Deedee para darle un codazo, pero no estaba.

Pagué y eché un vistazo alrededor del atiborrado vestíbulo procurando que no se me cayeran los dos refrescos, el paquete gigante de palomitas, la caja de perlas de chocolate y la bolsa de caramelos que llevaba en la bandeja.

Ni rastro de ella.

Por favor, que no la hubiera perdido.

Yo tenía las entradas, de modo que no podía estar en la sala. Intenté recordar cómo iba vestida. Unos vaqueros anchos, creo. Una sudadera con capucha de color gris. Me metí en los lavabos de señoras y la llamé. No obtuve respuesta.

Se me hizo un nudo en el estómago, pero me dije que era ridículo. No era una niña pequeña que se hubiera alejado en medio del tráfico. Tenía catorce años. El vestíbulo estaba lleno de adolescentes: grupos ruidosos y animados de chicos que hablaban alto y se empujaban entre sí llamándose la atención a la vez que fingían que eso era lo último que querían, pero ninguno de ellos era mi adolescente. Eso no era bueno. Seguro que el programa Big Sisters te miraba con malos ojos cuando perdías a tu Little.

Cuando me estaba planteando si hacer llamar a Deedee por megafonía, sabiendo que me mataría, la vi sentada en una máquina de juego en forma de cabina telefónica que había en un rincón del vestíbulo. Podía verle una parte de brazo, los pantalones y media cola de caballo.

—¿Deedee? —dije, inclinada hacia ella intentando que no se me derramaran las bebidas.

—Oh, hola —soltó—. Estaba probando este juego. —No

100

había introducido monedas. La pantalla seguía luciendo el *Game over* de su último jugador.

—Me asustaste. Creí que te había perdido.

—Perdona.

—La película está a punto de empezar.

—Vale.

No se movió; pero alargó el cuello para mirar detrás de mí, evidentemente en busca de algo. ¿O quizá de alguien?

—¿Hay algún problema?

—No. Ninguno.

Pasados uno o dos minutos, por fin se levantó y tomó un refresco de la bandeja que yo tenía en las manos, lo que alteró el delicado equilibrio que con tanta diligencia me había esforzado por establecer. Intenté controlar la bandeja como pude, pero fue en vano. Deedee sujetó las palomitas y yo logré salvar los caramelos. El resto cayó con estrépito al suelo, me salpicó los pantalones y arrancó un aplauso de la gente que había cerca.

—Muy bien, Deedee —oí, al agacharme para intentar recogerlo todo—. ¡Qué agilidad!

Alcé la mirada y vi a una chica seguramente muy bonita, pero en lo único en que me fijé fue en su sonrisa engreída.

—Oh, hola, Theresa —dijo Deedee con indiferencia—. No sabía que estabas aquí.

Era lógico que Deedee hubiera ido corriendo a esconderse en la máquina de juego. Parecía tan contenta de ver a esa chica como yo de ver a Lizbeth cada mañana.

—Claudia y yo quedamos con Tony y todos los demás —explicó y, acto seguido, preguntó—: ¿Con quién estás tú?

Como no encontró ninguna forma de escurrir el bulto, Deedee me señaló inclinando la cabeza.

—Ella —me presentó.

Me habían reducido a un pronombre.

Theresa parecía esperar más explicaciones. Deedee guardaba silencio, y yo no podía decir nada que fuera a avergonzarla aún más. Me imaginaba lo embarazoso que debía de ser que te pillaran un sábado por la tarde en el cine con un adulto, cuando tus compañeras estaban allí con amigos. ¿Era yo una amiga de la familia? ¿Un familiar? ¿Sería admitir que era su Big Sister destrozarla socialmente?

—Soy su agente de la condicional —solté a falta de algo mejor.

Para mi sorpresa, Deedee soltó una carcajada; lo cual era la expresión más genuina de emoción que le había visto en todo el mes que llevábamos encontrándonos. Theresa rio incómoda, sin captar la broma pero preguntándose si no le estaríamos tomando el pelo.

—Sí, me trincaron pasando droga —añadió Deedee—. Bueno, será mejor que nos vayamos. Va a empezar la película.

Mientras nos sentábamos en primera fila (nuestro castigo por ver una película el fin de semana del estreno), los tráilers retumbaban a unos pasos de nosotras.

—¿Son imaginaciones mías o esa tal Theresa es una auténtica bruja?

Deedee asintió con un gruñido mientras tomaba un puñado de palomitas.

—Actúa como si fuera tu mejor amiga, pero, en cuanto te das la vuelta, cuidado.

—¿Es cotilla?

—Sí, y además bastante cortita. Seguramente le estará contando a todo el mundo que realmente tengo una agente de la condicional.

—No parece importarte. Supongo que es mejor que diga eso que no que vaya cotilleando que estabas con una Big Sister, ¿no?

—No, no hay problema contigo —dijo, después de tomar un sorbo del refresco superviviente que estábamos compartiendo—. Unas cuantas chicas tienen Big Sister. Mi amiga Janelle ya ha tenido tres. —Y, mientras yo elevaba una silenciosa oración de gracias porque no me hubiera tocado Janelle, añadió—: Es que no puedo hacer nunca nada con mis amigas. Siempre tengo que cuidar de esa mierda de hermano. Todos los días, al salir del instituto. La mayor parte del fin de semana. La única vez que me libro de ese bicho es cuando estoy contigo. Oh, y una vez que fui a un baile del instituto. E, incluso entonces, mi madre pretendía que volviera a casa enseguida; sólo pude quedarme un rato más porque fingí que me había confundido de hora.

—Buena estrategia.

—Eso pensé.

—Cuesta creer que alguien le pueda pedir tanto a una chica de catorce años —comenté, sacudiendo la cabeza—. ¿Cuándo te diviertes?

—Esto es lo único que tengo. —Su sombría voz dejaba claro lo lejos que quedaban nuestras salidas de su definición de diversión—. Y eso gracias a que esa tal Rose del programa Big Sisters dijo a mi madre que me daría algo y que me convertiría en una puta o algo así si no me daba un respiro de vez en cuando. Que, a la menor libertad que tuviera, me volvería loca. Las oí hablar, ¿sabes? Fue la primera vez que alguien hizo que mami se sintiera mal por algo —explicó, antes de beber otro sorbo—. Rose es muy divertida. Le cantó las cuarenta a mi madre. Dijo que mi vida necesitaba un cambio y que ella iba a dármelo.

Al oír aquello, casi se me volvió a caer la caja de perlas de chocolate. ¡Sería posible! Resultaba que Rose Morales no me estaba ayudando en absoluto a conseguir mi objetivo secreto de tachar una cosa más de la lista. ¡La muy astuta me hacía la competencia!

—Sé que no soy como una amiga de tu edad, pero estoy contenta de que hagamos cosas las dos juntas —dije, para intentar dejar las cosas en su sitio (si alguien iba a cambiarle la vida a alguien, iba a ser yo)—. Espero que te lo pases bien.

—Claro. Está bien. —Se encogió de hombros de modo agradable y echó un vistazo a la caja de perlas de chocolate—. ¿La vas a abrir?

Después de la película, sugerí que pasáramos un ratito más juntas para ir a la sección de cosméticos de M. A. C., donde le compré a Deedee un tubo de lápiz de ojos líquido que me costó dieciocho dólares. Era más barato que las chucherías del cine y, a juzgar por el gritito de alegría que soltó cuando le di la bolsa, resultaba una inversión mucho más acertada para ganarme su cariño.

—¿Qué te parece si la semana que viene nos saltamos la película y vamos a la playa? —pregunté, mientras subíamos corriendo al coche. Tenía que estar de vuelta en casa a las cuatro, y ya pasaban cinco minutos de la hora—. Hace tiempo que quiero hacer *bodyboard*.

Lo cual, por supuesto, era ridículo; porque cualquiera que me conociera lo más mínimo sabía que yo nunca querría hacer *bodyboard*. Sólo era una cosa de la lista. Pero, como Deedee no sabía nada de la lista, y nunca lo sabría, ya que ella también era, básicamente, una de las cosas que ésta contenía, me alivió ver que se lo creía.

—Vale. Podré ponerme morena. Pero no voy a meterme en el agua por nada. Estará helada en esta época del año.

—Digamos que estará fresquita —repliqué.

—Sí, claro.

Muy bien, desafiaría yo sola a las olas. Por lo menos, haríamos algo distinto a mirar una pantalla de cine.

—¿Tendrás problemas por volver tarde? —pregunté, tras incorporarme al tránsito.

—Es posible. Pero a lo mejor no. Mi madre estará enfadada contigo, no conmigo. Tendría que estar cuidando del príncipe Ricky.

—Tu hermano, supongo.

—No tienes idea de lo pesado que es, y mi madre cree que es perfecto. Siempre está Ricky esto y Ricky lo otro. Yo sólo existo para cuidar de él. No te lo puedes imaginar.

—Tócate la nuca —le pedí, cuando llegamos a un semáforo en rojo. Me miró como si me hubiera vuelto loca—. Venga, hazlo.

Con una expresión que indicaba que sólo lo hacía por complacerme, levantó una mano y se la pasó por la cabeza.

—¿Notas lo curvada que está? —pregunté antes de inclinarme hacia ella sin dejar de mirar el semáforo—. Ahora toca la mía. ¿Ves lo plana que es?

—Vaya, es bastante plana —comentó tras palparla, y volvió a tocarse la suya para compararlas.

—Eso es porque, cuando era pequeñita, mis padres se pasaban el rato persiguiendo a mi hermano. Era un diablillo, y muy rápido. Yo era muy tranquila, así que me dejaban acostada en la cuna, todo el día sola. Los bebés tienen la cabecita blanda, y la mía terminó por aplanarse.

—Tienes suerte de tener tanto pelo —comentó Deedee tras un instante de reflexión—. Te lo tapa. Jamás habría dicho que tenías la cabeza plana.

—Lo que quiero decirte es que no estás sola. Sé lo que es perderse cosas por culpa de un hermano malcriado. —Y tenía una deformidad para demostrarlo.

La playa de Santa Mónica estaba llena de gente cerca del muelle. Recordé, demasiado tarde, que había una feria ecológica y la estaban limpiando. Aunque era temporada baja, había varias hileras de carpas con puestos montados en la arena. Unos altavoces emitían la K-JAM, emisora patrocinadora, a todo volumen, con los cuarenta principales y música *hip-hop*, que habría disfrutado mucho más si no hubiera tenido que pagar siete dólares por aparcar. Deedee llevaba una bolsa de playa, y yo, un par de toallas y una tabla de *bodyboard* que Susan me había prestado sujeta con la correa por encima del hombro, de la relajada forma en que Sinatra sujetaba una gabardina.

Hacía buen día, pero soplaba el viento. Las olas rompían en la costa con la fuerza de una detonación. Aunque el aire era cálido, el agua estaría helada el mes de marzo. Los surfistas llevaban traje de neopreno (algo que debería haber tenido en cuenta); pero, el hecho de que unos cuantos nadadores se atrevieran a meterse en el agua con traje de baño corriente, me dio esperanzas.

Como teníamos que pasar por delante de la feria para llegar al agua, me imaginé que podría convencer a Deedee para ir a ver si había un puesto del Rideshare de Los Ángeles, y de paso, saludar a Elaine, la mujer que trabajaba para nosotros en los eventos de los fines de semana. Se me ocurrió que mi repentino interés por mi compañera Elaine podría tener algo que ver con el tamaño de esas olas. Sabía que haría la tarea que me esperaba, pero no tenía ninguna prisa por hacerla.

Pasamos ante un par de hileras de puestos hasta que divisé el del Rideshare de Los Ángeles. Brie estaba allí sola, y me saludó con la mano al ver que me acercaba con Deedee. Estaba tras un mostrador lleno de folletos diversos y de llaveros, bolígrafos, pelotitas para las antenas y otros artículos baratos y cutres de plástico con nuestro logotipo.

—¿Qué haces aquí? —le pregunté, sorprendida de verla.

—Elaine ha pillado esa gripe que hay ahora. Le había dicho que estaría encantada de sustituirla cuando quisiera. Me pagan un cincuenta por ciento más de lo habitual.

Entonces, llegó nada más y nada menos que Martucci, con una caja que dejó caer estrepitosamente sobre la mesa.

—Hola, Parker —dijo, mirándome de arriba abajo—. ¿Has venido a trabajar?

—¿Tengo aspecto de haber venido a trabajar? —Llevaba

una camiseta enorme encima del traje de baño y seguía sujetando la tabla de *bodyboard*.

—¿Cómo diablos quieres que lo sepa? Pero, si has venido a trabajar, tenemos que cargar más cajas. A Brie le da miedo romperse una uña.

—Me acaban de hacer la manicura —se justificó, a la vez que enseñaba las uñas de las manos pintadas con florecitas.

—Siento decepcionarte —dije a Martucci sin sinceridad—. Sólo he venido a veros un momento.

—Así que ésta es tu Little Sister —exclamó Brie cuando les presenté a Deedee—. Hemos oído hablar mucho de ti. Espera. —Metió la mano en la caja que había llevado Martucci para darle un bolígrafo con una especie de lámpara de lava que cambiaba de color cuando le dabas en la punta—. Toma. Sólo doy las cosas buenas a los amigos.

—Genial —dijo Deedee mientras lo probaba—. Gracias.

—¿Por qué no traes la caja de las camisetas? —pidió Brie a Martucci—. Estoy segura de que le gustarán.

—Por Dios, me tomas por un burro de carga —se quejó—. Elaine lleva su parte cuando trabaja conmigo, ¿sabes?

—Eso es porque no tiene mis aptitudes. Mi trabajo consiste en atraer clientes —replicó Brie—. No puedo con las uñas descuidadas.

Martucci dirigió a Deedee una mirada cansada.

—¿Qué talla quieres? —le preguntó.

—Una grande, por favor —respondió Deedee.

Se marchó murmurando algo entre dientes. Esperé a que ya no pudiera oírnos para hablar.

—Olvídate de cobrar un cincuenta por ciento más la hora. Si te ves obligada a trabajar con él, deberías cobrar el triple de lo habitual.

—¿No te cae bien Martucci?

—¿A ti sí?

—No está mal.

—No soporto la forma en que le hace la pelota a Lizbeth. Y esa trencita que lleva es asquerosa. Siempre se la está tocando.

—Seguramente tiene miedo de que se le vaya reptando —comentó Brie—. Bueno, creo que puedo conseguir que vaya a buscarnos unos bocadillos cuando vuelva. Esto de estar aquí me da hambre. ¿Queréis un bocadillo?

—Paso —contesté; aunque se me ocurrió que, si comía algo consistente, tendría una excusa para esperar treinta minutos antes de meterme en el agua.

Brie centró su atención en Deedee:

—Dime, cielo, ¿tienes novio?

No podía creer que le hubiera hecho una pregunta tan entrometida nada más conocerla. Estaba convencida de que Deedee haría esa imitación de una ostra que yo conocía tan bien, pero soltó un sonido parecido a «fffff» y entornó los ojos como para decir «Chicos...».

—Conozco esa expresión —aseguró Brie, que asentía con aire entendido—. Vamos, cuéntaselo a mamá Brie. ¿Quién es el capullo y qué ha hecho?

—Carlos —respondió Deedee, como refiriéndose a «un mierda».

—Hum...

—Y dice que le gusto, que soy genial y todo eso...

—Me suena.

—Pero va y me entero de que sale con... —se detuvo un instante porque, evidentemente, era demasiado terrible para decirlo— Theresa.

—¿Theresa, la del cine? —la interrumpí.

—Sí. Él también estaba; algo que, mira por dónde, se le olvidó mencionar.

—Ese Carlos no te conviene —aconsejó Brie a la vez que sacudía la cabeza, indignada—. Está loco por querer salir con una guarra como Theresa. ¿Sabes qué creo? —Se inclinó hacia delante y ciñó la camiseta sin mangas que le quedaba enorme a Deedee—. Tienes muy buen tipo. Tendrías que vestir muy *sexy* y enseñarle a Carlos lo que se está perdiendo. Tengo algunas prendas que ya no me pongo. Me quedan pequeñas, pero estoy segura de que a ti te irían de maravilla. ¿Qué te parece si se las doy a June para que te las lleve? Puedes quedarte lo que quieras y tirar lo demás.

¿Deedee con la ropa que había desechado Brie? ¿*Lycra* y *spandex* ajustados y de colores? ¡Menudo chiste! Era como si yo...

—Estupendo —sonrió Deedee encantada—. ¿Tienes cosas como las que llevas ahora?

—¿Estos trapitos viejos? —Brie llevaba una camiseta fucsia sin mangas con unos pantalones cortos a juego—. Oh, mucho mejores.

Vaya, ¿qué te parece? En cinco minutos había logrado establecer un vínculo más fuerte con Deedee que yo en un mes entero. Pero estaba bien que Deedee se abriera, aunque no fuera conmigo. Por lo menos, lo hacía cerca de mí.

—Oye, casi se me olvida —me dijo Brie—. Ese locutor de tráfico vino a ver si estabas aquí. ¿Trey...?

—¿Troy Jones?

—Sí, eso. Dijo que está aquí con la K-JAM para ayudar en la limpieza de la playa. Oh, hablando de limpiar, mira. —Estrujó un folleto y lo tiró a la arena. En unos segundos, se acercaron corriendo dos niños, con una bolsa de basura cada uno, y empezaron a pelearse para recogerlo—. ¡Siempre funciona! Supongo que hay más gente recogiendo basura que basura.

Deedee pareció encantada, pero yo estaba ocupada buscando a Troy Jones. Con un poco de suerte, ya se habría ido. Lo último que me faltaba era que él anduviera husmeando mientras intentaba hacer una cosa de la lista, especialmente una que requería que fuera tan destapada.

—Espero que Martucci regrese pronto con esa camiseta. Deberíamos irnos —solté.

—Parece que tienes previsto pasártelo bien —dijo Brie con los ojos puestos en la tabla de *bodyboard*—. Por cierto, ¿sigue en pie lo de mañana por la noche?

—Sí. —Brie iba a acompañarme al bar Oasis para que pudiera tachar otra cosa.

—¿Sigues pagando tú?

—Sí.

Charlamos un poco más hasta que Martucci volvió y, esta vez, dejó caer la caja en la arena. Luego, rebuscó en ella y le lanzó a Deedee una camiseta.

—Ten —dijo—. Llévala con orgullo.

—Gracias. —La alzó para mirarla—. Es bonita.

—Si crees que esta camiseta es bonita —indicó Brie—, tendrías que ver lo que elegí para que June se pusiera mañana. ¡Es divino! El top es azul plateado, muy brillante, ¿sabes? Y tiene unas cositas centelleantes todo a lo largo del...

—¡Sí, vale! —la interrumpí, porque no quería que Brie explicara delante de Martucci dónde estaban las cositas centelleantes. Demasiado tarde.

—¿A lo largo de qué, exactamente? —preguntó con excesiva inocencia, ya que descendió la mirada para indicar que se lo imaginaba a la perfección.

—Ya nos vamos —dije, sin hacerle caso; pero Brie, negada por completo, hizo un gesto a lo largo del pecho a modo de respuesta.

—Estupendo —aseguró Martucci—. ¿Qué hay mañana?

—Vamos a salir —respondió Brie. Empezó a preocuparme que pudiera hablar de la lista, pero se limitó a añadir—: Iremos a un bar llamado Oasis. El nombre es ése, ¿verdad, June? ¿Oasis? —Asentí y prosiguió—: Y a los hombres se les va a caer la baba cuando vean entrar a June. Va a ser... la chica más explosiva —terminó, guiñándome el ojo de modo exagerado.

Bueno, ya podía rematarme. No sé a quién le hizo más gracia que Brie dijera que iba a estar explosiva, si a Martucci o a

Deedee. Por suerte, se acercó un cliente, lo que impidió que Brie me siguiera humillando. Recogí nuestras cosas de playa, me despedí deprisa y Deedee y yo nos dirigimos al agua antes de que me rajara.

Aunque había hecho bastante surf en mis tiempos, nunca había practicado el *bodyboard*. Puede que sea californiana de nacimiento, pero me crié en el Valle, tierra de aires acondicionados y piscinas al aire libre. Cualquiera que haya estado en Van Nuys el mes de agosto, entendería por qué las chicas del Valle tienen esa fama de pasarse el día en el centro comercial. Es comprar o derretirse. Y la playa, la hermosa y ventosa playa que está al otro lado de la colina, a cuarenta y cinco minutos de distancia en coche, también podría haber estado a mil kilómetros por las ganas que tenían mis padres de llevarnos. (Aunque debo admitir que, ahora que vivía en Santa Mónica, resultaba embarazoso las pocas veces que yo misma recorría el breve trayecto que me separaba de la playa.)

Chase me había dado algunos consejos cuando había ido a casa de Susan a recoger la tabla. Me había dicho que remara hasta donde rompen las olas. Que esperara a que estuviera a punto de romper una, me echara en la tabla, remara como una loca y dejara que me llevara gloriosamente hasta la playa.

—Espera tu ola —me había aconsejado, como si yo tuviera idea de lo que eso significaba.

Extendí las toallas. Llevaba un bikini floreado del verano anterior; uno de los pocos que pude encontrar con una parte inferior que tapara realmente la parte inferior y con aro en la superior. Si hubiera sabido entonces lo preciada y escasa que acabaría siendo esta combinación (como había descubierto con amargura cuando intenté, sin éxito, comprarme otro bikini esta temporada), me habría quedado todos los de la tienda. No tenía una tripa completamente lisa, desde luego. Pero y qué. Había visto mujeres con mucha más carne en el trayecto de ida y vuelta en autobús entre mi casa y el trabajo. Era evidente que quien tuvo la feliz idea de que Los Ángeles estaba lleno de cuerpos tersos, de formas perfectas, nunca había viajado en transporte público.

Agarré la tabla de *bodyboard*. Las olas no eran descomunales, pero resultaban de lo más amenazador para alguien cobarde como yo. Deedee cumplió su promesa de no meterse en el agua y se tumbó en la toalla.

—¿No vienes a animarme? —pregunté.

—Me meteré hasta los tobillos —anunció, y tomó una bolsa de Doritos para llevarla hasta la orilla—. Pero no creas que iré más allá.

Puede que la chica supiera lo que decía; el agua estaba tan fría que me quedé tiesa en cuanto metí los pies en ella.

—No está tan mal —comentó Deedee. Claro que, para ella era fácil hablar, porque no iba a bañarse toda entera. No fallaba: la única vez que no había pospuesto algo era la única vez que habría sido prudente hacerlo. Seguro que el agua estaba más caliente en verano. Pero ya era demasiado tarde: me había comprometido a hacerlo.

Me costó nadar con la tabla mar adentro porque tenía las extremidades entumecidas. Además, cada ola que llegaba me empujaba hacia atrás. Al final, jadeando, gruñendo y maldiciendo el hecho de no haber terminado ese cursillo de socorrismo de YMCA en la secundaria, logré pasar el rompiente, donde intenté varias veces remontar una ola. La técnica que inventé consistía en encontrar una, caerme de la tabla y acabar totalmente cubierta de agua mientras la tabla que llevaba sujeta a la muñeca me iba golpeando.

Aunque me iba cansando, volvía a subirme a la tabla una y otra vez. Estaba a punto de dejarlo correr (después de todo, la lista sólo ponía «Intentar hacer *bodyboard*»; no decía que tuviera que hacerlo bien), cuando vi cómo crecía gloriosamente detrás de mí lo que estaba segura de que era mi ola. Justo antes de que llegara, me di cuenta de que estaba equivocada. Pero que muy equivocada. No era ninguna ola. Era el edificio Chrysler. Era el Kilimanjaro. Era la Gran Muralla china, sólo que se alzaba a más de mil kilómetros de altura y parecía a punto de aplastarme.

Y así fue. Me sacudió y me lanzó dando tantas vueltas y tantos tumbos que no sabía dónde estaba la superficie ni el fondo. Me di con fuerza contra la arena unas cuantas veces, pero el agua volvía a arrastrarme hacia arriba... o hacia abajo... o en cualquier dirección, siempre hacia el aire. Con los pulmones a punto de reventar, me obligué a seguir las instrucciones que nos habían dado los socorristas: no combatir la ola. Cuando lo hice, ésta me escupió toscamente y sin miramientos hacia la playa.

Y ahí estaba yo, espatarrada en la arena, jadeando y farfullando llena de arañazos.

—Ten cuidado con la señora, Tommy. No vayas a pisarla —oí que decía, indignada, una voz de hombre. Y, acto seguido, un par de piececitos de niño me pisaron la cabeza de lleno.

Muy bien, se acabó.

Me solté la tabla de la muñeca y estaba a punto de levantarme cuando aparecieron otros dos pies.

—¿Estás bien?

Esa voz me sonaba familiar. Alcé los ojos: era Troy Jones. Me puse en pie de un salto e intenté quitarme la arena. La tenía incrustada en la cara. Estaba rebozada en arena. La braga del bikini parecía un pañal sucio.

—Sí.

—Ha sido una cabalgada increíble. Un poco bestia, el aterrizaje.

—Esperaba obtener puntos por el estilo. —Me cayó arena de la ceja al ojo. Para intentar recuperar la dignidad, comenté con toda la tranquilidad de que fui capaz—: ¿Cómo va la limpieza de la playa?

—Bien. Aunque no hay suficiente basura.

—Deberíais ir al muelle —intervino Deedee, que se había acercado—. Allí es donde está lo bueno. Mi amiga Janelle me contó que una vez encontró una bolsa con metacristal.

Arqueé una ceja en su dirección. Me cayó más arena.

—Troy —dije, intentando cambiar de tema y aprovechar el momento de distracción para tirar de la parte posterior del bikini y hacer que cayera algo de la arena—, te presento a Deedee, una amiga mía. Deedee, éste es Troy.

Troy alargó la mano para estrechar la de Deedee, y ésta la aceptó mientras lo repasaba con la mirada. Llevaba una camiseta de la K-JAM y unos pantalones cortos, y debió de gustarle lo que vio porque lucía la misma expresión que en el cine: vergüenza de relacionarse con alguien como yo.

—June no siempre lleva tan mala pinta, ¿sabes?

—Gracias —solté, con una sonrisa burlona.

Intentó arreglarme el pelo, que estaba apelmazado en un lado y se levantaba como un pájaro volando en el otro.

—Vale, ahora no está demasiado bien. Pero mañana por la noche saldrá y estará espectacular. Venga, cuéntale lo explosiva que estarás.

—Sí, hazlo —sonrió Troy.

—¡Te lo juro! —prosiguió Deedee—. Los del Oasis se van a quedar de piedra.

—Aseada gano mucho —aseguré, inexpresiva.

—¿Has dicho Oasis? —preguntó Troy.

—Es un bar que hay en... —empecé a explicar.

—Sí —me interrumpió—. Lo conozco. Solía ir con mi hermana de vez en cuando. Estaba enamorada del camarero.

Me quité un envoltorio empapado de caramelo del pelo y, asqueada, lo tiré al suelo.

—¡Mío! —gritó un niño que se acercó corriendo para recogerlo y meterlo en la bolsa de basura que llevaba.

Entonces Deedee tiró la bolsa vacía de Doritos a la playa y observó encantada que volvía a pasar lo mismo.

—Voy a ver si tenemos algo más de basura. Es divertido.

—¿Te gusta mucho hacer *bodyboard*? —me preguntó Troy cuando Deedee se fue.

—Es la primera vez que lo hago.

—¿Alguna razón para probarlo hoy?

No paraba de caerme arena en los ojos, y me daba miedo que pareciera que los estaba guiñando.

—Veo que hoy también vamos de pesca. —Cuando me miró con curiosidad, aclaré—: Me refiero a averiguar si podría ser algo de la lista.

—¿Tanto se me ha notado?

—Tranquilo. Pues sí, lo es.

—¿Has remontado alguna ola buena? —quiso saber, tras contemplar el mar un momento.

—No estoy segura. He logrado tomar impulso un par de veces, pero no sé si eso es remontar una ola. —Se me ocurrió que remontar olas podía ser como tener orgasmos: si no estás segura de haberlos tenido, es que no los has tenido—. Puede que no.

—¿Vas a volver a entrar?

¿Entrar? ¿Hablaba en serio? No iba a volver a entrar nunca en el agua… jamás. De hecho, durante el rato que había pasado desde lo que consideraba mi experiencia al borde de la muerte, me estaba planteando seriamente recoger mis cosas y trasladarme a Montana, o a cualquier otro estado que estuviera en el centro del país y lo más lejos posible de cualquier masa grande y salada de agua.

—Claro —respondí, audaz; el orgullo había podido más que cualquier parecido con el pensamiento racional.

—Voy a darte un empujón.

Sin decir nada más, se quitó la camiseta y la tiró al suelo. «¡Madre mía!» Tenía unos hombros y unos brazos fuertes, con el tipo de musculatura que se logra trabajando en el campo y no posando en el gimnasio delante de un espejo. Y un poco de fino vello castaño le bajaba hacia los abdominales duros, pero no marcados. Entonces vi la cicatriz enorme que le recorría en diagonal casi toda la pierna, desde donde le acababan los pantalones cortos hasta la espinilla.

—¿Qué es eso de darme un empujón? —pregunté, con la esperanza de no habérmelo quedado observando de una forma demasiado evidente. Aunque, después de todo, se había quitado ropa. Habría sido de mala educación no mirarlo.

—Ya lo verás. —Gritó a sus compañeros de la limpieza de la playa que volvería enseguida y sujetó la tabla. Me metí en el agua y lo seguí. Era más fácil nadar hasta más allá del rompiente sin la tabla, y volver a bañarme tenía la ventaja de quitarme la arena del pelo y de alguno de mis orificios más críticos.

El agua le llegaba hasta el tórax, y yo me movía con las olas, aferrada a la tabla. No estábamos más cerca que cuando charlábamos en la playa; pero, por alguna razón extraña, el agua le confería intimidad a la situación.

Troy me dio las mismas instrucciones que Chase; sólo que añadió que, cuando llegara la ola adecuada, me daría un empujón.

—¿Haces surf? —pregunté.

—De vez en cuando. No tanto desde que me levanto a las tres de la madrugada para ir a trabajar.

—Dios mío, ésa es la hora a la que yo suelo volver borracha a casa.

—Sí, claro. Tienes toda la pinta.

—Nunca se sabe —solté, algo irritada porque fuera tan evidente que no era de las que salen de noche, si bien estaba claro que lo había dicho como un cumplido.

Hablamos un poco sobre sus sitios favoritos para hacer surf, y entonces me pidió que me preparara, que se estaban formando las olas. Me encaramé a la tabla y alargué los brazos para sujetar el extremo superior, con el trasero y las piernas en el agua. Estaba apuntada hacia la orilla como un cohete a punto de ser lanzado. Troy estaba detrás de mí y un poco hacia mi izquierda, no lo cerca de mi trasero que yo hubiera querido.

—Empieza a remar cuando te lo diga —me instruyó. Miré hacia detrás de mí, y vi que empezaba a formarse una ola. Cuando me alcanzó, Troy gritó—: ¡Ya!

Metí las manos en el agua, y la ola empezó a elevar la tabla. Troy puso una mano en la parte posterior de la tabla, la otra en mi zona lumbar y me dio un fuerte empujón.

De repente, el mar me elevó. Esto era remontar una ola; mis sospechas habían sido ciertas: nunca había hecho nada parecido. Era como si el agua que tenía debajo se hubiera convertido en un mar de manos que llevaran en volandas mi tabla, la cual se deslizó, saltó y se elevó hasta que me vi chillando por la inesperada emoción que eso me provocaba y deseé que no se acabara nunca.

9

Puede que hubiera pasado cien veces por delante del Oasis, pero nunca había estado en él. Por lo general, intento evitar los bares de temática tropical que hay en los centros comerciales. Pero cuando Brie, su amiga Chanel y yo entramos, me sorprendió lo grande, lo animado y, para ser domingo por la noche, lo concurrido que estaba.

—Estupendo, la mayoría son hombres. Menos competencia —dijo Brie, que se retocó la ajustada camiseta sin mangas puesta especialmente para la ocasión porque era del color del vómito de un bebé: no había que preocuparse de que pudiera eclipsarme. Chanel había anunciado que lo más seguro era que no hubiera hombres en un sitio llamado Oasis situado en un centro comercial, de modo que no le importaría llevar una blusa fea; gesto que habría apreciado más si no hubiera dado la casualidad de que yo tenía una idéntica.

Daba igual. Lo importante era que cumpliera los dictados del punto número ocho: «Ser la chica más explosiva del Oasis.»

Para ello, llevaba el mencionado top azul plateado con lentejuelas y los vaqueros de cintura baja que había comprado para la cita a ciegas. Me había pasado un buen rato secándome el pelo. Como buen producto de los años ochenta, no puedo

118

evitarlo: en lo que a peinado se refiere, sigo identificando más volumen con mejor. Sin embargo, pasé de que Brie me maquillara. (Había estado a punto de aceptar su oferta hasta que presumió de que siempre lo hacía del mismo modo y le sentaba bien a todo el mundo.)

Nos sentamos a una mesa alta de cóctel en el centro del local. Cuando vino la camarera, Brie y Chanel pidieron Pink Ladies, y yo, un Chardonnay.

—¿Y ahora qué? —quiso saber Chanel cuando llegaron las bebidas.

Eché rápidamente un vistazo a la gente que teníamos a nuestro alrededor.

—Supongo que sólo tenemos que asegurarnos de que soy la mujer más explosiva del bar. Después, podemos tomarnos las copas y largarnos.

—Desde aquí no veo bien a todo el mundo; vamos a comprobarlo —anunció Brie.

Chanel y ella tomaron las bebidas y se fueron a reconocer el terreno. Yo me quedé en la mesa intentando verme... ¿explosiva? ¡Uf! ¿Podría recuperar mi idea de hacer explotar algo, por favor? Lo cierto era que jamás me había sentido tan ridícula en toda mi vida. Y me sentía ridícula porque Brie y Chanel recorrían el local intentando decidir si era la chica más bonita, y más ridícula aún porque esperaba serlo. Sabía qué buscaba Marissa: la sensación de que todas las miradas se fijen en ti porque eres hermosa, no porque estés gorda. Pero la mayoría de las miradas del local no estaban puestas en ninguna mujer, sino más bien en alguno de los televisores que había en los rincones y que retransmitían un partido de los Lakers.

Chanel y Brie volvieron con una expresión de pena en la cara.

—Ahí, junto a la máquina de discos, detrás de aquella columna —dijo Brie—. Es más explosiva.

—Los pechos son operados, pero tiene un aire a Lindsay

Lohan —asintió Chanel—. Ya sabes, sana aunque algo viciosilla.

Estiré el cuello. ¡Mierda! ¡Era explosiva!

—¡No puedo competir con eso! ¿Qué se supone que debo hacer ahora? —gemí—. ¿Venir una y otra vez con la esperanza de que haya una noche floja? ¡Siempre habrá alguien más bonita que yo!

—No te preocupes por eso —anunció Brie en un tono inquietante—. Nos libraremos de ella.

—¿Qué vas a hacer? —pregunté, algo alarmada.

Metió una mano en el bolso y temí lo que pudiera sacar de él. Pero sólo quería retocarse la pintura de los labios.

—Tenemos algunas ideas. Nos acercaremos y hablaremos sobre una venta de muestras de calzado de diseño en el estacionamiento. Eso debería hacer que se marche. Si no funciona, podríamos decir que vimos una rata en la cocina.

Se marcharon para cumplir su segunda misión y me quedé sola sorbiendo mi bebida. Cuando observaba a los camareros, preguntándome de cuál estaría enamorada Marissa, apareció Troy Jones con una cerveza en la mano y una sonrisa en la cara.

—Tenías razón: ganas mucho arreglada —comentó.

—Ja, ja.

—Espero que no te importe que haya venido. Estaba por aquí, cenando con mis padres.

—Qué suerte. Yo tengo que conducir hasta el Valle para conseguir una comida casera decente.

—¿Has venido sola?

—No, mis amigas han ido a... —¿Qué podía decir: «A eliminar a las chicas guapas?»—. A saludar a unos amigos.

Dirigí la mirada a donde estaban Brie y Chanel. Mantenían lo que parecía ser una conversación en voz muy alta y con mucha gesticulación tras la mesa de la doble de Lindsay Lohan, que las ignoraba por completo.

En cuanto lo invité a sentarse conmigo, Troy señaló la barra con la cabeza:

—Ése es el chico del que mi hermana estaba enamorada, el del polo rosa. Decía que se parecía al cantante de Nine Inch Nails.

Era difícil decidir qué resultaba más extraño: que a la chica dulce que imaginaba que era Marissa Jones le gustara Nine Inch Nails o que creyera que alguien con un polo rosa se pudiera parecer a Trent Reznor.

—Ya veo —dije.

—Me pareció que debía comentártelo, por si necesitabas saberlo.

Ahora me llevó un segundo captarlo.

—¿Otra vez pescando?

Tomó un trago de cerveza en lugar de responder.

—No tiene nada que ver con el camarero —expliqué.

—Lo imaginaba. ¿Así que no tienes que intentar ligar con él ni nada de eso?

—No.

Sabía que estaba allí con la esperanza de ver la lista, y que tenía todo el derecho. De hecho, para empezar no tendría que habérmela quedado. Aun así, me preocupaba decepcionarlo. Todavía no había demasiadas cosas tachadas, no tantas como debería.

—¿Cómo es que te dedicas a informar sobre el tráfico? —pregunté para esquivarlo.

—Ah, estás cambiando hábilmente de tema. Te lo diré, pero me reservaré el material erótico para mis exitosas memorias. —Se recostó y me dirigió una mirada exageradamente distraída—. Todo empezó a los tres años, cuando me regalaron el primer triciclo...

—¿Es ahora cuando todo se vuelve turbio y hay un *flashback*?

—¿Prefieres la versión corta? Básicamente, soy un fanático del motor. Me saqué el carné de conducir a los dieciséis. Y el de moto, el mismo año. Tuve que esperar hasta los diecisiete para obtener el título de piloto, y no te dejan pilotar vuelos comerciales hasta los veinte.

—¿Eso es lo que siempre has hecho? ¿Pilotar?

—En realidad, en secundaria empecé a correr carreras de moto. Hasta tuve algunos patrocinadores. Creía que podría dedicarme a ello profesionalmente. Pero, entonces, tuve una caída... —Se detuvo un momento para golpearse la pierna como si fuera de madera—. Me abrí la pierna. Me destrocé la rodilla. Fue el final de mi carrera.

—Debió de ser aterrador —dije con una mueca.

—¿Sabes qué es lo más extraño? Mi familia pensaba que sería yo el que moriría joven. Al ritmo que iba, ninguno de nosotros creía que llegaría a los treinta.

Cuando oí eso, me vino a la memoria por qué estábamos sentados los dos a la misma mesa; me moví incómoda y, gracias a Dios, cambió de tema.

—¿Y qué piensa tu novio de todo esto? —me preguntó. Mientras intentaba recordar en qué momento le había mencionado a Robert, añadió—: Supongo que quien vino contigo al funeral era tu novio.

—Oh, sí. Rompimos hace cierto tiempo.

—Lo siento. —Hice un breve movimiento con la mano como para decir: «No pasa nada, *c'est la vie*», porque nadie quiere admitir que lo han dejado y, peor aún, que le dolió—. Oye, ¿qué estás tomando? —preguntó—. Te invito a otra...

—Oh, no, gracias. —Miré a Brie y a Chanel. Estaban sentadas a la mesa de la chica más explosiva y sus amigas gritando con el partido de los Lakers y chocando esos cinco entre ellas.

—Venga —me animó—. Ya casi te la has terminado.

—No, en serio. Tengo que conducir.

—Lástima —dijo, y me dirigió lo que mi madre solía llamar una sonrisa de diablillo, con las comisuras algo levanta-das—. Esperaba que, si te emborrachaba, me enseñarías la lista.

¿Qué podía hacer? Era propiedad robada, por así decirlo.

—De acuerdo —solté a regañadientes—. Te la enseñaré; pero, antes, debes saber que muchas de las cosas todavía no las he tachado porque están en marcha.

—Vale.

—Estoy trabajando en ellas.

—Tomo nota.

—Y no es justo tacharlas hasta no haberlas hecho. —Asin-tió—. Para hacerles justicia.

—June...

—¿Sí?

—La lista... —Alargó la mano.

La saqué del billetero, donde la llevaba guardada, y se la entregué.

La desdobló y empezó a leer.

20 cosas que debo hacer antes de cumplir los 25

~~1. Perder 45 kilos~~

~~2. Besar a un desconocido~~

3. Cambiarle la vida a alguien

~~4. Llevar unos zapatos *sexys*~~

5. Correr un 5.000

~~6. Atreverme a ir sin sujetador~~

7. Hacer que Buddy Fitch pague

8. Ser la chica más explosiva del Oasis

9. Salir en la tele

10. Ir en helicóptero

~~11. Proponer una idea en el trabajo~~

~~12. Intentar hacer *bodyboard*~~

~~13. Comer helado en público~~

~~14. Tener una cita a ciegas~~

15. Llevar a mamá y a la abuela a ver a Wayne Newton
16. Darme un masaje
17. ~~Tirar la báscula del cuarto de baño~~
18. Contemplar un amanecer
19. Demostrar a mi hermano lo agradecida que le estoy
20. Hacer un gran donativo a una obra de caridad

Adoptó una expresión seria al recorrer con una rápida ojeada los elementos de la lista. En un momento dado, soltó el aire de golpe y se frotó la frente. No sabía si debería decir algo, así que solté un simple: «¿Estás bien?»

—El punto diecinueve es duro. —Para entonces, me sabía la lista de memoria: el número diecinueve era «Demostrar a mi hermano lo agradecida que le estoy»—. Es sólo que... —empezó a decir, pero se detuvo. Pasado un instante, añadió—: ¿Me disculpas un momento?

—Claro.

Dejó la lista en la mesa y se fue a los lavabos de caballeros. Brie se acercó corriendo en cuanto me quedé sola.

—No hemos logrado que se vaya, pero puede que no pase nada. Tiene dolor de muelas.

—Menuda suerte.

—Pues sí. Veo que estás teniendo éxito con los hombres. Ése es una ricura.

—Lo conociste ayer. Es Troy Jones, el hermano de Marissa.

—Vaya, es verdad. Ya me parecía que me sonaba de algo.

—Le enseñé la lista —expliqué, con la mirada puesta en la puerta de los lavabos—. Creo que eso lo ha afectado.

—Claro. Es difícil aceptar que tu hermana quiera ir sin sujetador.

Me estremecí; no se me había ocurrido pensar lo personales que eran algunas de las cosas.

Hice que Brie se fuera antes de que Troy volviera y se sentara de nuevo con una disculpa.

124

—No esperaba que me afectara tanto.

—Me imagino que estabais muy unidos.

—Era mi hermana pequeña. Yo ya tenía cinco años cuando nació. Cuidaba de ella, ¿sabes?

¿Un hermano que cuidaba de su hermana? No, no podía saberlo. Solía pensar en mí misma como en una hija única que casualmente tenía un hermano.

—En todo caso, me expresó de sobra su gratitud cuando estaba viva —dijo—. Puedes tacharlo de la lista.

—No —lo contradije a regañadientes, porque su propuesta era muy tentadora. Le expliqué las normas que Susan y yo habíamos establecido para la lista: que no tenía que hacer las cosas por orden, que tenía que seguir el espíritu de la ley y que tenía que hacer todo lo posible para asumirlas como mías—. Me sería demasiado difícil predecir qué podría tener previsto hacer Marissa en este caso, así que me pareció más sincero hacerlo desde mi propio punto de vista.

Lo cual significaba, añadí, que, para poder tacharla, tenía que hacer saber a mi hermano lo agradecida que le estaba. Sin embargo, no mencioné que sería interesante expresar lo que sentía sobre algunos momentos Kodak como aquel en el que me tuvo en la cocina a punta de cuchillo de la mantequilla para hacerme llorar.

—Aunque en ésta, la número quince: *Llevar a mamá y a la abuela a ver a Wayne Newton*, tienen que ser tu madre y tu abuela —dije, preocupada. No me imaginaba que quisieran ir conmigo a ver a Wayne Newton; cosa que implicaba viajar a Las Vegas. No tenía idea de cómo iba a lograrlo.

—Estarán encantadas —aseguró, como si me leyera el pensamiento—. Ellas mismas se definen como Waynemaníacas.

—Todas las familias tienen secretos vergonzosos —comenté tras soltar un suspiro burlón.

Volvió a pedirme la lista y, esta vez, cuando la leyó, parecía más animado.

—Aquí hay algunas cosas que un hombre no quiere imaginarse haciendo a su hermana.

—Seguro.

—Pero no me importa imaginarte a ti haciéndolas.

Alzó la vista e, instintivamente, me crucé de brazos.

—Dime, ¿a quién besaste? —quiso saber.

—A un ayudante de camarero.

—Estoy seguro de que eso le alegró el día.

Y, entonces, ya no pude negarlo. Sentí algo en mi interior. La marmota se había despertado en su túnel y estaba a punto de asomar la cabeza para ver si el largo invierno se había acabado. Busqué un bate de béisbol mental para golpearla. Con todos los hombres que había en el mundo, ¿cómo podía sentir algo por aquel a cuya hermana había matado? Si llegábamos a ser pareja (y, por Dios, ¿cómo habían llegado mis pensamientos tan lejos tan deprisa?), tendríamos que mentir toda la vida cada vez que alguien nos preguntara cómo nos conocimos.

—Te ayudaré con lo de ir en helicóptero —indicó, y se terminó la cerveza—. Marissa lo puso porque siempre la desafiaba a que subiera.

—¿A que subiera?

—Sí, a que me acompañara mientras doy la información del tráfico.

—¡Me encantaría!

«¡Para! —me reñí a mí misma—. ¡Deja de pestañear!»

Entonces Brie y Chanel llegaron sacudiendo la cabeza.

—Les han robado el partido. No era falta ni en broma.

Después de las presentaciones, Troy se levantó para marcharse.

—Será mejor que me vaya; ya te he molestado bastante. —Deslizó la lista por la mesa hacia mí—. Y, a propósito, ya puedes tachar ésta —dijo mientras señalaba la número ocho: la razón increíblemente embarazosa por la que estábamos allí reunidos.

—Si no fuera por Miss Ricura, aquí presente —repliqué, negando con la cabeza.

—Cierto, es más explosiva —corroboró Brie con tristeza, e indicó con el mentón a la competidora. Los ojos de Troy siguieron nuestras miradas.

Tomó un lápiz del expositor de la mesa que anunciaba el especial de nachos. Se inclinó sobre la lista y trazó una línea sobre «Ser la chica más explosiva del Oasis». Luego, se volvió hacia mí:

—Ni de lejos.

10

El proyecto de la gasolina de regalo estaba encallado porque no conseguíamos encontrar ni una sola estación de servicio que quisiera trabajar con nosotros. Parece que les preocupaba una cosita llamada «responsabilidad civil». El director de una gasolinera quería que firmara una póliza de seguro por un millón de dólares, por si alguien sufría un infarto de la alegría cuando le pagáramos la gasolina. Se negó a participar, aunque traté de explicarle que el valor total de cada premio sería de cincuenta dólares, como máximo, y eso sólo para los todoterrenos, que tanto consumían.

—Nunca se sabe —aseguró—. A mi cuñada le cayó una araña delante cuando estaba pasando la aspiradora, y le dio tal susto que ¡zas!, la palmó.

Llevaba semanas llamando a estaciones de servicio sin la menor suerte. La fecha límite era el 16 de abril, en dos semanas. Era la novia que había contratado la orquesta y encargado el pastel pero no conseguía encontrar a ningún novio que quisiera casarse con ella.

En la reunión semanal del departamento de Lizbeth, Martucci me pasó un contacto: un conocido suyo que se llamaba Armando y que dirigía una estación de servicio de Umpco en

Burbank. La situación me encantó, porque se encontraba cerca de muchos de los principales estudios nuevos.

—¿Y qué saco yo de ello? —quiso saber Armando cuando lo llamé para preguntarle si podíamos hacer la promoción en su gasolinera. Seguía cobrando en la caja mientras hablábamos. Oía el «clic» del cajoncito que se abría y se cerraba.

—Sería una publicidad estupenda para su estación de servicio; además, le llevaríamos muchos clientes.

—¿Cómo? ¿No dice que van a sorprender a los clientes? ¿Cómo va a venir así gente nueva a gastar dinero en mi estación de servicio?

—Bueno, sí, pero...

—¡No use ese surtidor! —oí que le gritaba a alguien—. Tiene la pistola rota. ¡El cinco! ¡Vaya al surtidor número cinco! —Y volvió a conversar conmigo—: ¿Cuántos clientes nuevos cree que tendríamos ese día?

—Se trata más bien de renombre comercial. Verá...

—¡Renombre comercial! Si no es verde y tiene la imagen de un presidente en él, su renombre comercial no me sirve de nada. ¡Le dije que el número cinco! ¿No sabe contar, coño? ¡Uno, dos, tres, cuatro, cinco!

—La idea es que la gente verá su estación de servicio por televisión o la oirá mencionar por la radio y...

—¡Claro que no funciona, lumbrera! ¡No es ese surtidor! —bramó, y volvió al teléfono—. No me interesa.

Cuando conté a Martucci que no había logrado nada llamando a su contacto:

—¿Llamaste? Hombre, pues no me extraña. No vas a llegar a ninguna parte por teléfono. Tienes que ir a hablar con él en persona. —Tomó un pedazo de papel de su mesa y me anotó cómo llegar a la gasolinera—. Y, por el amor de Dios, Parker, ponte algo ceñido.

—¡Lo tenemos! —anuncié exultante en una posterior reunión del departamento esa misma semana.

Gracias a los dos kilos que había ganado (puede que más, pero como había tirado la báscula, ¿cómo iba a saberlo?), casi todas las prendas de ropa que tenía me iban ceñidas. Había ido directamente a cerrar el trato al salir del trabajo. Aunque me gustaría decir que Armando no tenía nada que hacer ante mis encantos, para ser sincera, opuso bastante resistencia. Al final, sin embargo, lo convencí; especialmente, al asegurarle que haría todo lo que estuviera en mi mano para que saliera en pantalla. Eso, y sí, me había vuelto a poner la blusa roja.

Aunque habría podido seguir adelante con sólo una estación de servicio comprometida con nosotros, Brie también había conseguido otra. Un amigo de un amigo era propietario de una Union 76, cerca del aeropuerto. Todo estaba saliendo a pedir de boca.

Mi confianza era tal que hasta había ordenado estampar camisetas en Kinko's para que las llevara el personal. Levanté una, que era de color púrpura vivo y llevaba escrito: «Fantástica oferta de gasolina de regalo» en la parte delantera, y nuestro logotipo y número de teléfono en la trasera.

—Muy bonita —comentó Lizbeth, que había lograzo esbozar una lánguida sonrisa—. Aunque no sé lo fantástica que puede ser, ya que sólo tenemos dos estaciones de servicio.

Quería pincharla con un sarcástico «¿Ah, sí?», pero además de que no era la clase de réplica ingeniosa que se merecía, me negaba totalmente a permitir que esa mujer me afectara. La campaña iba a tener mucho éxito, y ésta era la mejor venganza posible por su actitud avinagrada.

Después de la reunión, Brie me llevó aparte y me dio un cariñoso codazo:

—Podrías llamar a tu amigo locutor de tráfico. El que cree que eres explosiva.

—Cállate —pedí, sonrojada—. Prácticamente supliqué ese cumplido.

Tenía razón. Debería llamar a Troy para explicarle lo de la gasolina de regalo y que pudiera mencionarlo en antena.

Pero todavía no.

Dos semanas de antelación para pedir una conexión de diez segundos sonaba desesperado, incluso para mí.

—¡Mírate! Estás adora... —empecé a exclamar hasta que Deedee abrió los ojos como platos y sacudió la cabeza enérgicamente para impedirme seguir—... ble —terminé en un tono mucho más bajo.

—Vamos —dijo con frialdad.

Me había abierto la puerta con uno de los conjuntos de Brie: chaqueta vaquera, un top de *lycra* a rayas y unos pantalones rosas con la cintura muy baja. Puede que las prendas fueran una talla demasiado pequeña para ella, pero daba gusto verla así después de tanta blusa enorme y pantalón ancho. Aunque no se podía decir que el atuendo le sentara del todo bien, merecía un comentario.

—Buenos días —le grité a su madre en español, como hacía siempre que Deedee y yo nos íbamos de la casa. Una vez dentro del coche, pregunté—: ¿Qué pasa? ¿Tu madre no quiere que vayas vestida así?

—¿Estás de broma? Le encantaría. No para de darme la lata con que deje de llevar ropa grande y holgada.

—Ya.

Recordé cómo la madre de Deedee se quejaba a Rose Morales en mi primera visita. Era evidente que la forma de vestir de Deedee se había convertido en una lucha de poder entre ambas. Ella quería que Deedee vistiera de un modo más femenino y, al parecer, Deedee quería lo mismo pero no estaba dispuesta a admitirlo.

—Tal como yo lo veo, basta con que piense que llevo prendas grandes —aseguró con una sonrisa victoriosa—. Pero tengo que andarme con cuidado porque no es totalmente ciega. Debo ser prudente con los colores si está cerca.

—Muy hábil. Lástima que no puedas esconderle también las buenas notas.

Captó el sarcasmo y me lo devolvió.

—Rose se lo chivó —aseguró.

—Es probable que seas la única adolescente de Estados Unidos que oculta su buena conducta a su madre. En cualquier caso, lo que iba a decir es que estás adorable.

—Gracias. No se lo dirás, ¿verdad?

—¿Cómo?

—Oh, sí. Vaya. —Y, luego, añadió—: Habla algo de inglés y lo entiende mucho mejor de lo que parece. En el restaurante donde trabaja, hablan inglés.

—¿Trabaja?

—Sí, trabaja. Es cocinera. En un restaurante de lujo.

—Increíble. Yo cocino fatal, y no tengo ninguna discapacidad. Da la impresión de que podría quemarse o...

—Nunca se quema. Es demasiado perfecta —indicó, tocándose un botón de la chaqueta—. Cada día oigo lo mucho que puede hacer sin ver. Siempre me está machacando con que tengo que hacer algo de mi vida, como ha hecho ella. No como tantas chicas que empiezan a tener hijos enseguida. Quiere que antes vaya a la universidad y gane mucho dinero.

—¿Y no es eso lo que tú quieres?

—Sí, claro. Pero quizá quiera tener hijos antes. Ya me entiendes, antes de ser demasiado vieja. —Debió de darse cuenta de lo que había dicho en cuanto lo dijo, porque añadió rápidamente—: Aunque no es que sea malo tener los hijos cuando eres vieja.

Pasaron unos segundos en silencio.

—¿Has pensado tener hijos? —me preguntó.

—Por supuesto. Aunque sea tan vieja que seguramente mis ovarios estén secos y llenos de polvo, tal vez lo intente.

—También podrías adoptar.

—Tengo treinta y cuatro años. Hablas como si fuera imposible.

—No quería decir eso. Es sólo que, entre nosotros, las mujeres de tu edad tienen nietos.

Nos encontramos con Sebastian y Kip en un centro de juego láser de Pasadena. Ése no era el plan original. Tenía previsto un almuerzo para que Sebastian pudiera hablar con Deedee sobre su interés por la escritura. Pero me preguntó si Kip podía acompañarnos y, ya que íbamos a ser cuatro, ¿no podríamos divertirnos un poco? Había cambiado de planes y, al verlos juntos, me alegré de haberlo hecho. Se lo pasaron en grande. Deedee se relajó de manera muy poco habitual en ella: gritaba arriba y abajo en español con Kip, como si fueran mafiosos mexicanos, y reía histérica.

Por desgracia, eso del juego láser se me escapaba. La sala estaba tan oscura que no paraba de perderme en el laberinto. La pistola no disparaba nada que pudiera ver, y no llegué a entender cómo tenía que recargarla. Después me tomaron el pelo porque me habían matado y ni siquiera me había dado cuenta. Al parecer, había jugado tres rondas ya muerta; era un mero fantasma que apretaba el gatillo una y otra vez sin conseguir nada.

Nos despedimos en el centro de juego láser, y llevé a Deedee a casa.

—Buena suerte cuando entres a escondidas —grité, cuando se bajó del coche—. ¡Y no dejes que te pille haciendo algo bueno!

Entornó los ojos.

El teléfono estaba sonando al entrar en casa. Era Kip.

—¿Llamas para regodearte en tu victoria? —solté—. Porque me estoy preguntando si el término «deportividad» te suena de algo.

—Tengo que hablarte sobre Deedee —indicó, con la voz tensa.

—¿Qué pasa?

—Podría equivocarme...

—Sí...

—Pero no lo creo. Hablo como médico que, últimamente, ha trabajado con muchas mujeres jóvenes, casi todas latinas; de modo que conozco el tipo somático, cómo suele ser el tono de su piel y...

—Kip... ¿Qué?

—Creo que a tu Little Sister le han hecho un bombo.

Me pasé el resto de la semana preocupada. ¿Deedee estaría realmente embarazada? ¡Sólo tenía catorce años! Kip podría estar equivocado, claro. Pero, ¿y si tenía razón? Debería decir algo a Rose Morales. Seguramente, había un protocolo entre Big Sister y Little Sister que debía seguir. Aunque no es que una situación así fuera a figurar en el manual. Y tampoco es que hubiera ningún manual.

Pero, si hablaba con Rose y estaba equivocada, Deedee nunca volvería a confiar en mí.

El diablo posado en mi hombro me decía que fingiera que Kip no me había llamado nunca. «Qué será, será» y todo eso. En cambio, el ángel posado en el otro hombro, que sospechosamente recordaba a un gay delgado, con cara de niño, perilla y gafas, me decía que tenía que hacer algo, y deprisa. Las cosas que había observado (vientre prominente, decoloración de la piel) eran signos de que el embarazo estaba bastante avanzado. De ser así, cada día importaba si quería... Esto...

—¿Si quiere qué? —había preguntado a Kip por teléfono.

—No tener el bebé —había contestado.

—Oh.

—Sólo digo que, si eso es lo que decide, cuanto antes mejor. Lo peor que podría pasarle es que superara el período para hacerlo. No quieras saber a qué recurren estas chicas cuando están desesperadas.

Tenía razón.

No quería saberlo.

Cuando me encontré con Martucci el lunes a las seis y media de la mañana para correr, seguía sin tener más claro qué hacer que cuando me había despertado a cada hora la noche anterior.

Sí, eran unos momentos de locura.

Deedee podía estar embarazada. Estaba organizando el ascenso más importante de mi carrera. Mi libido había hecho su propia campaña para que me pusiera en contacto con cierto locutor de tráfico que debería detestarme, aunque parecía indicar justo lo contrario. Me quedaban por tachar diez cosas de una lista de veinte que me sentía obligada a terminar en cuestión de meses.

Y me estaba entrenando para los cinco kilómetros tres veces a la semana (lunes, miércoles y viernes), nada más y nada menos que con Dominic Martucci.

¿Tan extraño era que me costara dormir?

Al principio, había esperado no tener que hacer algo tan drástico como entrenar para tachar el punto 5: «Correr un 5.000». El mes de mayo había una carrera en Manhattan Beach a la que pensaba apuntarme. Me había subido a la rueda de andar del gimnasio hacía poco, pensando que sería un paseo. Pasado un minuto (no un kilómetro, ¡un minuto!), creía estar respirando ladrillos en lugar de aire. Boqueaba y jadeaba, y estaba tan agotada que casi permití que la rueda de andar me dejara caer al suelo como un dónut en una cinta transportadora. Era evidente que no iba a conseguirlo sin hacer algo de esfuerzo. Como no sabía nada sobre cómo había que prepararse para una carrera, pregunté en la oficina para ver si alguien podía aconsejarme. Para mi desgracia, surgió el nombre de Martucci. Por más que detestara ir arrastrándome a pedirle ayuda, lo hice.

—Claro —se limitó a decir.

—Dime, ¿hay alguna forma en que debería entrenarme, o alguna clase de zapatillas que me iría bien?

—Claro —repitió—. Yo mismo te entrenaré. Pero exijo un compromiso total. Tres días a la semana. Preséntate a la hora y disponte a trabajar. Ah. —Me arrebató una caja de caramelos Hot Tamales de las manos—. Y te sugiero que dejes esta porquería.

—No me vengas con...

—¿Cómo te va lo de correr hasta ahora? —preguntó, mirándome de arriba abajo con desdén.

«No muy bien», pensé, y entrecerré los ojos con recelo.

—¿Por qué quieres ayudarme? —le pregunté.

—Digamos que lo que estás haciendo con esa lista de la chica a la que atropellaste está muy bien.

—¿Sabes lo de la lista?

—Todo el mundo sabe lo de la lista.

—¡Vaya, qué bien guarda Brie los secretos! —me quejé.

—Lamento haberme perdido el día que ibas sin sujetador —me comentó con una amistosa palmadita en el hombro.

De modo que ahí estaba, como la semana anterior, en una pista al aire libre, haciendo ejercicios de calentamiento. Martucci utilizaba el método de entrenamiento fraccionado. Debía caminar enérgicamente cinco minutos, correr un minuto, caminar cinco minutos, correr un minuto, y así sucesivamente hasta desplomarme, momento en que él me levantaba y me obligaba a hacerlo otra vez.

Terminé la primera serie de intervalos, y Martucci caminaba a mi lado mientras yo resollaba y resoplaba. Llevaba unos pantalones cortos de *footing* ajustados y una camiseta sin mangas de corredor que resaltaba sus fuertes músculos.

—¿Una cita apasionada ayer, Parker? Te cuesta más que de costumbre.

—Tengo muchas cosas en la cabeza. Una chica que conozco podría estar embarazada.

¿Qué hacía confiándome a Martucci? Susan había estado fuera de la ciudad el fin de semana, así que debía de necesitar desesperadamente hablar con alguien. O eso, o estaba perdiendo neuronas con cada vuelta.

—Mala suerte —dijo, después de soltar el aire con fuerza—. Correr es una de las mejores cosas que puedes hacer. A partir del sexto mes, tendrás que dejarlo y caminar en su lugar. Pero es importante que estés en forma para poder empujar cuando llegue la hora de...

—No soy yo —salté—. Se trata de una chica a la que conozco desde hace unos meses, como parte del programa Big Sisters. La pobre sólo tiene catorce años. ¿Qué va a hacer? Quiero decir, si está embarazada. Un amigo mío, que es médico, sospecha que tal vez ni lo sepa, que quizá no quiera reconocer los síntomas. No sé qué hacer. ¿Debería decírselo a su madre? ¿O a la coordinadora de Big Sisters?

—¿Te cae bien esa chica?

—Sí —afirmé, y me sorprendió la seguridad de mi respuesta—. Mucho.

—Pues compra un test de embarazo en la farmacia. Asegúrate de que esté realmente preñada antes de contárselo a todo el mundo. Si yo fuera ella, querría tener la oportunidad de hacerlo yo misma.

—Detesto decirlo, pero tienes razón.

—Compra los de la cajita azul, los que tienen un conejito dibujado. Dice embarazada o no embarazada con palabras, en lugar de tener que descifrar puntos o líneas. Así no es tan estresante.

—¿Cómo es que sabes tanto sobre tests de embarazo?

—¿Le estás haciendo esta pregunta a un macho italiano como yo? Las mujeres me llaman «el rey del semen». No me atrevo a acercarme demasiado a ellas por miedo a que se queden embarazadas con sólo oler mi virilidad.

La noche siguiente, llamé a Deedee para decirle que estaba cerca de su casa y que preguntara a su madre si me dejaría llevarla a tomar rápidamente una pizza. Cuando pasé a recogerla, le dije nada más cerrar la puerta del coche:

—Tenemos dos opciones. Podemos ir a Mario's, en Culver. O podemos ir a mi casa y calentar en el microondas una pizza que tengo en el congelador. La ventaja de ir a mi casa es que también tengo un test de embarazo que compré en la farmacia. —Me detuve un momento—. Por si algún día necesitas uno.

Se me quedó mirando sin decir nada.

—A Kip le pareció que podrías estar embarazada —proseguí.

Nada.

—¿Podrías estar embarazada?

Se recostó en el asiento, cerró los ojos y suspiró:

—No lo sé.

Mejor la pizza calentada en el microondas.

Ya en mi casa, leí las instrucciones del test de embarazo con la neutralidad de quien lee los ingredientes de la pizza.

—¿Necesitas ayuda? —pregunté, mientras se dirigía al cuarto de baño.

—Puedo hacer pipí sola.

—Perdona. Pensé que querrías apoyo moral.

—Puedes entrar después —añadió en tono de disculpa.

Al cabo de cuatro minutos, sonó el timbre del microondas. Pero la pizza se quedó intacta, porque el test ya estaba.

Deedee tenía las manos delante de la cara como si rezara, así que puse el test de lado para ver el resultado.

«Embarazada.»

Martucci se equivocaba. Yo habría preferido tener que interpretar líneas y puntos rosas.

—Estoy jodida —susurró Deedee, con los ojos cerrados.

—Tranquila, todo irá bien —la tranquilicé, estrechándola entre mis brazos. Hundió su cuerpo en el mío y tuve que maravillarme: hacía sólo unos instantes, había visto la prueba de que ya era toda una mujer y, aun así, nunca hasta entonces me había parecido tan niña.

11

Si Maria Garcia Alvarez se preguntaba por qué un médico le decía que su hija de catorce años estaba embarazada en lugar de hacerlo ella misma, no lo demostró. Parecía tan contenta de gritarle a él como a cualquier otra persona. Kip conservó una expresión sosegada mientras estaban sentados el uno frente al otro en el sofá, con las rodillas en contacto, y Maria soltaba un torrente de palabras en español. Deedee también estaba sentada en el sofá, hundida entre los cojines detrás de su madre, con los brazos cruzados.

Lo único que yo podía hacer, por supuesto, era observar desde mi posición en la butaca. No tenía idea de lo que allí se decía. Kip me había enseñado la palabra «embarazada» en español (muy parecida, curiosamente, a «embarazosa»), pero hablaban tan deprisa y con tanto ímpetu que ni siquiera llegué a captarla.

Había prometido a Deedee que la apoyaría, tomara la decisión que tomara. Habíamos hablado durante una hora, antes de llevarla a casa. Me dijo que sospechaba que estaba embarazada. Pero no quería aceptarlo. Unos simples cálculos (sólo había practicado el sexo una vez con Carlos, después del baile al que su madre la había dejado ir) indicaban que estaba de tres meses y medio, y que saldría de cuentas a principios de agosto. Comentó que, aunque lo que quería era tener el niño y darlo en adopción, dudaba que pudiera hacerlo. No podía creerlo: yo tenía claro que era lo mejor. ¡Sólo tenía catorce años! ¡Era una buena alumna que quería ir a la universidad!

—No lo entiendes —respondió con voz apagada cuando se lo dije—. Nosotros no entregamos a nuestros hijos. No lo hacemos.

Así que llevamos a Kip para que le diera la noticia a su madre y, si hubiera manera, allanara el terreno a la idea de la adopción.

—Tal vez tu madre esté dispuesta a planteárselo —comenté a Deedee—, porque ella también quiere que vayas a la universidad.

La forma en que Maria hablaba con Kip, con mucha gesticulación de las manos mientras seguía despotricando, dejaba claro que las cosas no iban nada bien. No me extrañaba que Deedee hubiera aceptado mi ofrecimiento de ayudarla a contárselo a su madre. Esa mujer era aterradora. Si mi madre reaccionara así al saber que yo estaba embarazada, me haría un ovillo y me echaría a llorar.

No entendía una palabra de lo que se decían, pero podía adivinarlo. Una vez tuve un novio que miraba telenovelas de Telemundo. O, para ser más precisos, contemplaba a las actrices pechugonas, sexys y ligeras de ropa que salían en las telenovelas de Telemundo. Recitaba el diálogo en inglés por encima de lo que se decía en español. Sólo que decía cosas como: «Tengo los pechos tan grandes que apenas me caben en este top sin espalda» y «Ésta es el arma que se usó para asesinar a Pedro y, mientras te la entrego, me pasaré la mano lentamente por el cuerpo y me humedeceré los labios de forma provocativa».

El espectáculo que tenía delante de mí no era menos dramático, aunque le faltaba *sex-appeal*. Las frases de Maria eran demasiado numerosas para poder doblarlas, pero era evidente que se centraban en insistir en que Deedee se había metido ella sola en ese aprieto y que tenía que pagar las consecuencias.

—¡Pero mami! —exclamaba Deedee, entre gemidos. Y me permito decir que no iba a triunfar demasiado en las telenovelas hispanas si no armaba un poco más de jaleo. Tuve que adivinar el resto de sus frases, ya que las decía en español; pero, por mi anterior conversación con ella, serían del tipo—: «¡Fue un error!» «¡No debería pagar las consecuencias toda mi vida!» «¡El bebé no debería tener que sufrir!» «¿Qué clase de madre podría ser con catorce años?» «¡Quiero terminar la secundaria, ir a la universidad y ser escritora o médico, y quizá madre algún día; pero más adelante, no ahora!»

Entonces Maria le dirigiría una mirada tempestuosa.

«¡Deberías haberlo pensado antes de acostarte con el guaperas de Carlos! ¿Crees que quiero criar otro niño ahora? ¡Tengo un trabajo que me encanta! ¡Soy la mejor cocinera ciega de todo Los Ángeles! ¡Y ahora tendré un nieto a mi cargo!»

«¡No tiene por qué ser así! —suplicaría Deedee—. ¡Podemos encontrar un buen hogar para el niño, donde lo quieran y lo cuiden! ¿No forma eso parte de lo que significa ser madre? ¿Tomar decisiones difíciles?»

«Somos personas orgullosas, Deedee. No lo olvides. ¡La familia lo es todo para nosotros! ¡No podemos darle la espalda a la familia, aunque eso signifique abandonar para siempre nuestros propios sueños y esperanzas!»

«¡Oh, mami! Por favor, yo sólo quiero...»

«¡Señoras, señoras! —intervendría Kip con su voz grave y conmovedora—. Dejen de pelearse. ¿No hay ya bastantes conflictos en el mundo?»

De vuelta a casa, me decepcionó mucho enterarme gracias a Kip de que, pese a la barrera del idioma, mis suposiciones habían sido bastante acertadas.

—No seas tan duro con Deedee porque no se defienda más —comentó—. Para ella, tal vez sea más vergonzoso dar a su hijo en adopción que quedarse embarazada. Lo que tú y yo consideraríamos la elección adecuada, ella lo considera egoísta, aunque también lo quiera. Las cosas son así.

—Es muy frustrante.

—De todos modos, Maria no descarta del todo la adopción; siempre que los padres sean familiares o conocidos del barrio. Aceptó hablar con esa mujer del programa Big Sisters para ver si podía ayudarla a explorar las opciones. La carga de criar al niño recaerá en gran parte sobre ella, y no le entusiasma demasiado. Le encantaría hallar una escapatoria. Alguna forma de ofrecer una vida mejor a su nieto sin tener que renunciar a él.

—Pero es la vida de Deedee. Eso debería decidirlo ella.

—Técnicamente, sí —corroboró Kip—. Pero, ¿te gustaría enfrentarte a Maria Garcia Alvarez?

—No sin unos guantes de boxeo y protección para el cuerpo. —Me estremecí.

—Lo peor de todo es que ella quiere hacer lo más sensato —expliqué a mi madre mientras tiraba de lo que esperaba que fuera una mala hierba.

—Pobrecita. Estoy segura de que está sometida a mucha presión. ¿Seguirá yendo a clase?

—No sabe qué va a hacer. Sospecho que sigue bajo los efectos de la impresión.

Había ido a visitar a mis padres el domingo para ayudar a mi madre en el jardín. Iban a celebrar una gran fiesta; motivo por el cual mi padre necesitaba las gambas congeladas. Cuando llegué, le entregué cinco bolsas. Las aceptó, agradecido, y se retiró al salón para quedarse dormido frente a un torneo de golf que daban por televisión.

Mi madre cortaba las hojas de los rosales.

—¿Te has quedado alguna vez embarazada? —preguntó, con tal indiferencia que tardé un segundo en captar lo que había dicho.

—Hum... ¿No crees que te habrías dado cuenta?

—No soy tan ingenua. Podías haber abortado.

—¡Ah! Pues no —contesté—. Nunca me he quedado embarazada.

—Sólo era curiosidad —asintió.

¿No era ése un conmovedor momento entre madre e hija? Me alegré de que no sintiera curiosidad sobre si había creído alguna vez estar embarazada, porque entonces habría tenido que responder: «Sí, muchas veces.»

No es que tenga por costumbre practicar el sexo sin protección, ni nada de eso. Pero, aun pasando un ciento cincuenta por ciento más de tiempo sola que con pareja, hubo veces en que el condón se rompió. O en que olvidé el diafragma, un fin de semana de acampada, y decidí que millones de católicos no podían equivocarse con ese método Ogino. O se me había retrasado el período sin ningún motivo, pero se me había retrasado. La última vez que oriné para un test de embarazo, que indicara «sí» o «no» era lo último en tecnología. Y había sido que no, como siempre. Aun así, hasta el momento en que lo supe con certeza, tuve la oportunidad de planteármelo. ¿Y si...? Por supuesto, siempre había esperado hacer las cosas siguiendo el orden tradicional y sentí, principalmente, alivio. Sin embargo, había una pequeña parte de mí que se habría alegrado. Las cosas serían inciertas: ¿nos casaríamos?, ¿sería madre soltera? Pero, en cualquier caso, tendría un hijo; alguien para el que yo sería la persona más especial del mundo. Y lo único que tenía que hacer para situar mi vida en una trayectoria totalmente distinta era echarme, abrir las piernas y dejar que pasara.

—La vida es irónica, ¿verdad? —dijo mi madre, mientras

me pasaba un montón de hojas para que las metiera en una bolsa—. Tu hermano y Charlotte llevan años intentando tener un hijo y no pueden. Esta chica practica el sexo una vez y ¡zas!, va a ser madre.

Dejé de meter las hojas en la bolsa. ¡Eso era!

—¡No entiendo cómo no se me ocurrió antes! —exclamé—. ¡Pueden adoptar al hijo de Deedee! ¡Oh, es perfecto! No son desconocidos, y eso es impor...

—Siento desmoralizarte —me interrumpió mi madre—. Pero no les interesa. Créeme, he hablado mucho con ellos sobre esto. Quieren tener un hijo propio. De hecho, ahora Charlotte se está poniendo inyecciones de hormonas.

—¡Mierda! —exclamé, desanimada.

—Y son terribles, esas inyecciones. Te ponen de malhumor y te hacen engordar. No cabe duda de que lo está haciendo de la forma más difícil.

—Sobre todo por lo de tener que acostarse con Bob —comenté, y me estremecí de modo exagerado. Y pensé que era muy propio de mi hermano hacérselo pasar tan mal a su mujer para poder transmitir su linaje.

—A veces —dijo mi madre, tras dejar las tijeras y usar el dorso de la mano enguantada para apartarse el pelo de la frente—, me pregunto en qué estará Dios pensando.

El miércoles, a última hora de la tarde, hacía unas cuantas llamadas desesperadas para despertar interés por la campaña de la gasolina de regalo prevista para el día siguiente. Phyllis me llamó desde la oficina de Bigwood.

—¿Y si te dijera que podría garantizarte cobertura televisiva para mañana? —me preguntó con su voz de cincuenta cigarrillos al día.

—Perdona, pero me parece que no te sigo —aseguré—. ¿Tienes contactos en los medios de comunicación?

(«En ese caso —pensé con amargura—, ¿no podrías haberlo dicho durante la reunión de personal de la tarde?» Había hecho todo lo posible por decantar a favor los «quizá» que me habían dado varios equipos de noticias, pero Lizbeth se había limitado a soltar una tintineante carcajada y a asegurar: «Cuando dicen "quizá", significa que no. Aunque supongo que me pasaré de todos modos, por si acaso.»)

—Puedo hacer que pasen cosas —dijo Phyllis, tras carraspear. De repente, entendí cómo debían de haberse sentido Woodward y Bernstein.

Intenté no hacerme demasiadas ilusiones, pero la presencia de cámaras de televisión sería todo un éxito. Demostraría a Bigwood que podía organizar una buena promoción. Y, aunque estaba segura de que Lizbeth acapararía cualquier posibilidad de situarse ante la cámara, por lo menos podría aparecer en segundo plano para cumplir el punto nueve de mi lista: «Salir en televisión.»

—Sería fantástico —comenté, preguntándome por qué Phyllis llevaba el asunto de forma tan misteriosa—. ¿Qué quieres de mí?

—Un favor. Eres escritora, y a mí no se me dan muy bien las palabras. Necesito que me ayudes a escribir una carta.

—Claro. Ahora mismo subo y...

—Aquí, no.

¡Ah! Esa clase de carta. Alguien buscaba trabajo.

—¿Para cuándo la necesitas?

—Esperaba que pudieras pasarte por mi casa al salir hoy del trabajo. Vivo en Culver City, así que no te quedará demasiado lejos.

—Hecho.

—Ayúdame y yo te conseguiré toda la cobertura televisiva que necesites —añadió, antes de colgar.

Llegué a casa de Phyllis unos minutos antes de las seis y estacioné en la calle. Su coche ya estaba allí, a la entrada, detrás de una Harley tan grande que parecía más una caravana que una motocicleta. Tal vez esos rumores sobre los Hell's Angels fueran ciertos. Me paré a leer los adhesivos que llevaba para ver si me daban alguna pista; pero la mayoría eran de clubes, al parecer corrientes, de motoristas. Ni una calavera.

—¿Hay algo en esa lista tuya sobre montar en moto? —me preguntó Phyllis, que se me había acercado por detrás.

Me volví y la saludé con la mano.

—¿Sabes lo de la lista? —pregunté.

—Todo el mundo lo sabe.

—Eso no está —suspiré.

—¿Vas en moto? —Cuando negué con la cabeza, ella insistió—: ¿Nunca?

Ni que hubiera admitido ser la virgen más vieja del mundo.

—Espera un momento —dijo. Se metió en el garaje y volvió un minuto más tarde con dos cascos y una chaqueta de cuero, que me lanzó—. Para evitar abrasiones de la piel si nos caemos.

¿Abrasiones de la piel? ¡Ah, no! Había aceptado escribir, no ir en moto.

—Gracias, pero deberíamos ponernos con la carta. Tengo un poco de prisa.

—¡Tonterías! —soltó—. Pero, si tanto te preocupa el tiempo, hablaremos mientras vamos en moto.

Debido, en parte, a mi recién descubierto espíritu de aventura, pero más a que tenía miedo de Phyllis, me senté obediente a horcajadas detrás de ella. Era como estar sentada en un sillón con sistema de masaje de La-Z-Boy; incluso tenía un respaldo y cómodos apoyabrazos.

El asiento retumbaba debajo de mí, y cuando Phyllis se alejó de su casa, pensé que montar un rinoceronte que corriera a toda velocidad sería así: emocionante y a la vez aterrador.

Eso dije cuando Phyllis gritó para preguntarme cómo iba.

—La mayoría de la gente dice que es como un orgasmo, pero sobre gustos no hay nada escrito.

—Entonces, ¿de qué se trata? —bramé sobre el rugido del motor cuando nos paramos ante un semáforo en rojo—. ¿Buscas trabajo?

—No tiene nada que ver con el trabajo. Quiero escribir una carta a mi hija.

—¿Tu hija?

El semáforo cambió, y aceleró de nuevo. Pasamos por los estudios cinematográficos de la zona y cruzamos antiguos barrios residenciales, pintorescos para Los Ángeles: casas de ladrillo y adobe, y árboles frondosos. A lo largo del trayecto, Phyllis me contó toda la historia; de modo que esparció los detalles íntimos de su vida por las calles de la ciudad como si lanzara caramelos en una cabalgata. Esa historia ya la había visto una decena de veces en el Lifetime Channel: una mujer y su compañero motorista tienen una hija. La llaman Sunshine. Por si eso no bastara para enojarla de por vida, se dedican a beber demasiado, a tomar demasiadas drogas y a dejarla con amigos, familiares y en hogares de acogida desde que apenas sabe caminar. Al final, la madre acaba en un centro de rehabilitación y el novio motorista se va a Dios sabe dónde; la hija, que para entonces prefiere que la llamen Sally, ha ido a la universidad, posee un buen trabajo como directora de oficina, tal vez —porque tampoco es seguro— esté casada y con hijos, y tiene tantas ganas de entablar relación con su madre como de que le arranquen de raíz la uña del dedo gordo del pie, pese a que hace diez años que la madre está limpia.

Nos detuvimos de nuevo a la entrada, en casa de Phyllis. Mientras pasaba la pierna por encima del asiento de la moto, pensé en lo curiosa que era la vida. La gente vive demasiado o demasiado poco, y me pregunté si hay alguien que viva lo justo.

—Montas bien —me dijo.

—Sólo hay que estar sentado, y eso se me da bien.

—No es verdad. Tienes que inclinarte cuando lo hace el piloto. Se necesita confianza. Y anticipación. Te sorprendería saber cuántas personas se ponen nerviosas cuando la moto toma una curva y dirigen el peso del cuerpo en sentido contrario.

Cambié de tema y abordé el motivo por el que había ido a su casa:

—¿Y qué quieres decir a Sally en esta carta?

—Que sé que fui una madre horrorosa —dijo Phyllis después de quitarse el casco, y esta vez habló en voz baja.

—De acuerdo.

—Y que siento haberla lastimado.

—Muy bien —comenté, y fui a buscar un bloc y un bolígrafo al coche—, digámoslo.

12

El despertador sonó a las cinco de la mañana y, por penoso que fuera, aun así iba a ir justa de tiempo. En una hora tenía que estar en la gasolinera de Burbank. Debía levantarme de un salto y meterme inmediatamente en la ducha. A no ser que me dejara el suavizante sólo un minuto, lo que me permitiría gozar de dos maravillosos minutos más de sueño...

Salía de casa poco antes de las seis; algo más tarde de lo previsto. Sobre todo porque tenía que pasar por el Vons, abierto las veinticuatro horas, para comprar globos de helio, y (¡qué ironía!) poner gasolina.

El cielo de la mañana se empezaba a iluminar para cuando tomé la autopista a Burbank con el Toyota tan cargado de globos que, si mi vida fuera de dibujos animados, el coche iría flotando por el aire conmigo dentro.

Repasé las emisoras de radio, entusiasmada con el día que me esperaba. Martucci y Phyllis se encargaban de la campaña en la estación de servicio cercana al aeropuerto. Martucci tenía mucha experiencia en llevar promociones, de modo que estarían bien solos. Yo me reuniría en la estación de servicio de Burbank con Brie y Greg (quien, aunque como diseñador no tenía ni idea de lo que estaba haciendo, era el único otro empleado que había podido conseguir). Si Phyllis no me hubiera vendido humo sobre sus contactos televisivos, yo estaría charlando con la prensa escrita mientras Lizbeth concedía entrevistas.

La idea era que esperaríamos hasta que un coche con más de una persona se acercara a los surtidores. Entonces, con nuestras alegres camisetas y unos cuantos globos en la mano, iríamos y diríamos: «Gracias por compartir el coche... ¡hoy les pagamos la gasolina!» Los afortunados exclamarían de alegría, los equipos de televisión captarían el momento con sus cámaras, y se vería en las pantallas de todo el sur de California.

En cada gasolinera, teníamos una tarjeta de débito con mil dólares, que debería durarnos la mayor parte de la mañana. Había hablado con Brie antes de salir de casa, y ella y Greg ya habían llegado y estaban preparados para empezar.

Puse la K-JAM. Troy me había prometido mencionar la promoción varias veces a lo largo de la mañana. Conforme a su palabra, le oí dar algunas informaciones sobre el tráfico y añadir después: «Y, si viaja en coche compartido, hoy puede ser su gran día. El Rideshare de Los Ángeles podría pagarle la gasolina. Están situados en diversos puntos de la ciudad, así que... ¡esté atento!»

¡Qué bárbaro! Ya me estaba imaginando los beneficios que nos reportaría toda esa publicidad gratuita.

Cuando tomé el móvil para decirle a Brie que ya estaba llegando, vi que tenía varios mensajes. Hum... Debía de tenerlo en vibración.

La primera llamada era de Brie: «Tenemos un problema. Llámame.»

La segunda llamada era de Brie: «¡Caramba! Hay mucha gente. Tienes que llamarme.»

La tercera llamada era de Brie: «Le he dicho que se espere... June, ¿dónde diablos te has metido?»

De hecho, todos los mensajes eran de Brie, y su lenguaje

iba empeorando en cada uno de ellos. Seguía recibiendo sus desesperados mensajes cuando el teléfono me vibró en la mano.

—¿Sí?

—¿Dónde estás? —Era Brie—. No sé qué está pasando, pero esto es un desbarajuste. Hay un millón de personas haciendo cola y gritando para reclamar su gasolina gratis.

¿Qué pasaba?

—Estoy atascada en la cuatrocientos cinco —mentí, por lamentable que fuera—. Tiene que haber alguna clase de...

—Bueno, mueve el culo para estar aquí lo antes posible. No sé qué hacer. Es una locura. Todo el mundo dice que tenemos que regalarle la gasolina. El tráfico está parado en Ventura Boulevard, y un hombre me dijo que la cola llega hasta la autopista. —Se apartó el teléfono y gritó—: ¡Oiga, le dije que esperara! —Volvió a hablar conmigo—. Greg está poniendo gasolina lo más rápido que puede. Pero la gente se está poniendo violenta, y se nos está acabando el dinero; así que les está diciendo que son sólo cinco dólares para cada uno y nada más. Tu contacto, Armando, está cabreado.

—¿Algún equipo de televisión? —pregunté humildemente.

—Sí —contestó, agitada de repente—. Channel 2 se está preparando y la camioneta de Channel 4 está intentando llegar, pero lo tiene difícil con toda esta gente. Espera. Yo no le pongo gasolina a nadie, señora. ¿Ah, sí? Pues no me obligue a decirle qué puede hacer con ese surtidor.

—Aguantad —le pedí—. Enseguida estaré ahí.

Llegué a Burbank en unos minutos, y estacioné a unas manzanas de distancia para evitar el atasco. Desde allí, globos en mano (no sé por qué; probablemente para aferrarme a los vestigios del ambiente festivo que se suponía que iba a imperar ese día), empecé a correr hacia la estación de servicio a un ritmo bastante bueno gracias a lo que me había estado entrenando con Martucci.

¡Oh, no! Martucci.

Descolgó al segundo timbre.

—¿Cómo va? —jadeé, mientras seguía corriendo con los globos que se entrechocaban por encima de mi cabeza.

—Esto es de locos —dijo—. Pero está controlado. Phyllis preparó un cartel que pone «No hay gasolina gratis». Hemos cerrado la entrada con conos, y tenemos a la policía dirigiendo el tráfico.

—¿Policía? ¿Está ahí la policía?

—Nos han multado. Tendremos que pagar ochocientos pavos, pero al menos ahora la gente está controlada.

—No entiendo por qué está pasando esto...

—Alguien me ha dicho que están emitiendo dónde estamos... todas las cadenas. Indican a la gente que pida a un amigo que se suba al coche y vaya a hacer cola para recibir la gasolina gratis. Tengo aquí a familias enteras. Un hombre ha venido desde El Monte, que está a treinta kilómetros, por un puñetero depósito de gasolina.

—¡Tenían que mantenerlo en secreto!

—Ya no es ningún secreto, preciosa.

Al acercarme a la estación de servicio, vi que los coches hacían cola tan pegados que casi se montaban uno encima de otro, y en todos ellos había más de un ocupante. El ruido de cláxones era ensordecedor. La gasolinera tenía dos islas de cuatro surtidores, y estaban todos llenos. Había furgonetas de Channel 2, Channel 4 y Fox News aparcadas en extraños ángulos a las afueras de la estación de servicio, filmando el caos. Armando dirigía frenéticamente el tráfico de entrada y salida de la gasolinera.

—¡Oiga, señora! —gritó un hombre, asomado a la ventanilla de una furgoneta—. Hace cuarenta y cinco minutos que espero. ¿No pueden poner la gasolina más rápido? ¡Llegaré tarde al trabajo!

—No necesitamos globos —comentó Brie, que se me había acercado sin que me diera cuenta—. Parece que todo el mundo sabe que esto es una fiesta.

—Esto es un desastre —gemí.

—Aún no, porque Lizbeth no está aquí. Entonces será un desastre. Pero, mira, tenemos mucha cobertura televisiva —dijo, y vi que una cámara enfocaba a los clientes indignados mientras una periodista sujetaba un micrófono para entrevistarlos.

—¿Cuánto dinero nos queda?

—Ni idea. Greg ha cogido un puñado de chicles y caramelos del expositor de chucherías y se los está dando a la gente, a quien suplica que se marche. Ha habido un momento en que lo he visto llorar. Los artistas son muy sensibles.

Entendía cómo se sentía.

—Gracias por encargarte de esto, Brie. Esta gente está loca. ¡Sólo es gasolina! ¡Cualquiera diría que regalamos diamantes!

—A la gente le gusta recibir cosas gratis. Y no te preocupes. He hecho Tae Bo, así que es mejor que nadie se meta conmigo. Pero tienes que controlar la situación enseguida. Cuando a Greg se le acaben los caramelos, podría haber disturbios.

—¿Sabes qué? —dije—. Busca algo que puedas utilizar para preparar un cartel. Escribe «No hay gasolina gratis» en letras grandes y cuélgalo en ese árbol. Y ten esto. —Le entregué los globos—. Empieza a dárselos a los niños.

—Hecho.

Saqué el móvil del bolsillo y llamé a Susan, que todavía estaba en casa preparándose para ir a trabajar.

—Tienes que ayudarme —solté sin más, cuando contestó. Tras explicarle la situación, le pedí que pegara un telefonazo a las cadenas de televisión (usé exactamente la expresión «pegar un telefonazo», de lo histérica que estaba) para que dejaran de emitir las estaciones de servicio. La gasolina de regalo se había terminado.

Como, probablemente, mi carrera. Pero lo primero era lo primero.

Después me dirigí hacia donde estaban estacionadas las furgonetas de las noticias. Era responsable de la promoción, y tenía que empezar a obrar en consecuencia. Crystal Davis, una periodista de Channel 5, se estaba empolvando la cara. Llevaba en la cadena un montón de años; tenía la cara muy bien conservada, y no creo que se despeinara ni en medio de un monzón.

—Tiene que decir a la gente que deje de venir —indiqué, después de presentarme.

—¿Está usted al mando? —quiso saber.

—Sí —confirmé, aunque no era fácil admitirlo.

—Perfecto. Necesitamos una entrevista. ¿Preparada?

—No... Esto... Sí... Esto... Deme un segundo.

Con el rabillo del ojo vi que Lizbeth valoraba la situación y (¡gr...!) no parecía enfadada ni alarmada, lo cual me habría permitido conservar la dignidad, sino totalmente encantada. Su expresión decía: «¡Caramba, tanta diversión y ni siquiera es mi cumpleaños!» Sentí un odio visceral por ella, aunque sólo por un instante. Entonces recordé que, como empleada de más rango, era ella quien debía conceder la entrevista. Que tuviera que corregir mi desatino me consoló enormemente.

—Enseguida vuelvo —dije a Crystal, y fui trotando hacia mi jefa—. ¡Lizbeth! —exclamé con alegría—. Channel 5 quiere entrevistarte.

—Ni hablar.

—Pero como la...

—No quiero privarte de tu gran momento. Lou Bigwood depositó tanta confianza en ti... Ni siquiera creyó conveniente consultarme antes de asignarte el proyecto. Lástima que parece haberse ido al garete.

Si ella no iba a sacarme las castañas del fuego, yo tampoco estaba dispuesta a soportar sus insultos. Me di la vuelta y me acerqué de nuevo a Crystal Davis. Al hacerlo, pasé junto a Greg, que recorría la cola de coches.

—La gasolina gratis se ha acabado. Tengan, una chocolatina. Y váyanse, por favor —suplicaba.

—Estoy preparada. Adelante —dije a Crystal, y ésta se giró hacia la cámara.

—Estamos aquí, donde una promoción de gasolina de regalo del Rideshare de Los Ángeles ha atraído a centenares de personas que viajan en coche compartido para llenar el depósito de modo gratuito. Tenemos con nosotros a June Parker. June, ¿esperaban esta clase de reacción?

Todas las fibras de mi cuerpo querían que contestara: «Claro que no, estúpida. Y si llego a pillar al imbécil que ha filtrado cuáles eran las estaciones de servicio...»

Al ver cómo Armando separaba a dos conductores que se peleaban en los surtidores, comenté alegremente:

—Sabíamos que la gente estaba molesta por el elevado precio de la gasolina; pero no teníamos idea de hasta qué punto.

—¿Van a recibir estas personas su gasolina de regalo?

Respondí con una sonrisa más alegre aún. Estoy segura de que tenía el aspecto de uno de esos horrorosos payasos que contratan para aterrorizar a los niños en las fiestas de cumpleaños.

—Hacemos todo lo que podemos; pero la buena noticia es que cualquiera que utiliza el transporte compartido ahorra dinero en gasolina.

Antes de que terminara la entrevista, logré mencionar nuestro número 800, e hice todo lo posible para tapar con el cuerpo a Greg, que casi sollozaba apoyado en una furgoneta. A continuación, repetí la experiencia con Channel 7 y Channel 4, además de con dos informativos de radio y *Los Angeles Times* y *Press Enterprise*. Aunque intenté dar un cariz positivo a la situación, el hecho de que cada uno de ellos fuera a hablar después con conductores descontentos era mala señal.

La policía llegó a las nueve en punto y cerró la gasolinera, además de ponerme otra multa.

Lizbeth se había largado en algún momento. Intenté compensar a Brie y a Greg prometiéndoles todas las crepes y todas las salchichas que pudieran consumir... pagando yo, claro.

Armando dejó de negociar con la policía el rato suficiente para dejar claro que tenía la intención de demandarnos por ingresos perdidos. Su cara hinchada y colorada me indicó que, esta vez, no había blusa lo bastante ajustada en el mundo para calmarlo.

Todo el mundo sabe que en el Max's Grill la comida es asquerosa y demasiado cara, motivo por el cual decidí ir a almorzar allí con Susan. Cuantas menos probabilidades hubiera de encontrarme con alguien conocido, mejor.

—Me gustaría saber qué pasó —solté, mientras enroscaba unos espaguetis demasiado cocidos en el tenedor—. No creo que fuera Phyllis. Jura que sólo tuvo tiempo de llamar a uno de sus contactos antes de que se armara todo ese lío.

—No sé por qué me has traído a comer aquí. He procurado pedir lo que resultara menos peligroso. ¿Quién podría destrozar una hamburguesa y unas patatas fritas? —comentó Susan con desdén, antes de levantar la mitad superior del panecillo—. ¡Uf! ¿Esto es mayonesa con ketchup?

—Además —proseguí—, no tendría sentido que saboteara el evento. También trabajaba en una estación de servicio, de modo que se estaría perjudicando a sí misma. Mientras que Lizbeth no tenía nada que perder, y todas las razones del mundo para esperar que fracasara. Me apostaría algo a que fue ella.

—Mira esto —pidió Susan, acercándome su plato—. No sé si es el pepinillo o la carne. ¿Tú qué crees?

—Yo misma hice todas las llamadas a la prensa. No hay motivo para que se descontrolara de esa forma.

—Fíjate, es verde como un pepinillo; pero es demasiado grande.

—Por el amor de Dios —solté—, ¿podríamos concentrarnos un poco? Mi empleo pende de un hilo y a ti te preocupa un pepinillo.

—Perdona.

—Y creo que es carne.

—¡Ah, qué asco! Me lo temía.

Me había pasado la mayor parte de la mañana, tras mi desayuno de disculpa con Greg y Brie, llamando a los medios de comunicación con la esperanza de averiguar qué había salido mal. A saber cómo pasamos de «Quizás enviaremos una cámara para filmarlo» a «Que todos los que comparten coche vayan pasando para recibir gasolina gratis». Y, para ser un montón de gente que se gana la vida haciendo preguntas, hay que ver lo evasivos que son los periodistas cuando se vuelven las tornas. Todo lo que logré fue que un reportero de Fox News comentara que recordaba haber visto un fax en algún momento, pero que ya no lo tenía y que no sabía quién había tomado la decisión de dar a conocer cuáles eran las estaciones de servicio. Pero, bueno, la mala publicidad no existe, ¿no?

—Por lo menos, manejaste bien las entrevistas —indicó Susan.

—¿Sí?

—Sin duda. Hice *zaping* y era impresionante ver cómo lograbas mostrar el aspecto positivo de las cosas, aunque hicieron que pareciera una auténtica tontería. Por ejemplo, Crystal Davis te enseña comentando lo entusiasmados que estamos con la cantidad de gente que comparte el coche para viajar, y entonces aparece una señora en un todoterreno a la que está a punto de reventársele una vena porque ha tenido que esperar para recibir su gasolina gratis. Como si no pudiera pagársela.

Suspiré y, mientras observaba cómo Susan mordía la hamburguesa con precaución, hice finalmente la pregunta que no quería hacer:

—¿Cuánto crees que nos va a perjudicar?

Susan masticó, y no estuve segura de si su mueca era debida a la comida o a mi pregunta. Como está en dirección, sabe lo que ocurre entre bastidores; y, aunque siempre habíamos tenido la norma de no preguntarnos y no contarnos nada sobre el trabajo, podía confiar en que sería sincera conmigo.

—En primer lugar, hay que verlo con un poco de perspectiva: no se ha muerto nadie —dijo por fin—. Tienes suerte de que Bigwood no estuviera por aquí; me han dicho que está de conferencia en Fresno. Así que se va a enterar a posteriori. Habría sido peor si lo hubiera presenciado. Después, a lo hecho, pecho; lo que hay que hacer ahora es resolver la papeleta. Por alguna razón, pareces caerle bien a Phyllis. —Esto parecía desconcertarla de verdad—. Oí cómo comentaba con la nueva recepcionista el buen trabajo que hiciste. Y Bigwood suele escucharla.

—¿Hace lo que le dice su secretaria?

—Desde que yo lo conozco. Debe de saber dónde tiene enterrados los cadáveres. Eso puede ayudarte. Por otro lado, todos esos viajeros enfadados no auguran nada bueno a la compañía. Y el director de la estación de servicio que amenaza con demandarnos es un problema. Estoy segura de que pueden pararlo, pero podría salir caro. Lo que me preocupa es que, si empieza a costar dinero —explicó, limpiándose las manos en una servilleta—, se pondrán nerviosos. Y buscarán un chivo expiatorio.

—Beee —dije.

—No estoy diciendo que vayan a por ti, y ya sabes que haré lo que pueda por defenderte si lo hacen.

—Te lo agradezco.

—De todas formas, no estaría de más que actualizaras tu currículum.

13

Cuando el lunes llegué al trabajo, el Doctor Muerte me esperaba junto a mi mesa. No debería haberme sorprendido. El viernes, durante nuestra carrera matutina, Martucci me había advertido de que su amigo Armando no se echaba atrás. Reclamaba que había perdido diez mil dólares y que la reputación de su estación de servicio se había visto mancillada irreparablemente.

—No sabía que conociera palabras tan importantes —me quejé.

—Es un mentiroso de mierda. Lo que pasa es que quiere dinero. Obtuvo mucha publicidad. Pero, aun así, intentará sacarnos todo lo que pueda.

Al parecer, le había ofendido especialmente que le hubiéramos vaciado el expositor de chucherías. De modo que había pasado la mayor parte del fin de semana preocupada, aunque lo que me impulsaba a morderme las uñas no se limitaba al final de mi carrera profesional.

Deedee y yo nos zampamos un helado enorme en Coldstones mientras comentábamos sus opciones y, para mi frustración, no llegamos a ninguna parte. Parecía resignada a renunciar a su futuro. Para cuando llegó el lunes, ver al Doctor

Muerte a primera hora de la mañana era de lo más normal.

Intentó sonreír cuando pasé junto a él y le pedí que se sentara.

—Me han dicho que armaste un buen jaleo —comentó con una risita. Cuando le dirigí una mirada nerviosa a modo de respuesta, carraspeó y se sentó en la silla que había delante de mi escritorio.

«Mal hecho —pensé—. Si eres quien despide a la gente, no puedes bromear.»

El Doctor Muerte rondaba la cincuentena, era de complexión media y tenía los ojos redondos y enternecedores, y las orejas, de soplillo. El efecto global era extrañamente bondadoso, dada su fama; no había estado tan cerca de él desde la reunión de directivos.

Todos los músculos de mi cuerpo contenían el aliento. No me habían despedido nunca; pero había visto y hecho lo suficiente el tiempo que había trabajado allí para saber que podía ser brutal.

A los cargos superiores, casi siempre se les acompañaba inmediatamente a la calle, supongo que para que no pudieran robar archivos o efectuar llamadas desdeñosas. Esperaba que, al menos, me concedieran unas semanas para enviar mi currículum y, lo que era más importante, seguir cobrando un sueldo. A mi nivel, ¿qué daño podría hacer? ¿Escribir un mal folleto? ¿Cambiar de sitio un participio?

—Sabrás que hemos recibido una carta de un abogado que representa al señor Armando Bomaritto.

—He oído un rumor al respecto.

—¿Te importaría contarme qué ocurrió el jueves pasado?

Hum... Así que quería hacer sangrar a su víctima lentamente. Lo puse al corriente de todo, desde cómo había organizado los actos o las llamadas que había hecho a los periodistas hasta los actos del día en sí.

—No tiene sentido —admití—. Me aseguré de que todo el

mundo con quien hablaba supiera que no debía emitir cuáles eran las estaciones de servicio.

—¿Nadie, aparte de ti, habló con los periodistas?

—Sólo yo.

—¿Tenía alguien más acceso a la lista de periodistas?

—Lizbeth. Me pidió que, al final de cada día, le entregara una lista de los periodistas a los que había llamado.

Me estremecí de emoción en cuanto estas palabras me salieron de la boca. En mis tiempos había visto muchos programas de detectives, y no hace falta ser Perry Mason para darse cuenta de que lo que había dicho sonaba comprometedor. La cabeza me daba vueltas intentando encontrar alguna manera de reforzar la implicación de Lizbeth. ¡Ah!, cuánto me apetecía mirar tímidamente al Doctor Muerte como un carnero degollado y decir: «Estoy segura de que Lizbeth no me sabotearía, aunque estuviera resentida y celosa porque Bigwood me hubiera asignado el proyecto. Caramba, ahora que lo digo, parece un buen motivo. Doctor Muerte... ¿Puedo llamarte Ivan? ¿De verdad crees que haría algo así? ¿De verdad crees que llamaría a los periodistas de mi lista y les diría que emitieran cuáles eran las estaciones de servicio secretas?»

—Es mi supervisora —me limité a decir, por tentador que fuera.

Iba a ser elegante y dejarlo ahí, pero él me presionó.

—¿Se te ocurre alguna razón por la que tu supervisora pudiera hacer un seguimiento de tus llamadas?

No había forma de asegurar que Lizbeth haría cualquier cosa para fastidiarme sin parecer la clase de persona que diría algo así.

—No le gustaba cómo iban las cosas, si a eso se refiere —dije, pues.

Su expresión me indicó que no se refería a nada. El Doctor Muerte era impenetrable.

—¿Había un contrato firmado con el señor Bomaritto?

—Teníamos un acuerdo verbal. Él nos dejaría utilizar la gasolinera y eso le daría publicidad —expliqué, y omití la promesa de llevar la blusa roja.

—Hum... —dijo.

—¿Eso es malo?

—¿El qué?

—No haber firmado un contrato.

—En estos momentos, sólo recopilo información, y esta conversación me ha resultado útil. —Se levantó para marcharse. Me invadió una sensación de alivio. Todavía no me había señalado a lo Donald Trump para vociferarme: «¡Estás despedida!»

—Y ahora, ¿qué? —pregunté.

—Estamos preparando una respuesta para el señor Bomaritto, y Phyllis ha ido a Costco a comprar chucherías para reponer las existencias de la estación de servicio.

—Phyllis tuvo que ir a...

—Necesitábamos café —aseguró, interrumpiéndome con un gesto de la mano.

—Y tienen esos bollitos tan buenos —añadí. Sabía que era una estupidez, pero estaba nerviosa. Quería saber lo cerca que tenía exactamente la guillotina del cuello.

Aunque fui incapaz de hacer la pregunta, debió de verla rezumar por todos mis poros.

—No queremos que todo esto llegue a los juzgados —dijo, no exento de amabilidad—. Todavía no sé qué habrá que hacer para lograrlo. Tendrás noticias mías.

Cuando se fue, miré si tenía mensajes. Había uno de Phyllis, para decirme que iba a Costco y preguntarme si necesitaba algo.

«Sí —pensé—, una caja gigante de bollitos, un tenedor y que nadie me moleste.»

El otro mensaje era de Troy Jones.

—June —empezaba, y era difícil entender lo demás porque no paraba de estallar en carcajadas—. Le di publicidad a tu gasolina de regalo, pero parece que no necesitabas mi ayuda... Ja, ja, ja, ja, ja... Me dijeron por radio cuáles eran las estaciones de servicio y las sobrevolé... Ja, ja, ja, ja, ja... Era como si montarais un depósito de chatarra en la autopista ciento uno... Ja, ja, ja, ja, ja... Supongo que fui el único que no revelé las estaciones de servicio secretas... Ja, ja, ja, ja, ja...

Estaba bien que lo encontrara tan divertido, porque yo no le veía la gracia.

Troy Jones y yo jugamos al gato y al ratón por teléfono toda la semana. No es fácil hablar con alguien que trabaja en el cielo por la mañana y que no devuelve las llamadas en toda la tarde. Y le perdoné que se hubiera burlado de mí en su mensaje telefónico, porque casualmente necesitaba que me hiciera un favor. Un gran favor. Oficialmente, Troy Jones formaba ahora parte de mi plan para ser la empleada más estupenda que hubiera habido nunca en el Rideshare de Los Ángeles. De hecho, él era mi plan.

Tras intercambiar varios mensajes diarios, finalmente me pilló en casa el jueves por la noche. Eran casi las nueve cuando sonó el teléfono.

—¿Todavía estás despierto? —le pregunté. Al fin y al cabo, yo estaba a punto de meterme en la cama, y no me tengo que levantar a las tres de la madrugada.

—Recupero el sueño por la tarde.

Hum... Me lo imaginé acostado en el sofá. Después me lo imaginé acostado en el sofá, sin camisa. Mejor aún. Iba a decidir qué cantidad de ropa llevaría yo puesta para aparecer en esa escena, pero pegué un manotazo a mis hormonas.

—Bueno —proseguí, muy seria—, dijiste que me dejarías acompañarte en el helicóptero mientras informabas sobre el tráfico.

—Por supuesto. Dime cuándo.

—Sí, bueno, gracias. Pero me preguntaba si podría pedirte un enorme favor. Ya sabes que la campaña de la gasolina de regalo se nos fue algo de las manos...

—Te quedas corta —me interrumpió—. En el trabajo todavía lo comentan. Un compañero, Ryan, fue y se llevó a su hija para que constara como viaje compartido. Dice que tardó tres horas en salir del atasco, y que nadie recibía gasolina gratis. Me han contado que hubo quien se lio a puñetazos.

—¡Fue una excepción! —me quejé—. Y el director de la estación de servicio los separó. Hablando del director, nos ha demandado.

—¿En serio?, ¿por qué?

—Pérdida de ingresos, daños y perjuicios. Lo habitual. Como yo estaba más o menos al mando, podrían despedirme. Así que me iría bien que llevaras también a mi jefa en el helicóptero. Sobre todo si tuviera ocasión de soltar un discursito por antena sobre los viajes compartidos. No sé si es posible, o si...

—¿Podrían despedirte por esto?

—Es más que probable.

—No tenía ni idea —gimió—. Te dejé un mensaje en el que me reía.

—No te preocupes.

—Debes de pensar que soy un imbécil.

Por un instante, sí.

—No.

—Bueno, el viaje en helicóptero no es ningún problema. Hay espacio suficiente para dos pasajeros. Lo que no puedo garantizarte es que habléis por antena. Tengo que consultárselo al productor. Que haya tiempo o no dependerá de lo mal que esté el tráfico. Suelo estar más en el aire los viernes, así que si os va bien entonces...

—Sí, el viernes es perfecto.

Quedamos que iríamos la semana siguiente. El helicóptero que pilotaba tenía base en el aeropuerto de Van Nuys, a unos kilómetros de casa de mis padres.

—Despego a las cinco —explicó—. De modo que, si podéis estar allí a las cuatro y media, tendremos tiempo de situaros.

—¿A las cuatro y media? ¿De la mañana? —tragué saliva con fuerza—. Dios mío. ¿Te importa si voy en pijama?

—Ven como quieras. Es radio. —Hizo una pausa y añadió—: ¿Qué clase de pijama?

Me vino a la cabeza mi pijama favorito. Pantalones cortos de franela y una camiseta con Snoopys blancos. ¡Qué *sexy*!

—Te sorprenderé —aseguré.

—Suena prometedor.

Me indicó cómo llegar a su hangar, en el aeropuerto, y volví a darle las gracias.

—Ya estoy impaciente —aseguró—. Por cierto, ¿tienes algún problema con las alturas?

—No.

—¿Con la velocidad?

—En absoluto.

—¿Con las piruetas, los giros, los descensos en picado o los ejercicios acrobáticos?

—¿Y si me lanzas al vacío antes de llegar a esa parte? No lo descartes del todo. Estoy segura de que a mi jefa le encantaría.

A la mañana siguiente, entré en la oficina con seguridad; llevaba la cabeza bien alta por primera vez desde el fiasco. En cuanto pudiera contar a Lizbeth que Troy Jones cooperaría con nosotros, cambiaría su opinión sobre mí. Se lanzaría a los pies del Doctor Muerte para conservarme en el puesto. Vale, sólo iba a subirse al helicóptero, y tampoco hacía falta entrar en detalles escabrosos.

Lizbeth pasó toda la mañana en una reunión a puerta cerrada. Mientras revisaba mi boletín informativo, vi que el Doctor Muerte se acercaba a mi escritorio. Se me heló la sangre. No... no antes de darle la sorpresa a Lizbeth. Ése era el problema de no tener despacho propio. No había dónde esconderse. Ojalá pudiera... «¡Oh, espera! Pasa de largo. —Suspiré aliviada—. ¡Por qué poco!»

Cuando noté que el frío del ambiente se reducía, dirigí una mirada furtiva hacia el rincón. Comprobé que se detenía a hablar con Brie y después entraba en la oficina de Lizbeth.

Huí en dirección al restaurante-charcutería de la esquina para comprar dónuts y una Coca-Cola *light*. No me iba a arriesgar a encontrarme con el Doctor Muerte antes de hablar con Lizbeth.

Cuando volví, para ver si él se había ido y ella estaba libre, era casi mediodía. Brie estaba en su mesa, hojeando un ejemplar de la revista *Ebony*.

—¿Ya puedo ver a Lizbeth?

—Se ha ido.

—¡Mierda! Esperaba encontrarla para...

—¿No me has oído? —Había levantado la cabeza—. Se ha ido. El Doctor Muerte la ha despedido hace una hora. La ha acompañado hasta la puerta. Le ha dado el tiempo suficiente para llenar un par de cajas y nada más.

—¿Han despedido a Lizbeth? ¿Han despedido a Lizbeth?

—Le han dado una patada en el culo.

—¿Por qué?

—Ni idea. Nadie lo sabe. Te diré que ella no lo había visto venir. Sé que es pálida, pero no había visto nunca a nadie tan blanco. Era como un fantasma que hubiera visto a otro fantasma.

—Es increíble.

¡Lizbeth, despedida! No daba crédito. ¡Din-don! La Bruja ha muerto. Debería estar eufórica, debería estar bailando con los Munchkins por las calles. Y en cambio estaba allí, atontada. ¿Cómo podían haber despedido a Lizbeth?

—Es muy extraño —murmuré.

—Sí, ¿y quieres saber lo más triste? Se llevó el televisor. ¿Cómo voy a ver ahora *The Guiding Light*? Y justo cuando Buzz iba a descubrir si Olivia lo había estado engañando con su malvado hermano gemelo.

Los rumores fueron creciendo a lo largo del día. Desde que habían despedido a Lizbeth por sabotear mi campaña de la gasolina de regalo (el que más me gustaba, y que no hice nada por sofocar) hasta que había sido por una pelea de enamorados con Bigwood.

Al final, no pude más y fui a ver a Phyllis. Estaba muy unida a Bigwood; quizás ella lo supiera. Lo más probable era que lo supiera. La pregunta era: ¿me lo diría?

—Hola, Phyllis —dije, tras asomarme a la zona que ocupaba. Era una habitación sin ventanas, anexa al despacho de Bigwood. Había papeles amontonados junto a cada pared y por todo su escritorio. Pero tenía puerta; era la única secretaria que la tenía, lo que destacaba su influencia—. ¿Tienes un minuto?

—Sí, claro. ¿Qué quieres?

—¿Está ahí? —pregunté en voz baja, señalando la oficina de Bigwood.

Sacudió la cabeza. Cerré la puerta, tomé una de las chocolatinas Snickers que tenía en un platito sobre la mesa y me senté.

—En primer lugar, no he venido a cotillear —aseguré—. Espero conseguir información.

—¿Sobre?

—El motivo del despido de Lizbeth.

—Lo último que oí es que malversaba fondos. ¿O era que la habían descubierto intentando usar una muñeca hinchable para circular por el carril para coches compartidos?

—Hablo en serio —me quejé, aunque yo misma había oído ese último rumor de boca de Brie unos minutos antes—. Puede que creas que no es asunto mío, pero estoy involucrada. Yo estaba al frente de una promoción de gasolina de regalo que salió mal. Y lo siguiente que sé es que echan a mi jefa.

Phyllis inclinó la silla hacia atrás, y sus manos formaron una aguja de iglesia delante de su cara.

—¿Has venido a cargar con la culpa o a llevarte el mérito?

—No es eso. No voy a fingir que Lizbeth me cayera bien. Es el peor jefe que he tenido nunca. Estoy encantada de que se haya ido. Pero el Doctor Muerte... quiero decir, Ivan... anduvo investigando lo que pasó. Si Lizbeth arruinó mi proyecto, merezco saberlo.

—¿Por qué crees que yo lo sé?

—Tú lo sabes todo.

—De acuerdo. —Tras mirarme un momento más, dijo—: No te has enterado por mí. Te lo cuento porque te debo una. Lizbeth no tenía ninguna culpa; lo mismo que tú, por cierto. Por lo que pudimos averiguar, a un periodista de Fox News se le ocurrió alborotar el gallinero. Las demás cadenas siguieron su ejemplo.

—Si es así, ¿por qué no decimos algo? Hemos quedado como unos idiotas, y ni siquiera fue culpa nuestra.

—Lou es muy amigo de gente importante de la Fox. Todos ellos pertenecen al mismo club de campo. En cualquier caso, el propietario de la gasolinera quería sangre. Y se la dimos. La de Lizbeth. Era la forma más fácil de evitar ir a juicio.

—Es terrible. Ni siquiera fue culpa suya.

—¿Preferirías que te hubieran echado a ti?

—Claro que no. —Tomé otra chocolatina mientras se me ocurría una pregunta—. Pero, ¿por qué no me echaron a mí? Yo estaba al frente del proyecto. Además, era conmigo con quien estaba enojado el director de la estación de servicio.

—No lo sé. Me imagino que Lou ve que tienes aptitudes y

creyó que merecías una segunda oportunidad. Y ahora que Lizbeth no está, su cargo está vacante, ¿sabes?

Dicho de otro modo, que yo estuviera en la casa que se le había caído encima a Lizbeth no significaba que no pudiera arrebatarle los chapines de rubíes.

—¿Cuándo van a anunciar la vacante? —quise saber.

—¿No aprendiste nada la última vez que te quitaron el puesto? Eso no le va a Lou. No asigna cargos de dirección a nadie si no le parece que tiene chispa. Las normas y el protocolo le importan un comino. Contrata en el acto.

—¿Chispa? Venga, Phyllis, ¿a quién quieres engañar? Contrata a bombones.

—¿Acaso tu amiga Susan es sólo un bombón? ¿Y yo? Si quieres el puesto, demuestra lo que vales. Lo de ir sin sujetador fue brillante. —Noté que me ruborizaba de vergüenza mientras Phyllis proseguía, ajena a que no había sido una jugada intencionada—. Eso basta para llamar su atención, pero no para conseguir el cargo. Tienes que hacer lo que se espera de ti.

—¡Hacer lo que se espera de mí! ¡No voy a acostarme con Lou Bigwood!

Devolvió la silla hacia delante, de modo que aterrizó con un ruido sordo y me miró con dureza. En ese instante, pude imaginármela junto al billar con los demás Hell's Angels, diciendo estupideces y fumando cigarrillos. Me pregunté si sería por eso que Bigwood la mantenía en la oficina: porque le tenía miedo.

—¿Acaso te parezco una madama? Creía que eras inteligente, pero no lo estás entendiendo. Haz algo. Que sea tan extraordinario que lo cautive. Y hazlo antes de que encuentre una cara bonita dispuesta a cautivarlo primero.

14

Mi padre estaba sentado en el porche delantero, tomando una copa de vino y escuchando a Roy Orbison en un radiocasete, cuando Deedee y yo llegamos con nuestras bolsas de viaje.

—El césped tiene buen aspecto, papá —comenté, y después le presenté a Deedee.

—Vamos a hacer una barbacoa de carne para la cena —le dijo, tras estrecharle la mano para saludarla—. ¿Te gusta la ternera?

—Sí. Me encanta.

—Tenía miedo de que fueras vegetariana. —Se volvió hacia mí, al parecer sin más temas de charla intrascendente—. Tu madre está dentro.

Era jueves por la noche, y el viaje en helicóptero con Troy estaba previsto para la mañana siguiente. Iba a pasar la noche en casa de mis padres, ya que ellos vivían a pocos kilómetros del aeropuerto de Van Nuys. Si tenía que estar allí a las cuatro y media de la madrugada, iba a reducir todo lo posible el desplazamiento. Había invitado a Deedee a acompañarme, dado que Lizbeth ya no necesitaba su asiento, y creía que a la niña le iría bien hacer algo especial. Sabía que, aunque tuviera ocasión de hablar por antena, eso no bastaría para cautivar a Big-wood. Pero esperaba que llamara su atención, por no decir que podría aprovechar para tachar dos cosas de la lista.

—¡Ya estoy aquí! —grité, cuando Deedee y yo entramos en la cocina. Mi madre estaba en la encimera, cortando verduras para una ensalada. Había algo muy sazonado al fuego, y olía divinamente.

—Caramba, te pareces mucho a tu madre —comentó Deedee en voz baja, y supongo que a primera vista era cierto; teníamos el mismo cabello revuelto, sólo que ella lo llevaba más corto. Y era de Doris de quien había heredado todas esas curvas. También tenía su mentón, algo puntiagudo; pero, gracias a Dios, no tenía su nariz, que favorece a mi madre pero que, para mi gusto, se ve muy grande en el resto de la familia.

—¡Así que ésta es Deedee! —exclamó mi madre. Dejó el cuchillo y pasó junto a mí para darle un rápido abrazo—. Tenía muchas ganas de conocerte. June me cuenta que se lo pasa muy bien contigo.

Cuando dejamos las bolsas en el suelo, me preguntó a mí:

—¿Cómo fue el viaje?

—Tomé la Cuatrocientos cinco —respondí—. Fue como otras veces: un desastre.

—Siempre he dicho que el tráfico es como el tiempo —comentó con voz socarrona mientras sacudía la cabeza—. Todo el mundo habla de él, pero nadie hace nada.

—¡Yo lo intento! —me quejé.

—¿Te apetece el viaje en helicóptero? —dijo mi madre a Deedee, sin hacerme ningún caso.

Y empezaron a hablar sobre la mañana que nos esperaba: un tema que no planteaba riesgos. Había preparado a mis padres de antemano: nada de hablar sobre el niño. De hecho, nada de hablar sobre ningún niño ni sobre temas relacionados con niños. Por lo que a ellos se refería, no había ningún niño. Deedee estaba de seis meses, y empezaba a tener una buena tripa. Pero volvía a vestir prendas demasiado grandes para ella, de modo que no se le notaba. Me dijo que todavía no se lo había contado a nadie en el instituto y que, de momento, nadie lo sospechaba.

Deedee, mi padre y yo ayudamos a llevar la comida a la mesa del comedor y nos sentamos. La cena consistía en sopa, ensalada y un bistec de la barbacoa de mi padre con patatas fritas hechas al horno al estilo de Oprah. Mi madre había puesto salvamanteles y platos de temática polinésica con imágenes de tikis. Los cubiertos estaban estampados con palmeras, y los vasos, pintados con bailarinas hawaianas.

Las comidas en casa de mis padres se habían vuelto cada vez más elaboradas desde que mi padre se jubiló. Siempre había estado relegado a la barbacoa, de la que era amo y señor. Pero los últimos dos años, había experimentado un poco en la cocina: una ensalada por aquí, un plato de pasta por allá. Mi madre debió de sentirse amenazada, porque de repente añadía salsas, nos sorprendía con nuevas recetas que nunca habíamos probado y decía cosas como: «La ensalada que preparaste está deliciosa, Martin. Oye, ¿sabíais que un babuino puede preparar una ensalada? ¡Os lo aseguro! ¡Lo vi en el Discovery Channel!» Mi padre se estaba adentrando en lo que siempre había sido terreno de mi madre; y, como a mí me gustaba disfrutar de una buena comida, no me importaba estimular la competencia.

—¡Qué bien huelen esos bistecs, papá! —exclamé efusivamente, mientras mi madre llevaba unos cuencos de sopa a la mesa y nos los plantaba delante.

—Hum... ¿La sopa está hecha en casa, mamá?

—¿Qué es esto? —preguntó mi padre, tras echar un vistazo al cuenco.

—En honor a la ascendencia mexicana de Deedee, he preparado sopa de taco —aclaró mi madre, que sonreía a Deedee—. Sé que no es una receta tradicional, pero pensé que sería una tontería por mi parte intentar preparar un plato que probablemente comas en casa cada día, sólo que más rico y auténtico. A una amiga mía le dieron esta receta en una reunión del Weight Watchers y...

No tengo idea de lo que dijo después de esto, porque el cerebro me zumbaba como si se hubiera aposentado en él una colonia de abejas. ¿Había dicho «sopa de taco»? ¿Esa «sopa de taco»?

Estaba a punto de preguntarlo cuando, al volver a conectar, oí a mi madre decir:

—Y, sinceramente, sólo hay que abrir unas cuantas latas.

—*Etá uy ica* —aseguró Deedee con la boca llena de sopa.

—Gracias, señorita —contestó mi madre en español, con lo que demostró que tenía más o menos el mismo amplio dominio de ese idioma que yo.

Contemplé la sopa como si fuera el arma de un crimen, lo que podía considerarse verdad en cierto modo.

«¡Qué diablos! —pensé—. Me estoy muriendo de hambre, y huele de maravilla.»

Tomé una cucharada y la soplé antes de probarla. Vale, estaba muy rica. *Uy ica*, de hecho, y tomé más. ¿Por qué no? Tampoco era que la sopa hubiera conducido el coche.

—¿Te gusta el instituto? —preguntó mi madre a Deedee.

—No está mal.

—June me ha dicho que sacas muy buenas notas. ¡Eso está muy bien! ¿Y qué, tienes novio?

—Pues no.

Deedee empezó a ponerse ketchup en las patatas fritas, con todo el aspecto de querer esconderse debajo de la mesa. Lancé una mirada a mi madre. ¿Qué estaba haciendo? No había dejado claro que no deberíamos hablar de niños, ¿y no implicaba el hecho de que Deedee estuviera embarazada que había un chico de por medio, o que por lo menos lo había habido en algún momento?

Mi madre prosiguió, impasible, fingiendo no darse cuenta de que la estaba fulminando con la mirada.

—Ya lo tendrás. Tendrás muchos, seguro. Eres una muchacha muy bonita.

Deedee parecía estar cada vez más incómoda; de modo que intervine para intentar que mi madre abandonara el extraño camino que seguía.

—Tiene razón, lo eres —aseguré a Deedee—. Pero no te fíes demasiado de lo que te diga mi madre. También creía que yo era linda cuando tenía tu edad.

—¡Eras linda! —insistió mi madre.

—¿No llevaba aparato dental? —se rio mi padre—. ¿Y un parche en el ojo?

—¡No es culpa mía que tuviera un ojo vago! ¡Y sólo fueron unos meses!

—¿Un parche en el ojo? ¿De veras? —Deedee se había animado al instante, y hasta emitió un sonido «¡gr...!» a lo pirata, como si no lo hubiera oído cada segundo de cada día que lo había llevado puesto—. ¿Tienes fotos?

—Lo siento. No hay fotos mías porque era muy fea... y la pequeña. En cambio, si quieres ver a mi hermano, tendremos un millón de fotos suyas. —Dicho esto, me toqué la nuca para recordarle la poca atención que me habían prestado de niña.

—No le hagas caso, Deedee —dijo mi madre—. Puede que pasara... una mala fase; pero a eso me refería exactamente. Cuando fue a la universidad, se había transformado. Es la mejor época de la vida, de verdad. Tengo muchas ganas de que vivas todo eso. Con tu inteligencia y tu belleza, estoy segura de que te esperan grandes cosas.

¡Ah! Así que era eso lo que estaba haciendo. Al principio me había desconcertado; luego vi que se trataba del método exclusivo de Doris Parker para tratar de convencer a Deedee de que entregara a su hijo en adopción. No era demasiado sutil, pero se merecía un excelente en esfuerzo.

Deedee respondió concentrándose en cortar el bistec, hasta el punto de que mi padre se enojó con ella.

—Oye, ya deberías poder cortarlo con un tenedor —le espetó.

El postre consistía en tarta de ruibarbo con helado, que tomamos en el patio de atrás en medio del ruido del matamoscas eléctrico y las quejas de mi padre sobre la nueva disposición del jardín de los Bloomingdale, los vecinos de al lado, quienes habían utilizado plantas con bajo consumo de agua en lugar de hierba para crear un jardín rocoso.

—¿Os lo podéis creer? ¿Dónde se creen que estamos, en el Valle de la Muerte? ¿Han oído hablar de las mangueras? Lo próximo que harán será instalar uno de esos paneles solares.

—Tus padres son la monda —comentó Deedee, mientras la acompañaba a la antigua habitación de mi hermano, donde dormiría. Eran sólo las nueve, pero como el despertador sonaría a las tres de la madrugada, las dos queríamos acostarnos temprano.

—Les has caído bien —comenté—. No me sorprendería nada que ahora mismo estén abajo añadiéndote a su testamento.

La dejé y fui a ducharme, porque no me atrevía a dejarlo para la mañana, por si me quedaba dormida. Cuando terminé de secarme el pelo, eran las nueve y cuarto; y, cuando conté con los dedos las horas que podría dormir, me percaté de que, como mucho, serían cinco. ¡Uf! ¿Cómo podía Troy Jones hacer eso cada noche? Antes de acostarme, vi luz en el cuarto de Deedee. Llamé a la puerta y entré. Estaba tapada, todavía vestida, leyendo uno de los viejos cómics de mi hermano.

—No puedo dormirme tan temprano —indicó.

—Yo sí. Tengo un don extraordinario para quedarme frita. Lo que me preocupa es la hora de levantarme.

—A mí también. He puesto el despertador.

—Perfecto, seguro que una de las dos conseguirá salir de la cama —dije, y me senté en la punta de la cama—. ¿Quieres que te cante una nana? —Y me puse a entonar *Lady Marmalade*—: *Gitchy, gitchy, ya ya da da...*

Deedee dejó el cómic.

—Le dijiste a tu madre que estoy embarazada —se quejó. Intenté poner cara de inocencia, pero añadió—: No soy idiota.

—Lo siento. Es mi madre. No podía ocultárselo.

—Por lo menos ha sido amable. Mi madre me chilla todo el rato. Seguro que la tuya nunca te grita.

—En defensa de tu madre, ya estoy un poco mayorcita para eso.

—Pero cuando eras pequeña, estoy segura de que tus padres no te chillaban.

—Puede que no mucho —respondí tras reflexionar un instante—. Los Parker no somos demasiado gritones. Pero eso no significa que no me trataran con mano dura si me lo merecía.

—Sí, claro —se burló—. Como si alguna vez hubieras hecho algo malo.

—Pues muchas veces.

—Olvídalo. Eres demasiado santita. Estoy segura de que no has hecho nada malo en toda tu vida.

—¡Claro que sí!

—¿Como qué? ¿Qué es lo peor que has hecho?

Quizá fuera la sopa de taco o la idea de que iba a ver a Troy Jones en pocas horas, pero tenía a Marissa en la cabeza, y antes de pensarlo siquiera, solté:

—Matar a alguien.

—Hablo en serio.

Lo lamenté en cuanto lo dije, así que intenté pensar en alguna otra cosa mala que hubiera hecho para satisfacerla. Por desgracia, tomar ponche a escondidas y vomitar en la fiesta de graduación de Kathy Berz fue lo mejor que encontré, y parecía de lo más encantador comparado con matar a alguien. Farfullé y tartamudeé, hasta que Deedee exclamó:

—¡Coño, es verdad que mataste a alguien!

—No, estaba...

—¡Y una mierda! Ahora no lo niegues. Lo hiciste.

—Tienes razón —suspiré—. Lo hice. Fue un accidente. —Me concentré en arrancar un hilo suelto del edredón—. Sólo que fue culpa mía, así que no sé si «accidente» es la palabra adecuada.

Le conté lo de llevar a Marissa en el coche y lo del accidente. Ante su insistencia, le detallé los pormenores: desde la caída del tocador del camión o cómo había girado el volante hasta mi primer viaje en una ambulancia. Por supuesto, no mencioné que Marissa era hermana de Troy ni nada sobre la lista. Lo último que quería era que Deedee sospechara que formaba parte de ella.

—¿Y cómo murió? —preguntó Deedee cuando terminé de hablar. Le dirigí una mirada vacía y me lo aclaró—: Sé que fue un accidente de coche, y que el tocador cayó pero, ¿qué la mató exactamente?

Lo dijo sin la menor lástima o empatía. Tampoco era morbosa. Simplemente quería una información que no le había dado.

—No llevaba abrochado el cinturón de seguridad; de modo que, cuando el coche volcó, salió disparada.

—¿Por la ventanilla?

Y eso fue lo más extraño: sentí como si por fin pudiera decirlo. El detalle de esa noche que había ocultado a Susan, a mi novio Robert, a mis padres... a todo el mundo. Había temido su amabilidad. Que su compasión me hubiera resultado insoportable. Y les había dejado creer que Marissa había muerto al volcar el coche; hasta donde ellos sabían, así había sido.

—El parabrisas —expliqué a Deedee con naturalidad—. Atravesó el parabrisas.

—¿Murió de los cortes?

—No. Según tengo entendido, murió porque mi coche... —Respiré hondo antes de continuar—. Le cayó encima.

—¿Sobre qué parte?

—No lo sé. Sobre todo el cuerpo, supongo.

—Qué horror. ¿Y qué hiciste?

—Nada —contesté, arrancando el último hilo suelto del edredón—. No hice nada.

De acuerdo, estaba inmovilizada por el airbag, con la cabeza golpeada y sin saber dónde estaba Marissa. Pero lo cierto era que me había quedado allí quieta. De brazos cruzados. Viéndolas pasar. Esperando a que me rescataran mientras aplastaba a Marissa Jones hasta matarla. Lo peor de todo era que ni la policía ni el personal del hospital me consolaron en ningún momento diciéndome que no había sufrido. Siempre lo dicen y, como no lo hicieron, supuse que había ocurrido lo contrario.

—Bueno, es tarde —comenté a la vez que me levantaba—, me voy a dormir.

Al salir, apagué la luz y, por costumbre, repetí lo que mi madre me decía cada noche, incluso cuando ya era demasiado mayor para arroparme:

—Que sueñes con los angelitos.

El despertador sonó, y lo apagué de un manotazo. ¡Uf! Tenía náuseas debido a la falta de sueño. Eran las tres de la madrugada. ¿Por qué no habría pasado la noche en blanco? Así, por lo menos, ya estaría levantada en lugar de tener que despertarme.

Cuando logré salir de la cama, me puse los vaqueros y la camiseta de manga larga que había dejado preparados. Me hice una cola de caballo y fui a ver a Deedee, que se hallaba sentada en el borde de la cama como si la hubieran sacado de la basura y dejado ahí.

—Todavía es de noche —se quejó. Llevaba la misma ropa con la que había dormido y, tras ponerse las zapatillas deportivas, anunció que estaba lista. Luego, se metió en la cama y me dijo que volviera a despertarla cuando fuera la hora de irnos.

El orgullo me obligó a intentar maquillarme, por lo menos de modo superficial. Apenas se me veían los ojos, así que hice lo que pude con el rímel y la sombra de ojos. Más tarde, cuando la hinchazón remitiera, podría ver si había logrado mi objetivo o si había terminado pareciéndome a Bette Davis en *Eva al desnudo*. Daba igual. Si Troy esperaba tener compañeras de viaje *sexys*, tendría que cambiar al turno de tarde.

El aeropuerto de Van Nuys era pequeño, y lo utilizaban aviones y helicópteros para viajes cortos. Deedee y yo llegamos unos minutos antes de lo previsto y encontramos fácilmente el hangar de Troy, que ya estaba allí, vestido con vaqueros y una sudadera con capucha, tomando café y repasando algunos papeles. Delante del hangar, había un helicóptero de color amarillo chillón que llevaba escrito «K-JAM, Tráfico de Los Ángeles» en un costado.

—¡Buenos días, señoras! —saludó Troy cuando nos acercamos.

—«Día» implica que haya sol —protesté—. Y aún no es de día.

—Vamos —dijo, dando una palmada—, os voy a enseñar todo esto. ¿Qué os parece si empezamos por la cafetera?

Nos enseñó cómo funcionaba todo. Explicó que sus circunstancias no eran las habituales, porque la mayoría de los locutores de tráfico trabajaba para un servicio de información del tráfico; él era independiente y lo hacía directamente para la emisora de radio. La K-JAM tenía el programa matinal de más audiencia. Por eso Lizbeth anhelaba hablar por antena durante su emisión.

—¿Conoces a Fat Boy? —le preguntó Deedee a Troy, en referencia al DJ matinal de la K-JAM, quien, al menos por lo que había visto en los carteles publicitarios repartidos por la ciudad, se había ganado con razón el mote de *Fat* (grueso).

Eran unos ciento ochenta kilos de hispano extravagante, que aparecía en los carteles con unas gafas gruesas, un sombrero y nada más, salvo una Speedo.

—Claro. Esta mañana hablaré por antena con él, pero no lo veremos. Él está en la emisora.

—Fat Boy es muy gracioso —dijo Deedee—. Me gusta cuando llama a gente haciéndose pasar por una señora mayor.

—¿Escuchas la K-JAM? —le pregunté.

—Sí, mientras me preparo para ir al instituto.

—¿Y qué te parecen mis informes sobre el tráfico? —quiso saber Troy mientras nos llevaba hacia el helicóptero.

—Podrías ser más divertido —comentó Deedee, tras un instante de reflexión—. Contar chistes. Supongo que explicas bien el tráfico. Pero no lo sé, porque todavía no conduzco. —Le sonrió—. Para mí, podrías estar inventándotelo todo y no haber nada de tráfico.

—De modo que ya me tienes calado.

Un hombre fornido que llevaba barba y gorra llegó con una bolsa de dónuts. Troy nos lo presentó; era su copiloto, Dickie Ruiz.

—Dickie y yo tenemos que repasar unas cuantas cosas. Tal vez queráis ir al baño —sugirió Troy—. No podréis durante un par de horas. —Deedee y yo debimos de parecer asustadas, porque añadió—: Puedo hacer una parada de emergencia si es necesario.

—Últimamente, tengo que hacer pipí cada diez segundos —me susurró Deedee mientras nos dirigíamos hacia el lavabo de señoras.

—¿Cómo te encuentras? —le pregunté—. ¿Te ves con ánimos para hacerlo?

—¡Oh, sí! Es lo más genial que he hecho nunca.

Diez minutos después, volvíamos a estar junto al helicóptero.

—Buenas noticias, June —dijo Troy—. Nos ha fallado un

patrocinador, de modo que podré hacerte un par de preguntas antes de las siete. ¿Hay algo en lo que quieres que me centre?

—Pregúntale cuál es su canción favorita —sugirió Deedee mientras yo intentaba decidirme.

—Gracias —intervine—, pero tiene que ser algo más relacionado con el transporte compartido. ¿Tal vez podrías preguntarme sobre la nueva línea ferroviaria que va al centro de la ciudad?

—¡Qué aburriiiiiiido! —exclamó Deedee.

Troy aseguró que haría lo posible para que la cosa fuera animada y abrió la puerta del helicóptero.

—¿Preparadas? —preguntó. Dickie y él nos ayudaron a subirnos a la parte posterior, donde sólo había espacio suficiente para que Deedee y yo nos sentáramos cómodamente.

—¿Dónde están los paracaídas? —inquirí mientras me abrochaba el cinturón de seguridad—. ¿La mesa abatible sirve como dispositivo de flotación?

Parloteaba porque los nervios se me estaban poniendo en el estómago. Nunca había ido en helicóptero y, aunque no me da miedo volar, no sabía muy bien qué esperar. Además, hablaría en directo por la radio, y eso me acababa de poner los nervios de punta. Presentía que me jugaba mucho, ya que el cargo de Lizbeth estaba abierto.

Troy tocó algunos controles, y Dickie nos entregó unos auriculares, de esos grandes que te quedan como orejeras, a Deedee y a mí. Cada uno de ellos tenía un micrófono pequeño que se extendía hacia delante.

—Cuando haga girar las hélices, habrá mucho ruido. Los necesitaréis para oír lo que pasa en la emisora. Utilizad los micros para hablar con nosotros aquí, en el helicóptero; es más fácil que gritar. June, te hemos adaptado el micro para que puedas hablar también por antena —sonrió—. ¿Necesito recordarte las palabras que no puedes decir por la radio?

—No, no hace falta.

—¡Quiero oírlas! —exclamó Deedee.

—«Joder» está prohibida —respondió Dickie—. No puedes decir «joder».

—¿Y «mierda»? —insistió Deedee—. Porque juraría que unas veces la tapan con un pitido, pero otras...

—«Mierda» no está permitida —la interrumpió Troy—. Pero tienes razón, de vez en cuando se cuela. Y, June, habla todo lo que quieras sobre lo increíblemente atractivo que soy. No están prohibidas palabras como «galán», «sexy», «divino»...

—«Ególatra» —añadió Dickie, que nos pasó la bolsa de dónuts—. Lo mata estar en la radio y que las mujeres no vean lo guapo que es.

Nos centramos en los dónuts hasta que Troy nos indicó que faltaba un minuto; entonces, nos preparamos. Cuando puso el helicóptero en marcha, el ruido de las hélices fue ensordecedor; incluso para nosotros, que estábamos dentro con las puertas cerradas.

—¡Siempre creí que era falso! —grité—. ¡Que estabas en un estudio y ponías un casete!

Dickie me respondió, señalándose las orejas, y formó la palabra «auriculares» con los labios.

—¡Oh, sí! —Deedee y yo nos pusimos los auriculares, y yo me coloqué bien el micrófono.

—¿Me oís? —preguntó Troy.

Deedee asintió con la cabeza. Y yo levanté el pulgar en señal de aprobación.

—Vámonos —dijo, y el helicóptero despegó. Se mantuvo estático un momento en el aire y al siguiente se elevó y voló hacia delante. Noté una extraña sensación en mi interior, y Deedee gritó de entusiasmo.

—¿Vais bien ahí atrás? —preguntó Troy.

Deedee asintió de nuevo con la cabeza. Y yo volví a levantar el pulgar.

—Podéis hablar —oí reír a Troy por los auriculares—. Os

avisaré con tiempo de sobra cuando vayamos a estar en el aire. Y tú, Deedee, no te preocupes. Sólo June tiene el micro abierto para hablar en vivo por la radio.

¿Había dicho «en vivo»? «¡Gr...!», como habría dicho en mis tiempos de parche en el ojo. El dónut me brincaba en el estómago.

«No hay por qué tener miedo», me dije. Tampoco era que Troy me fuera a hacer preguntas difíciles, comprometidas. Podía manejarlo, especialmente después de haber superado la debacle de la gasolina de regalo. Mi cerebro parecía tragarse estas palabras de motivación. Y mi sistema digestivo seguía dudando.

Me obligué a centrarme en las vistas mientras oía la emisora, que ponía una canción de Black Eyed Peas que, ahora que la había oído, se me pegaría para todo el día. El cielo de la noche empezaba a adoptar un tono más gris, y parecía que el sol se planteaba hacer acto de presencia. (Y no se me olvidaba ni un segundo que podría matar dos pájaros de un tiro y tachar dos cosas de la lista: la número 10, «Ir en helicóptero», y la número 18, «Contemplar un amanecer».)

Nuestro vuelo había empezado en el Valle, y en unos minutos sobrevolábamos la colina.

Había visto muchas veces Los Ángeles desde un avión, pero ahora volábamos lo bastante cerca para distinguir las vistas. El Dodger Stadium, el Getty Museum, las mansiones a lo largo de Mullholland Drive. Hasta la autopista 405 parecía encantadora, en su serpenteante ascenso por la colina, salpicada de los faros de los automóviles que la recorrían a primera hora de la mañana.

—¿Qué os parece? —preguntó Troy, que se había vuelto hacia nosotras.

—¿Quién habría imaginado que el tráfico pudiera ser tan bonito? —dije.

—Bueno, si crees que este tráfico es bonito —comentó Dickie—, espera a que llegue la hora punta. Entonces es una auténtica obra de arte.

—Esto es increíble —aseguró Deedee con la cara apoyada en la ventanilla—. Nadie va a creerme cuando se lo cuente.

Troy dio los primeros informes sobre el tráfico y, como ya me había advertido, dejé de oír la señal de radio por los auriculares. Escuchaba a Troy, pero no las respuestas de Fat Boy. Troy ponía su voz «radiofónica», más ronca y entusiasta que de costumbre. Hasta entonces, el tráfico iba bien, y resultaba extraño oír sólo un lado de sus bromas.

—No sé, Fat Boy, hace mucho que no he visto un mono de cerca —dijo Troy en una ocasión, y me pregunté qué podía haber provocado esa clase de respuesta.

Pasamos rozando el cartel de Hollywood mientras el cielo cambiaba de gris a naranja. Desde esta ventajosa posición, se veían muy bien los doce metros que medían las letras.

—Me pareció que podría ser un buen sitio para ver salir el sol —comentó Troy, en la única referencia que hizo a la lista.

El helicóptero giró entonces a la izquierda.

—Voy a comprobar el tráfico de la ciento uno —explicó Troy—. Me informan de que ha habido un accidente. Ya te traeré aquí en el próximo viaje, June.

—¡Estupendo! —dije con alegría.

«¡Puaj!»

Intenté dominar mis nervios limitándome a tener pensamientos alegres, relacionados con el transporte compartido.

«Menciona el número 800. Menciona el número 800. Hagas lo que hagas, no digas palabrotas y, sobre todo, no digas "joder". Joder, ahora se me ha pegado, como la canción de los Black Eyed Peas, y no podré quitármelo de la cabeza. ¡Oh, mierda! Quiero decir, joder. Oh, no, soltaré palabrotas a todo trapo, como si tuviera el síndrome de Tourette...»

—Muy bien, allá vamos —me indicó Troy—. Empezaré con

las noticias sobre el tráfico. Después, te presentaré y te haré un par de preguntas.

—Que sean fáciles —pedí, inquieta.

—Tranquila, serán blanditas —aseguró con la cabeza vuelta hacia mí, y volvió a mirar el panel de control—. Será como antes. Oirás mi voz por los auriculares. Y también te oirás a ti misma. Y yo podré oír a Fat Boy; pero tú, no. No te preocupes, él lo sabe y no se dirigirá a ti, ¿entendido?

—Entendido.

La emisión de radio desapareció, y volví a oír la voz de Troy describiendo las retenciones de tráfico de la 101 y de la 405 a la altura de Sepulveda Pass, y la circulación lenta de la 90 más allá de Riverside. Después, añadió:

—Si se cansan del tráfico, tengo hoy aquí conmigo, en el helicóptero de la K-JAM, a alguien que puede hablarles sobre cómo evitarlo: June Parker, del Rideshare de Los Ángeles.

Había llegado el momento. El corazón me latía con fuerza. Las tripas me sonaron tan fuerte debido a los nervios que temí que pudieran oírse por encima de las hélices del helicóptero.

—Dime, June —prosiguió Troy—, ¿qué dirías a alguien que está sentado solo en el coche ahora mismo, deseando estar en cualquier otro sitio que no fuera la autopista?

—Bueno, Troy —respondí y, en cuanto lo hice, Dickie se volvió para mirarme con una expresión de pánico absoluto.

—¡No nos llega tu voz! —siseó—. ¡No te oímos!

—Le diría que... —seguí sin saber qué hacer, pero la voz de Troy me interrumpió.

—Me refiero a además de bajarse y andar. Je, je. ¿Verdad, Fat Boy?

—¡Qué co...! —empezó a decir Deedee, pero se detuvo en seco. Oía su voz por los auriculares. Y ella lo dedujo, como el resto de nosotros. Su micro estaba abierto; el mío, no.

Dickie tomó los cables que iban desde los controles hasta

nosotras. Debimos de cambiarnos los auriculares cuando nos los quitamos para comer los dónuts. El pánico me paralizó. ¿Qué podía hacer? Troy levantó un dedo para indicarme que esperara y sentenció.

—Tienes mucha razón, Fat Boy.

Entonces, Deedee se enderezó y habló por su micrófono.

—Hola, soy June. ¿Sabes qué, Troy? Siempre he dicho que el tráfico se parece mucho al tiempo. Todo el mundo habla de él, pero nadie hace nada.

—Tienes razón —replicó Troy sin alterarse—. ¿Y qué deberían hacer?

—Para empezar —dijo Deedee con los ojos muy abiertos de entusiasmo mientras continuaba—, deberían compartir el coche. Si es que tienen la suerte de tener coche, claro; porque la gasolina va como a tropecientos dólares el litro.

—Recuérdame que no vaya a la misma gasolinera que tú —bromeó Troy. Yo estaba hecha polvo, pero él parecía tomárselo con calma. Dickie alargó la mano hacia atrás y le dio un apretón de ánimo a Deedee.

—Autobús —articulé en su dirección.

—Si no tienen coche —prosiguió Deedee—, pueden tomar el autobús. Mi madre es ciega, ¡caramba!, y tiene que ir en autobús a todas partes. Y le va muy bien.

—¡Espléndido! —afirmó Troy.

Busqué un bolígrafo en mi bolso y escribí deprisa el número 800 del Rideshare en la parte posterior de la bolsa de dónuts, que sujeté delante de Deedee.

—Sí, así que no quiero oír a nadie quejarse de que no puede hacerlo. Si ella puede ir en autobús y no puede ver, quien tenga todos los sentidos también tiene que poder.

—No sabes cómo me alegro de que hayas venido a hablar con nosotros, June —indicó Troy. Apenas podía contener una enorme sonrisa. ¡Se lo estaba pasando en grande!

—Encantada —dijo Deedee con orgullo—. ¡Oh!, y si tienen alguna pregunta, llamen al 1-800-RIDESHARE, que tiene más de siete números, pero supongo que no pasa nada.

Troy terminó el informe, dio las gracias a los patrocinadores, y la radio volvió a sonar en mis auriculares.

—¡Has estado fantástica, Deedee! —exclamó Troy—. Tienes un don innato para la radio.

Dickie le dio una palmada en la pierna para felicitarla.

—Lo hiciste mejor de lo que lo habría hecho yo —dije, e intenté parecer entusiasmada.

—¿Puedo hacerlo otra vez? —preguntó ansiosa.

—No tentemos a la suerte —contestó Dickie, sacudiendo la cabeza.

—Lástima. Quería saludar a mi amiga Rebecca.

Para finalizar el viaje, Troy recorrió la playa, desierta salvo por algunos surfistas a esta hora intempestiva, y sobrevoló la noria del muelle de Santa Mónica.

Cuando aterrizamos y bajamos del helicóptero, tuve que contenerme para no arrodillarme y besar el suelo. ¡Por fin, tierra firme! A pesar de lo divertido que había sido al empezar, jamás me había alegrado tanto de haber acabado algo. Ahora los habitantes de Los Ángeles creían que mi madre era ciega y que yo utilizaba la palabra «tropecientos» por la radio; pero ése no era el problema.

Había fallado. Otra vez.

En el instante en que nos percatamos de que mi micrófono no funcionaba, había sido Deedee la que había reaccionado. Si hubiera sido por mí, se habría producido el silencio más largo en la historia de la radio. Hasta más tarde, no caí en la cuenta de que podía haberme inclinado para hablar por su micrófono hasta que hubiéramos tenido un segundo para poder intercambiarnos los auriculares.

Estaba triste y procuré no aparentarlo, ya que el trayecto parecía haber estimulado a los demás.

—Aparte de hablar por la radio, lo mejor fue ver ese accidente —dijo Deedee—. Parecían coches de juguete. Y había uno totalmente volcado. Fue impresionante.

—¿Sabes qué es interesante? —le comentó Dickie—. Aquí, la mayoría de locutores de tráfico no utilizan entre ellos el término «accidente». Hablan de «choque» o «colisión». «Accidente» da la impresión de que no puede evitarse.

—Jamás lo había visto así —dijo Deedee.

Mientras Dickie hablaba, solté el aire, pero parecía haber olvidado cómo inspirarlo. Entonces todo se agolpó en mi interior: la sopa de taco; mi charla con Deedee la noche anterior; ver a Troy Jones; no haber dormido lo suficiente; desayunar sólo azúcar; echar a perder la entrevista; el embarazo de Deedee; por qué no hablé por su micrófono; todo ese café; los accidentes no existen, sino que son choques o colisiones porque tiene que haber un culpable; y, lo peor de todo, la mirada de Troy, porque él también había oído lo que Dickie había dicho. Y en sus ojos vi lo único que no podía soportar, lo que equivalía a verter líquido inflamable en la llama ardiente de mis emociones. Vi lástima.

—Disculpadme, tengo que... —señalé el exterior, como si acabara de recordar que tenía que hacer recados importantes. Salí deprisa y, en cuanto estuve fuera de su vista, corrí el resto del camino hasta el lado del edificio.

Después apoyé la espalda en la pared y me eché a llorar.

Respiraba agitadamente. Las lágrimas me brotaban a borbotones de los ojos y me dejé ir, entre sollozos. Sabía el ruido que estaba haciendo; lo había oído antes, cuando visité el muelle 39 de San Francisco, donde jugaban decenas de leones marinos. En mi caso, era un horrible aullido de sufrimiento, confuso. Era Laura Petrie en *El show de Dick Van Dyke* cuando gritaba con su falsete: «¡Oh, Rob!» Era la chica que gritaba en una película de terror. Era los frenos de un camión Mack chirriando en la autopista. Era feo e indigno, y no podía parar.

Noté unas manos en mis hombros. Troy me hizo bajar hasta quedar sentada, con la espalda apoyada en la pared y los brazos alrededor de las rodillas. A continuación, me movió los brazos y me separó las piernas. Me empujó la espalda con cuidado para que la cabeza me colgara entre las rodillas.

—Respira —me indicó—. Inspira despacio y espira.

—No... No... No... pueeeedo... Bua, bua...

—¡Chisss! Inspira hondo. —Troy inspiró profundamente y espiró después para demostrármelo—. Venga, hazlo conmigo.

Entre sollozos contenidos, logré tomar aliento unas cuantas veces, y luego unas cuantas más; luego, pasado un rato, respiraba sincronizadamente con Troy y, francamente, me sentía de lo más ridícula con la cabeza entre las rodillas.

Pero era agradable sentir su mano acariciándome la espalda. Como también la forma en que, sentado a mi lado, su cuerpo rozaba el mío.

Cuando levanté la cabeza, antes de que pudiera verme bien, utilicé la parte inferior de la blusa para secarme un poco. Le enseñé la cara empapada de rímel, lágrimas, mocos y Dios sabe qué más.

Troy había dejado de acariciarme la espalda y cambió de postura para poder observarme mejor. (¡Seguro que estaba digna de ver!)

—Dickie no quería decir nada con eso. No iba por ti.

Encogí los hombros a modo de respuesta.

—No sabe lo del accidente. Y, ¿lo ves? He dicho «accidente». Porque eso es lo que fue.

En ese momento tenía los ojos hinchados, y seguro que la nariz, colorada; así que, como básicamente no tenía nada que perder, me limité a decir:

—¿Por qué eres tan bueno conmigo? —Era pregunta y a la vez acusación.

—¿Por qué no iba a serlo?

—¿Tengo que decirlo? Porque, si lo hago, podría empezar otra vez —comenté señalándome los ojos.

—No, por favor.

—Lo cierto es que yo conducía. Tienes todo el derecho del mundo a culparme por... —Y no había una forma de decirlo sin decirlo—. Por la muerte de tu hermana. Deberías odiarme. No entiendo por qué no lo haces. O eres un santo o... bueno, que seas un santo es lo único que se me ocurre.

—Si me disculpas un momento, llamaré a la redacción; porque es la primera vez que alguien me llama santo.

—Hablo en serio.

—Ya lo sé. Lo único que puedo decirte es que estoy muy enojado por lo que ocurrió. Pero no lo estoy contigo. Si alguna vez atrapara al cabrón que no ató un tocador a un camión y que después no se paró, no te gustaría verlo, créeme. —Sacudió la cabeza—. Por lo que a mí respecta, tú no hiciste nada malo. Sobreviviste, y me gustaría que mi hermana también lo hubiera hecho. Eso es todo.

Asentí, y noté que echaba de menos la calidez de su mano en la espalda. Pero, pese a lo mucho que habría agradecido su consuelo, sabía que había algo que necesitaba más aún: la verdad. Llevaba mucho tiempo huyendo de ella, y había llegado el momento de enfrentarla.

—Troy, quiero que me contestes a una pregunta, y quiero que seas sincero.

—De acuerdo.

—¿Me lo prometes?

—Claro. —Frunció el ceño, lleno de curiosidad—. Te lo prometo.

—Cuando tu hermana murió, ¿fue... enseguida? ¿Quiero decir, al instante? ¿O...? —Dejé la pregunta sin terminar.

Vi cómo se le movía la nuez de Adán en el cuello. Abrió la boca y después volvió a cerrarla. Pasó lo que pareció ser toda una vida.

—Sí —respondió por fin—. Dijeron que la muerte fue instantánea.

Francamente, era el peor mentiroso del mundo.

Ya tenía mi respuesta. Sólo que no era la que habría querido. El peso que esperaba haberme quitado de encima soltó una risita malvada desde el lugar que ocupaba sobre mis hombros.

Troy se puso en pie y alargó un brazo para ayudarme a levantarme.

—Estuvo bien la entrevista a Deedee por la radio, ¿verdad? Es muy lanzada.

Era evidente que intentaba cambiar de tema para suavizar el momento. ¡Qué narices!, iba a seguirle el juego. Le tomé la mano y dejé que me levantara.

—Sí, ¡y anda que tú! —comenté, imprimiendo alegría a mi voz—. Mira que animarla de ese modo...

—Hay que dejarse llevar por la corriente. Por cierto, ¿y estos vaqueros? —soltó, dando un tirón juguetón a mis pantalones.

—No tienen nada de malo. Tú también llevas vaqueros. ¿Recuerdas lo que dijiste de la radio y todo eso?

—Estoy decepcionado, nada más. Me habías prometido específicamente venir en pijama.

—No te pierdes gran cosa —le aseguré, mientras me sacudía el trasero con la mano—. Mis pijamas no son nada llamativos. La mitad de las veces acabo acostándome en ropa interior.

En cuanto las palabras me salieron de la boca, sentí una vergüenza enorme.

—Antes estaba decepcionado —dijo Troy, tras soltar una carcajada grave—. Ahora, estoy desolado.

15

Mis padres no discutían a menudo. Pero, cuando lo hacían, mi hermano y yo teníamos una asombrosa habilidad para elegir esos momentos en que habían perdido su equilibrio para pedir cosas. Ir a dormir más tarde. Encargar pizza. La llave del mueble bar. Era arriesgado. Podían arrancarte la cabeza. Pero también cabía la posibilidad de que te dijeran que sí a algo que jamás habrían aceptado de otro modo. Ni siquiera teníamos que oír la pelea o saber con certeza que se había producido; era como si pudiéramos oler la vulnerabilidad. Tampoco puedo decir que fuera deliberado, al menos en mi caso. Era puro instinto infantil, que nos llevaba a atacar cuando la presa estaba débil.

Supongo que fue la misma clase de instinto lo que llevó a Deedee a decirme entonces, mientras yo todavía me recuperaba de la noticia de que el accidente de Marissa había sido en realidad como la peor de mis suposiciones, que había estado pensando.

—Eso explica por qué te sale humo de la cabeza —bromeé.

La llevaba al instituto después del viaje en helicóptero con Troy, y nos habíamos quedado atascadas en el tráfico de la hora punta que tan bonito se veía desde el aire. Era de lo más feo desde allí abajo. Estaba atrapada detrás de un camión enorme con la silueta de una mujer desnuda en los faldones de las ruedas y un adhesivo en el parachoques de esos que decían: «Mi hijo puede poner en ridículo a tu buen estudiante», como réplica a los que rezaban: «Mi hijo es un buen estudiante.» Había alguien cerca que no había pasado la ITV, porque los gases de escape me estaban ahogando. Mi coche se había movido medio metro durante la última hora.

—Sé de alguien que puede adoptar al bebé.

—¡Eso es fantástico, Deedee! —exclamé, y no pude parar de hablar, entusiasmada—. ¡No puedo creer que no me lo dijeras antes! ¿Tu madre está de acuerdo? ¡Oh, Dios mío, me alegro tanto por ti! ¿Quién es? ¿Encontraste a algún familiar?

—Más o menos —dijo.

—¿Sí?

—Una hermana.

—¿Una hermana? —La miré totalmente desconcertada—. Nunca me habías contado que tenías una hermana.

—Una hermana mayor.

—¿Cóm...? ¿Eh? ¿Tienes una hermana mayor? ¿Cómo es que...? —Y entonces caí en la cuenta.

¡Ah, no! ¿Se había vuelto loca?

—Dime que no te refieres a mí.

—¿Por qué no? —replicó—. ¡Sería perfecto! Tú podrías ser la madre, y quedaríamos y haríamos cosas juntas.

—Pero Deedee...

—Quieres tener hijos. Tú misma lo dijiste.

—Algún día.

—No saldré de cuentas hasta agosto.

Suspiré.

—No puede decirse que te quede demasiado tiempo —soltó de modo inquietante.

—¿Sabes algo que yo no sepa? Porque no tenía pensado irme tan pronto de este mundo.

—Ya sabes a qué me refiero.

—Entiendo por qué la idea te parece buena. Y me siento halagada, de verdad. Pero, por si no te has dado cuenta, estoy soltera. ¿No preferirías que tu hijo estuviera con una pareja casada?

—No conozco a ninguna pareja casada. Te conozco a ti.

—Hay agencias que te presentarían a gente que...

—Eso no funcionará. Y tú lo sabes. Mi madre jamás permitirá que la niña vaya a parar a manos de cualquiera. Y yo tampoco quiero eso para ella. ¿Cómo sé cómo van a tratarla unos desconocidos? ¿Que no van a pegarle o menospreciarla todo el tiempo? ¿O cosas peores?

—¿La niña? —pregunté—. ¿Sabes el...?

—Es una niña.

—Felicidades —dije, y añadí con delicadeza—: La idea de adoptar al bebé es muy tentadora, créeme. Pero tu madre nunca lo aceptaría, cielo.

—Claro que sí. Ya lo hemos hablado.

—¿Ah, sí?

—Bueno, la idea fue mía. La tuve antes de saber seguro que estaba embarazada. Mi madre y yo lo comentamos después de que Kip y tú vinierais a casa. Y, ayer por la noche, cuando pasé ese rato con tu familia, acabé de decidirme.

Solté el aire.

—Yo no tengo lo que se dice familia —prosiguió—. Mi madre sigue básicamente en México. A mi padre, ni siquiera lo conozco. Y tú serías una madre espléndida. Además, tienes un piso grande con piscina. La niña tendría unos abuelos que vivirían cerca. Y yo sería como su hermana mayor.

El tráfico empezó a despejarse; la retención se había debido a un choque... a una colisión... o como quisieras llamarlo. Cuando llegué cerca de donde se había producido el accidente, reduje la velocidad para curiosear. Ya que había esperado tanto rato, no iba a perderme el espectáculo. Tampoco había mucho que ver. Un topetazo; no parecía haber ningún herido. Tanta cosa para ver cómo dos personas se intercambiaban los datos del seguro.

Ganamos velocidad y moví las rejillas del aire para intentar que corriera un poco de brisa.

—¿No te importa que no esté casada?

—Puede que sea mejor aún. Así tendrás más amor que dar a la niña. No habrá nadie más. Sólo os tendréis la una a la otra.

—¿Y si me caso?

Deedee emitió un sonido parecido a «je».

—¡Quién sabe!

—Ah, no pasaría nada. No te casarías con alguien que no quisiera también a la niña. ¿Sabes qué? Creo que le gustaste a Dickie.

—¿A Dickie?

—Coqueteaba contigo.

—¿No querrás decir Troy?

Deedee debe de ser más lista de lo que me había imaginado.

—¿Por qué? ¿Te gusta Troy? —me preguntó con dulzura.

—¡No! Pensé que tal vez habrías confundido los nombres. Supuse que era Troy porque lo habías visto antes, en la playa.

—Te gusta muuuuucho —empezó a decir con voz cantarina.

—Cállate.

—Lo encuentras *seeeeexy*.

—Todavía vamos bastante despacio. Puedo echarte del coche, y es probable que ni siquiera me multen.

—Quieres besaaaaarlo...

—¿Podemos cambiar de tema? —la interrumpí.

—Vale. ¿Vas a adoptar a mi niña o no?

A eso se le llama huir del fuego y caer en las brasas.

—Necesito tiempo para meditarlo. Es una decisión muy importante.

Deedee asintió, mientras que yo estaba totalmente estupefacta por lo que acababa de decir. ¿Iba a meditarlo? Sin duda, la respuesta tenía que ser un «no» rápido y simple. Pero, en cuanto Deedee me propuso ser madre, en lo único que pude pensar fue en esos minutos de espera para obtener el resultado del test de embarazo. En mi interior hervía la misma mezcla de «sí» y «no». Todavía no estaba dispuesta a abrir los ojos y mirar el resultado, sobre todo porque esta vez la respuesta que apareciera dependía de mí. En lugar de eso, y contra toda lógica, había respondido «tal vez» a Deedee.

—Pero no tardes demasiado en decidirlo —pidió—. Si no, tendré que empezar a comprar cosas para el bebé. Y matricularme para estudiar a distancia. Y tus amigos me han dicho que iban a conseguirme un trabajo de becaria en la emisora de radio en otoño. No podré hacerlo si tengo que encargarme de un bebé; así que tendré que llamarlos y decirles que no.

—¿Como becaria? —pregunté, al ver una posibilidad de distraer a Deedee del tema de adoptar a su niña—. ¡Es genial! Debes de haberlos impresionado. ¿Qué clase de cosas harías?

—Ninguna, si tengo que cuidar de un bebé —soltó sin entusiasmo.

Vaya forma de distraerla.

Después de dejar a Deedee en el instituto, sonó esa canción de Mariah Carey, *Hero*, por la radio. Cuando llegó a la parte sobre cómo al final veré la verdad, y que hay una heroína en mí, se me contrajo la garganta. No fue un sollozo completo. Al parecer, prefiero reservar esta clase de cosas para cuando la gente puede verme. Esta vez fue más bien una emoción repentina. Una señal de la agitación posterior.

Cuando por fin llegué al trabajo, Susan era la única que se había dado cuenta de que no era yo quien había hablado por la K-JAM. Todos los demás me dijeron: «¡Bien hecho!» o «¡Así se hace!» Phyllis se acercó a mi mesa.

—Es un buen comienzo —me animó.

Mi madre me había dejado un mensaje:

—¿Por qué has dicho por la radio que soy ciega? Comprendo que quieras enfocar los viajes en coche compartido desde un punto de vista emotivo. Pero, ¿no podrías haber dejado ciego a tu padre? Él no tiene que ir a trabajar y enfrentarse con la gente —suspiró—. Bueno, a lo mejor ahora me dan una plaza de aparcamiento de esas para discapacitados.

La semana siguiente, lo único en lo que pude pensar fue en adoptar al bebé de Deedee.

Tampoco era que no tuviera otras cosas en la cabeza. El trabajo era una locura. Tuve que recoger el testigo tras la marcha de Lizbeth, aunque todavía no se hablaba de que fuera(n) a sustituirla. Además, se acercaba el final del año fiscal, de modo que los proyectos que había eludido habían vuelto para perseguirme.

Pero mi mundo marchaba con el piloto automático puesto, y yo sólo tenía una cosa en mente. Por primera vez, podía identificarme con esa irritante forma que tienen las mujeres de estar tan absortas en el embarazo y en los hijos. De hecho, pido mis más sinceras y urgentes disculpas a todas las mujeres a cuyas espaldas hacía gestos de querer vomitar cuando nuestra conversación volvía a centrarse sólo en la ropita para niño, en los tipos de moisés y en las regurgitaciones.

De repente, estaba obsesionada con los bebés. Un día, mientras hacía recados, mi coche se dirigió solo a un Babies-R-Us. O, como lo había llamado cada vez que tenía que ir a comprar un regalo para el futuro nacimiento de un bebé, al Infierno Central. Sin embargo, en esta ocasión, deambulé por los pasillos admirando las diminutas prendas. Imaginando mentalmente cómo convertiría el cuarto de invitados en el cuarto del bebé.

Eso, me reñía a mí misma, si adoptaba al bebé.

Pero era una locura. ¡Claro que era una locura!

¿O no?

De repente, veía bebés en todas partes. No me cansaba de ellos. Me encontraba diciéndoles cositas. Preguntaba a sus madres cuántos meses tenían; si dormían toda la noche; si ya tomaban alimentos sólidos; si les importaba que los tomara en brazos un momento.

Unos días antes había ido a un parque y había conversado con la madre de dos niños pequeños. Le había hablado del bebé que iba a adoptar como si fuera un hecho y no una especulación. Y me gustó cómo sonaba al decirlo. «Mi bebé nacerá en agosto.» «Estoy haciendo toda clase de planes para mi bebé.» La mujer, claro, lo arruinó todo al decir: «Tu marido estará muy ilusionado.» Para salvar las apariencias, tuve que responder: «Sí, mi compañera está loca de alegría.» Después de eso, se calló bastante deprisa.

No volvería a tener una oportunidad como ésa, eso seguro. Me sentía como si hubiera ganado millones de dólares en la lotería y estuviera examinando el décimo para decidir si cobrarlo o no. El aspecto positivo era que sería rica. El negativo, que nunca sabría si un posible pretendiente me quería por mí misma o por mi dinero.

¿A quién estaba engañando, caray? Cobraría el dinero.

Un bebé era algo mucho más complicado.

Una cosa era cierta: tenía que pensármelo bien antes de ponerme a debatirlo con los demás. Sin duda, las aportaciones de mis amigos y familiares me servirían para aclarar mis ideas. Eso si tuviera un grupo diferente de amigos y de familiares. En mi caso, seguro que me bombardearían con opiniones. Era mejor tener claro dónde estaba y ver si los vientos de la opinión pública podían derribarme.

Como hacía poco había descubierto que las listas pueden resultar bastante útiles para cambiarle a uno el rumbo de la vida, saqué lápiz y papel y elaboré una lista propia.

Razones para adoptar al bebé

1. Hay un bebé que necesita una madre
2. Sería una madre estupenda; nunca gritaría a la niña y la alimentaría con verduras orgánicas y apenas ningún dónut
3. Tengo 34 años
4. Casi 35
5. Podría ser mi única posibilidad de convertirme en madre
6. Podría tachar con trazo fuerte el punto núm. 3: «Cambiarle la vida a alguien»
7. Actuar = conseguir lo que quieres en la vida, como Alison Freeman*

Razones para no adoptar al bebé

1. Puede que madre soltera no sea tan maravilloso como lo pintan
2. Quiero tener un hijo, pero ¿ahora?
3. ¿Podría querer a una niña que no fuera «mía»?
4. Posibilidad de conocer de repente al hombre de mis sueños, celebrar una boda de cuento de hadas y formar una familia con hijos biológicos propios antes de lo esperado, como Alison Freeman*

---

* Alison Freeman: antigua compañera de trabajo, soltera, que vivía en una birria de piso, sin perspectivas románticas a la vista. Hasta que cumplió los treinta y cinco y se hartó de esperar a su príncipe azul. Se gastó los ahorros de su vida en una casa pequeña pero bonita de dos habitaciones y envió una solicitud al banco de esperma local. Mientras le reformaban la cocina, ella y el carpintero se enamoraron. En contra de la opinión convencional de que hay que ir con calma para no asustar a un hombre, ella le dijo: «Tengo intención de quedarme embarazada en seis meses. Puede ser tuyo. O puede ser del donante anónimo número 433. Tú eliges.» Se casaron a los tres meses y ahora tienen dos niñas adorables.

En cuanto escribí los pros y los contras, descarté la razón número tres para no adoptar al bebé. Claro que la querría. Mira a Angelina Jolie. ¿Quién iba a creer que una mujer que llevaba un frasquito de sangre colgado del cuello establecería un vínculo maternal tan profundo y tan rápido? Sin embargo, nunca parece tener bastante en lo que a chiquillos se refiere. La cuestión no era ésa.

Indudablemente, había más síes que noes en la lista. Pero eso no bastaba por sí solo para decantar la balanza. ¿Qué peso tenía cada argumento? ¿Había alguno que eclipsara todos los demás? ¿Había alguno decisivo? No podía estar segura. Podría llamar a mi vieja amiga Linda, la que había preparado la hoja de cálculo sobre mis novios, para ver si podía hacer algún cálculo lógico que determinara qué debería hacer ahora.

Suspiré y dejé la lista a un lado. No era una decisión que fuera a tomar basándome en la lógica. La tomaría con el corazón. Decidiera lo que decidiera, adoptar o no adoptar, mi vida cambiaría para siempre. Podría ser mi oportunidad de compensar todo lo que había dejado escapar en la vida.

Pero también podría ser el mayor error jamás cometido.

—¿Crees que estoy loca por planteármelo? —pregunté a Martucci en nuestro entrenamiento del lunes por la mañana. Para entonces, ya corría a un ritmo de seis minutos por kilómetro. Y, lo que era más importante, había dejado de caminar con pausas para jadear, como al principio, y eso había pasado a parecerse a correr. Como no tenía báscula en el cuarto de baño, no sabía si había perdido peso; pero las prendas ajustadas me iban mejor. Era una señal esperanzadora.

—Parece que has hecho algo más que planteártelo. Da la impresión de que ya te has decidido. Y es fantástico que vayas a adoptar a esa niña. Ser padre o madre es lo mejor que puede pasarle a una persona.

Había averiguado lo suficiente sobre Martucci mientras corría con él como para saber que no tenía hijos. De hecho, ni mujer. No estaba segura sobre si tenía novia; prefería ignorarlo.

—¿Qué sabes tú sobre tener hijos?

—¿Con mis genes italianos? Tengo trece sobrinos. Y dos más de camino, en este preciso instante. La mujer de mi hermano, que vive en Pittsburgh, los tiene como churros. —Echó un vistazo a su reloj—. Muy bien, continuemos. Sesenta segundos de *sprint*... ¡ya!

Me lancé a toda velocidad por la pista. La carrera de cinco kilómetros iba a celebrarse en dos semanas. No la ganaría; pero, gracias al entrenamiento, tampoco haría el ridículo. Pasado el minuto, que me pareció una hora, reduje la marcha de nuevo y seguí a ritmo de *footing*.

—¿Quieres tener hijos? —pregunté, jadeante.

—Algún día. No tengo prisa. Dios favorece a los hombres. Podemos plantar nuestra semilla incluso cuando necesitamos un litro de Viagra para que se nos levante. Una mujer de treinta años, en cambio... Estoy seguro de que tu reloj biológico hace tictac como una bomba.

—Antes no lo hacía. Me refiero a que quería tener hijos, pero nunca me había angustiado. Y ahora, de repente, lo hago.

—Es muy lógico —dijo, tras un instante de reflexión—. Es como a veces, que no tienes hambre; pero pasas por delante de un restaurante y hueles la comida. Y, de repente, caes en la cuenta de que estás muerto de hambre. No es que antes no necesitaras comer. Es sólo que no sabías el hambre que tenías hasta que tuviste la comida cerca.

—¡Exacto! —¿Quién iba a decir que Martucci fuera tan sabio?—. Pero ¿por qué crees que ya me he decidido? —le pregunté.

—Cuando has llegado, me has dicho, sin más, que ibas a adoptar una niña dentro de unos meses.

—¿De veras? —Me paré en seco, sorprendida.

Martucci se dio la vuelta y corrió delante de mí sin moverse del sitio.

—Sí —respondió.

—¿Lo dije así, tal cual?

Me recordó la conversación, y tenía razón. Lo había dicho. Me había salido sin darme cuenta: «Voy a adoptar una niña dentro de unos meses.» No había dicho «quizá» o «tal vez». Había dicho «voy a». Fue entonces cuando lo supe. No era algo que se decidiera con la cabeza. Ni siquiera con el corazón.

Era puro instinto.

Y mi instinto decía que sí.

¡Sí, sí, sí!

—¡Oh, Dios mío! —dije—. ¡Voy a ser madre!

—Felicidades.

—Gracias.

Las endorfinas y la agitación se me arremolinaron en la cabeza. Me temblaban hasta los codos. ¡Oh!, sabía que todavía quedaba mucho por hacer antes de que aquello fuera seguro al cien por cien. Tendría que contratar un abogado especializado en esta clase de asuntos; o, por lo menos, descargarme formularios jurídicos de Internet. Tendría que sentarme con Deedee y su madre para resolver los problemas. Pero no me cabía ninguna duda: haría lo necesario para conseguirlo.

—¿Y qué dice tu familia de todo esto? —quiso saber Martucci.

—No se lo he contado. No se lo he contado a nadie.

—¿Soy el primero en saberlo?

—Supongo que sí.

—Parker, me siento honrado. —Me detuvo y me estrechó entre sus brazos. Me estremecí al notar cómo su sudor me bajaba por el cuello y me empapaba la ropa. Aunque, como me recordé, dentro de poco sería madre (!), así que tenía que acostumbrarme a tratar con fluidos corporales tan malos o peores que éste—. No tenía idea de que me tuvieras en tanta consideración —comentó Martucci antes de soltarme.

—¿Estás de broma? —dije, mientras me secaba su sudor con la camiseta—. ¡Eres mi compañero de *footing*!

No hacía falta lastimar sus sentimientos. Había sido fácil contárselo a Martucci. Era el asta de bandera a la cual había izado la idea, segura de que la saludaría. Sospechaba que no sería tan fácil convencer a las demás personas de mi vida.

16

3. Cambiarle la vida a alguien
5. Correr un 5.000
7. Hacer que Buddy Fitch pague
15. Llevar a mamá y a la abuela a ver a Wayne Newton
16. Darme un masaje
19. Demostrar a mi hermano lo agradecida que le estoy
20. Hacer un gran donativo a una obra de caridad

A falta de siete semanas para el cumpleaños de Marissa, convoqué una reunión de urgencia en el Brass Monkey. Este bar cercano al trabajo, famoso por su *happy hour*, era también la escena del crimen donde había besado al ayudante de camarero unos meses antes. Aunque hoy debía de ser su día libre. O se había marchado, cansado del acoso sexual de las clientas. A lo mejor me había visto y se había escondido en la parte de atrás. En cualquier caso, no lo vi.

Había reunido a las tropas (Susan, Brie y Martucci) con la promesa de pagarles todos los margaritas de dos dólares que pudieran consumir. Porque necesitaba ayuda. Desesperadamente.

La verdad, pura y dura: empezaba a asustarme. Marissa había empezado la lista con dos cosas tachadas. Yo había hecho once. Faltaban siete. Aunque no soy un genio en matemáticas, hasta yo podía ver que tenía que acelerar si quería lograrlo. Y, como era de esperar, había dejado las más difíciles para el final. Podía conseguirlo, claro. Pero como ahora tendría que concentrarme tanto en adoptar al bebé, no me veía capaz.

Era noche de karaoke, así que el local estaba de nuevo hasta los topes. Y, por cierto, no había tequila suficiente en mi copa, ni tal vez en el mundo, para hacerme cantar en un karaoke. Cada día daba las gracias mentalmente a Marissa por no haber incluido eso en su lista. Aun así, los cantos servían de animada música de fondo. ¿Quién no disfruta oyendo cómo dos japonesas borrachas destrozan *I Will Survive*?

Los cuatro estábamos sentados a una mesa rinconera llevándonos patatas fritas a la boca y estudiando la lista. Aclaro: no la lista en sí. Para evitar el riesgo de que pudiera caer algo de bebida sobre la lista original, había escrito las cosas que quedaban en otro pedazo de papel. La lista de Marissa se había convertido en una especie de Declaración de Independencia, un documento valioso que se guardaba protegido en una urna de cristal (o, en este caso, mi billetero) hasta que estuviera listo para mostrarse a las masas.

—Sabemos que vas a cambiarle la vida a alguien —señaló Martucci con una enorme sonrisa, muy contento porque había sido el primero en saber lo de la adopción.

—No me puedo creer que vayas a tener un hijo —añadió Brie.

—Aunque no estaría de más tener un plan de reserva —sugirió Susan, dando a la lista unos golpecitos con los dedos—. Por si lo de la adopción no sale bien.

—Saldrá bien —dije, con más seguridad de la que tenía.

Hacía dos semanas, después de mi revelación a Martucci, había contratado un abogado. Había muchos factores que debía tener en cuenta en los que no había pensado, como pagar los extras del hospital, los derechos paternos, etc. Pero, de momento, todo iba bien. Deedee se había echado a llorar cuando le dije que iba a adoptar al bebé; eso fue después de que Kip llamara a su madre para confirmar que el plan le parecía bien, claro. El par de veces que había visto a Deedee desde entonces, había charlado sin parar sobre lo espléndido que iba a ser todo cuando ella y yo fuéramos, ambas, «hermanas mayores».

Aunque ahora la adopción olía extrañamente a transacción comercial, sabía que eso cambiaría en cuanto tuviera al bebé en mis brazos. Aun así, intentaba no hacerme demasiadas ilusiones por si la cosa salía mal. Ni siquiera se lo había mencionado a mis padres. Ya me resultaba bastante difícil controlar mis propias emociones; sería cruel decirles que iban a ser abuelos para negárselo después.

Del puñado de gente al que se lo había dicho hasta entonces, la única reacción negativa fue la de Susan, lo cual no me sorprendió. Me preguntó «Pero ¿por qué?» tantas veces que empecé a preguntarme si estaría hablando con sus hijos de cinco años. Hacia la enésima vez, había añadido:

—Nunca tuve la impresión de que tener un hijo fuera tan importante para ti.

—Eso es porque nunca antes me había parecido posible —le había replicado—. Tampoco voy por ahí diciendo que quiero acostarme con Orlando Bloom; pero, créeme, el día que aparezca con sólo una toalla puesta y me pregunte si quiero darle friegas en la espalda con una loción, la respuesta será, sin duda, que sí.

—No es mala idea tener un plan de reserva —aseguró Martucci, lo cual me alejó de mis pensamientos—. Por si no consigues cambiarle la vida a esta chica. ¿Qué más podrías hacer?

Guardamos silencio. Un joven fornido con sombrero vaquero entonó aquella canción country que habla de vivir como si fueras a morir. Una buena elección, ya que él estaba agonizando en el escenario.

—Dinero —dijo Brie—. Siempre he dicho que el dinero lo cambia todo.

—Cyndi Lauper lo dijo primero —bromeé, pero todos me dirigieron una mirada inexpresiva—. ¡Era una canción! ¡No me hagáis ir a buscar la lista del karaoke para demostrároslo!

—¡La Loto! —exclamó Martucci, que dio una palmada en la mesa, entusiasmado—. Apuestas cien veces y repartes los resguardos a personas que conoces. Le toca a una de ellas, y ya está, has cambiado la vida de esa persona.

—¡Oh, es genial! —dijo Brie, y luego se volvió hacia mí—. Yo juego a una combinación fija de la Loto local, así que pregúntame antes de jugar. Siempre marco mi edad, mi cumpleaños, la cantidad de hombres con los que me he acostado...

—Los números de la Loto local sólo llegan al cuarenta y seis —comentó Martucci, y rio.

—Lo sé. Por eso tengo que dividir el número.

—Decidido, entonces. Aunque estoy segura de que la adopción saldrá bien. —Al decir esto, entorné los ojos hacia Susan como para desafiarla a contradecirme—. Quedamos en que la Loto es el plan de reserva. Así que tachamos una y nos quedan seis. Vamos avanzando...

—¿Qué prisa tienes? Más vale que aproveches mientras puedas las noches de juerga —susurró Susan—. Son las últimas que podrás disfrutar en mucho tiempo. Es lo que pasa cuando tienes hijos.

—Tú has salido esta noche —repliqué con el ceño fruncido—. Y tienes hijos.

—Están en casa, con mi marido. ¿Acaso tienes uno? ¡Ay!

Mi expresión debió de indicarle que me había lastimado, porque añadió:

—Perdona. Eso ha estado fuera de lugar. Me preocupo por ti, nada más. No es fácil ser madre soltera, créeme. Conozco a muchas. Pero me portaré como es debido. Lo prometo.

—Estás perdonada —respondí, y lo decía en serio. Pese a todas las objeciones de Susan, sabía que sería la primera en ayudarme cuando llegara el momento. E iba a necesitar muchos canguros.

—A continuación: «Correr un 5.000» —leyó Martucci en la lista—. Esto lo harás este fin de semana, bollito.

—Martucci correrá conmigo —expliqué a Brie y a Susan—. ¿Alguien quiere apuntarse? ¿Tú corres, Brie?

—Depende. —Se metió una patata en la boca—. ¿Me perseguiría alguien?

—Lo tomaré como un «no».

Susan prometió llevar a Chase y a los niños a animarme, y pasamos entonces a una de las cosas más problemáticas de la lista, la número 7: «Hacer que Buddy Fitch pague.»

Les informé de que Sebastian me había llamado hacía poco para ponerme al corriente de sus pesquisas. Su detective privado había hecho una búsqueda en Estados Unidos y había encontrado a tres hombres llamados Buddy Fitch. Un jubilado de sesenta y ocho años que vivía en Florida, un trabajador del sector de la automoción de treinta y siete años de Michigan, y un tejano parado de cuarenta y cuatro años. Eso era todo. Sebastian me explicó que había sido particularmente difícil, porque Buddy era un apodo corriente. Igual era la forma especial que tenía Marissa de llamarlo. Aquello podía ser un callejón sin salida. Había llamado a los tres Buddy con los dedos cruzados para tener suerte. A cada uno de ellos, le dije que creía que conocía a Marissa Jones y que quizá le gustaría saber que había fallecido hacía poco. Pero no saqué nada en limpio.

—Aseguraron no haber oído hablar nunca de ella —me lamenté.

—Deberías haber dicho que les había dejado algo en el testamento —comentó Brie—. Seguro que eso les habría refrescado la memoria.

Se me cayó el alma a los pies.

—¡Eso habría sido perfecto! —exclamé—. Como esos trucos de la policía en que llaman a un puñado de delincuentes y les dicen que han ganado un premio. ¡Qué fallo! Ahora estoy donde empecé.

—No necesariamente —me contradijo Martucci—. La lista pone «Hacer que Buddy Fitch pague». No dice qué Buddy Fitch. Elige a uno de ellos y haz algo vengativo. Yo voto por el trabajador del sector de la automoción. No puedo escoger a un jubilado ni a un parado. Sería infame.

—¿Y no lo es hacerle arbitrariamente algo a alguien porque resulta que se llama como se llama? —preguntó Susan, consternada.

—Susan tiene razón —admití a regañadientes.

—No tiene que ser nada malo —sugirió Brie—. Podrías hacer algo sólo un poquito malo. Como la petaca.

—Claro. Voy a viajar a Michigan para hacerle la petaca a un desconocido.

—A mí me sentaría fatal —se encogió Brie de hombros—. Tengo que estirar las piernas por la noche. Si no, me dan calambres.

—Dejémoslo aparcado de momento—suspiré—. Sebastian me dijo que su detective privado seguiría investigando. Además, me puse en contacto con Troy Jones para pedirle que volviera a preguntar a la gente. Algún conocido de Marissa tiene que saber decirnos quién es el tal Buddy. Lo que nos lleva al número quince de la lista. Tengo que llevar a mamá y a la abuela a ver a Wayne Newton en Las Vegas.

—¿Tu mamá y tu abuela o las suyas? —quiso aclarar Brie.

—Las suyas.

—¿Estás segura de que Wayne Newton está en Las Vegas? —preguntó Susan con el ceño fruncido.

—Normalmente actúa allí —respondió Martucci, y abrió después los ojos como platos para protestar—. No me miréis así. Lo sabe todo el mundo.

—Cierto —corroboré—. Todavía hay entradas para las actuaciones del fin de semana durante los próximos meses.

—¡Qué horror! —rio Brie.

—Y —proseguí—, a petición mía, Troy se lo consultó a su madre y a su abuela. Están dispuestas a ir cuando a mí me vaya bien. Dice que están entusiasmadas.

—¿De veras? —se extrañó Susan—. Comprendo que te agradezcan que termines la lista. Pero no puedo imaginar cómo deben de sentirse. Perder a un hijo... No puede haber nada peor. ¿No te preocupa que vaya a ser...? —Se le fue apagando la voz mientras buscaba la palabra adecuada.

—¿Raro? —la ayudé—. ¿Incómodo? ¿Posiblemente el viaje más horrible y lamentable que haya hecho a Las Vegas, y eso incluye la vez en que me robaron el bolso y me quemé tanto del sol que no podía abrir los ojos de lo hinchados que tenía los párpados? Sí. Me preocupa. Gracias por recordármelo.

No tenía idea de cómo lo haría. Sólo las había visto una vez, en el funeral, y había intercambiado las menos palabras posibles con ellas. Según Troy, esta lista era un rayo de esperanza para ellas. ¿Cómo iba un viaje a Las Vegas a estar a la altura de sus expectativas? Y mucho menos con mi presupuesto.

Cuando empezaba a esbozar mi idea (que llevaría en coche a las señoras Jones a Las Vegas, veríamos el espectáculo, pasaríamos allí la noche y regresaríamos a la mañana siguiente), Martucci me interrumpió.

—No puedes hacerlo en plan chapuza. Por lo que cuentas, seguramente se lo pasaron mejor en el funeral. Tiene que ser una fiesta. Mantenlas ocupadas y borrachas.

—¿Una fiesta? No sé si tengo lo necesario para organizar algo tan...

—Claro que no —estuvo de acuerdo—. Ya me he encargado yo. Conozco a alguien en el Flamingo.

—¿Es como tu amigo de la gasolinera? —pregunté—. ¿El que va a demandarnos?

—Ha retirado la demanda —anunció Susan, sacudiendo la cabeza—. Bigwood no quiso entrar en detalles. No sé si se dio cuenta de que iba a perder el caso. O tal vez se contentó con el hecho de que se despidiera a alguien. En cualquier caso, se acabó. No habrá demanda.

No me había dado cuenta de lo que me seguía inquietando la demanda hasta que noté cómo se me relajaba el cuerpo. Se había acabado. A nadie más parecía importarle. Era como si jamás hubiera existido la amenaza, salvo por el hecho de que Lizbeth había sido despedida.

—Bueno, pues, como iba diciendo —continuó Martucci—, le comentaré a mi amigo que podríamos regalar viajes a Las Vegas como parte de un concurso sobre transporte compartido, y que el objetivo de nuestro viaje es explorar el terreno. Nos cederá habitaciones gratis. Coño, ¿Las Vegas en esta época del año? Hace tanto calor que regalan estancias de hotel en las cajas de cereales para que la gente vaya.

—¿Has dicho «nuestro viaje»? —pregunté.

—Conduciré la Caravana del Rideshare. Hay espacio de sobra para madre y abuela. —Se recostó en la silla, con una expresión triunfante en la cara—. Y ya está, Parker: una fiesta.

—Me apunto —dijo Brie—. Se me dan bien las madres y las abuelas.

Susan me dirigió una mirada de súplica. Decía: «No me hagas ir, por favor. No me hagas ir.» Susan detesta todo lo que hay en Las Vegas: el ruido, los bufés, el humo de tabaco. No entiende por qué la gente introduce cien dólares en una máquina tragaperras sin recibir nada a cambio cuando podría utilizar ese dinero para comprarse unos zapatos más bonitos. Los espectáculos son vulgares. Todo el mundo deambula borracho. Dicho de otro modo, todo lo que a mí me encanta de la ciudad. Pero es una buena amiga, ¿o no? Porque, aunque preferiría comerse la copa que tenía en la mano, iría si se lo pedía. Quería su ayuda, pero a nadie le gusta tener a una aguafiestas en Las Vegas.

—Martucci, eso suena fantástico —dije—. Y, Susan, no hace falta que vengas.

Aliviada, soltó el aire con tanta fuerza que casi se me llevó de la mesa. Tomé la lista de nuevo.

—Las Vegas también permite tachar dos cosas más. La número dieciséis: «Darme un masaje.» Es bastante fácil. Y la número veinte: «Hacer un gran donativo a una obra de caridad.» Ganaré una fortuna en la ruleta y la donaré.

—¡No puedes darlo por hecho! —exclamó Susan, mientras Martucci y Brie asentían con la cabeza—. ¿Tenéis idea de las probabilidades que hay de ganar?

—Treinta y cinco a uno en una apuesta a pleno —respondió Martucci.

—Vale —se rindió Susan, levantando las manos.

—Supongo que esto es todo —anuncié—. Quiero daros las gracias por venir y...

Brie me arrebató el papel de las manos.

—¿Y ésta? La número diecinueve. Pone: «Demostrar a mi hermano lo agradecida que le estoy.»

—¿Eh? —Procuré que mi cara fuera inexpresiva.

—¿Tu hermano o su hermano? —preguntó Martucci.

—Mi hermano. —Me hundí en el asiento.

—Siempre se me olvida que tienes un hermano —intervino Susan—. ¿No es terrible?

—¿Qué pasa? ¿Es un imbécil o qué? —quiso saber Brie.

—No. Lo que pasa es que «agradecida» es una palabra muy fuerte.

—¿Y qué vas a hacer? —dijo Susan.

—Dentro de un par de semanas se celebrará en casa de mis padres esa fiesta para recaudar fondos. —Me detuve un momento para mirar a Susan—. Chase y tú vendréis, ¿verdad?

—No me perdería el cóctel de gambas de tu padre por nada del mundo.

—Mi hermano y su mujer, Charlotte, también irán. Así que había pensado... —vacilé porque la idea era muy mala—. Había pensado escribirle una carta para decirle lo buen hermano que es. Y dársela allí mismo. Aunque tenga que inventarme cosas —sentencié, y me preparé para encajar sus burlas.

—Está bien.

—Sí.

—Me encantaría recibir una carta así.

—¿En serio? —pregunté.

—¿Sabes qué estaría bien? —añadió Brie—. Incluir una fotografía de los dos juntos. Quizá de cuando erais niños. ¿Tienes alguna bonita?

Pensé en una foto que mi madre tenía enmarcada en la repisa de la chimenea. En ella, Bob y yo somos pequeños; yo estoy echada de costado en el suelo y él luce una expresión de sorpresa. Mi madre dice que solía hacer eso cuando aprendí a sentarme. Me tumbaba y fingía que había sido un accidente.

—No estoy segura sobre lo de la foto —comenté.

Cuando guardaba la lista manchada en el bolso (menos mal que no había sacado la original), me llegó desde detrás una voz de barítono tan grave que casi hizo vibrar la silla.

—Disculpa...

Me giré y vi a un hombre inmenso con la tez color café y una sonrisa tan atractiva que me hizo vibrar a mí también... hasta que me percaté de que se estaba dirigiendo a Brie.

—Ha habido un terrible error —aseguró con soltura—. Tendré que hablar con el dueño del bar. ¿Cómo pueden ser tan tontos como para esconder a una mujer tan encantadora en un rincón?

—Es una auténtica vergüenza, ¿no? —asintió Brie.

—¿Qué tal un dúo? —Le mostró un catálogo del karaoke.

Brie agarró el bolso y se levantó. Luego, le tomó de la mano y se marchó sin mirarnos siquiera para despedirse.

—Será mejor que yo también me vaya —dijo Susan—. ¿Quieres que te lleve?

Dejamos a Martucci para que animara a Brie y, al salir del bar, la luz del sol nos hizo pestañear a ambas. El local estaba tan oscuro que era fácil olvidar que sólo eran las seis de la tarde.

—No puedo creer que vayas a Las Vegas con Martucci —comentó Susan mientras nos dirigíamos hacia su coche—. Es tan... pelota. —Arrugó la nariz—. ¿Y qué me dices de esa coleta?

—Trencita.

—Parece una oruga que le subiera por la nuca.

—¡Ah!, en el fondo no es tan malo —aseguré—. Sólo es un poco tosco.

17

Martucci hacía ejercicios de calentamiento para el 5.000, con las manos en la cintura. La mañana era fresca, con un cielo gris y encapotado que en la playa llamamos bruma, pero que en todos los demás sitios llamarían llovizna.

—Aquí estamos. Otra vez juntos. Nunca te cansas de mí, ¿verdad, Parker?

—Ocupas todos mis pensamientos diurnos —respondí, estirando la pierna hacia atrás para extender la musculatura del muslo.

—Mierda. Los nocturnos todavía no. Ya ocurrirá; es sólo cuestión de tiempo.

Llevaba una camiseta sin mangas, unos pantalones cortos elásticos y un sujetador deportivo tan industrial que podría aguantar la tapa de un cazo hirviendo. Martucci iba vestido de modo parecido, pero sin sujetador y con una cinta de toalla en la cabeza. Después, cuando el sol asomara entre la penumbra, me alegraría de no llevar demasiada ropa; pero, de momento, tenía escalofríos y carne de gallina por todas partes. O quizá fuera de pensar en Martucci apareciéndoseme en sueños.

Cientos de personas se estiraban y movían las piernas a nuestro alrededor. La carrera empezaba en quince minutos.

La salida sería en el muelle de Manhattan Beach, y recorrería la ciudad; una ciudad que, según observé al dirigirnos allí en coche, era mucho más accidentada de lo que recordaba. No me había encontrado aún con ninguno de mis animadores, aunque habían prometido ir y situarse cerca de la meta para que pudiéramos ir a desayunar después de la carrera. No sólo Susan iba a llevar su familia, sino que Kip y Sebastian vendrían y se pararían por el camino para recoger a Deedee.

—Por cierto, está todo a punto para Las Vegas —me comunicó Martucci—. He conseguido habitaciones en el Flamingo.

—¡Oh, estupendo!

—El último fin de semana de junio. Las noches del viernes y del sábado. Mi contacto me ha proporcionado tres habitaciones. Supongo que será una habitación para mí, una para ti y Brie, y otra para la mamá y la abuela.

—Perfecto.

—Es una lástima que no pudiera arreglarlo para que tuvieras una habitación para ti sola, ahora que serás madre y todo eso. Necesitas encontrar a un buen macho que te dé un último revolcón.

—Olvídalo. No habrá revolcones.

—No sé... Por lo que me cuentan, los bebés te absorben mucha energía. Podría pasar mucho tiempo hasta que tengas algo de acción. Quizá meses.

¿Meses? ¡Ja!

—Una vez estuve tres años sin sexo —afirmé.

Fue como si lo hubiera abofeteado. Se le llenaron los ojos de lágrimas.

—¡Dios mío! ¿Cómo lo soportaste? —Me puso una mano en el hombro y me dijo muy serio—: Somos amigos, y quiero que sepas que puedes contar conmigo si me necesitas. Y que no me importa echar un polvo por compasión.

—Gracias. No sabes cuánto te agradezco la oferta. Pero

voy a Las Vegas por una sola razón: hacer cosas de la lista. Todo lo demás es...

Antes de que pudiera terminar, un niño chocó con Martucci y lo lanzó a trompicones en mi dirección.

—¡Cuidado, hombre! —le espetó.

—Ha sido sin querer —se disculpó el chico, que parecía tener unos diez años, era pelirrojo, tenía las extremidades nervudas, y la cara, llena de pecas—. ¿Está bien?

—Está bien —aseguré—. No quería gritar.

—Sí que quería —gruñó Martucci—. ¡Mierda! Me he torcido el tobillo. Se sentó en el suelo para examinárselo, y el chico se agachó para verlo. Sobre el número de corredor que llevaba a la espalda, había escrito «Flash» con rotulador grueso.

—¿Flash? —pregunté—. ¿Y eso por qué?

—Así me llama mi padre —me aclaró con una sonrisa—. Porque soy muy rápido.

Martucci le hizo un gesto para que lo ayudara a levantarse.

—Vi que un hombre vendía refrescos junto al muelle. Voy a ver si tiene hielo —dijo.

—Ya voy yo —indicó el chico, y se marchó a toda velocidad. Visto y no visto, como un «flash». Minutos después, volvió con unas tazas llenas de hielo y toallas de papel. Envolvimos el tobillo de Martucci.

—¿Es un esguince? —pregunté—. ¿Quieres que te llevemos al hospital?

—Estaré bien, pero no podré participar —dijo—. Me temo que tendrás que correr sola.

—¿Sola? —Con las manos en las caderas, alcé los ojos, desanimada, hacia las colinas—. ¡Caray!, ojalá me hubiera entrenado en alguna colina.

—¿No ha corrido nunca en una colina? —preguntó Flash.

—Nunca. Ni siquiera en una cuesta. Además, estoy acostumbrada a que él me grite órdenes —expliqué, señalando a Martucci con la cabeza.

—¿Cuál es su ritmo de carrera? —quiso saber el chico.

—Seis minutos por kilómetro.

Reflexionó un instante y asintió.

—Enseguida vuelvo —dijo.

Los organizadores de la carrera empezaron a situar a los participantes en la línea de salida, así que hice mis últimos estiramientos. Martucci me daba instrucciones desde el bordillo.

—Mantén tu ritmo. Cuando llegues a una colina, vas a reducir la marcha de forma natural. No dejes que eso te intimide. Y no quieras lucirte, Parker. Sólo tienes que llegar a la meta.

—Entendido.

Me alargó un puño cerrado.

—Tienes que dar un golpecito en mi mano con la tuya —dijo, y me lo quedé mirando perpleja—. Como si fueras la piedra en *Piedra, papel o tijera*. Cosas de deportistas.

¡Dios mío!, ¿qué se había hecho del simple y anticuado «choca esos cinco»? Lo hice y me fui a ocupar mi lugar. La gente maniobraba para conseguir una posición a mi alrededor, aunque era un evento de la comunidad y no una carrera de alta competición. Cuando corría sin moverme de sitio intentando ignorar a todo el mundo a la espera del disparo que señalara el inicio, el chico de antes se me acercó.

—Hola, Flash —lo saludé—. ¿Qué pasa?

—No se mueva con tanta energía. Muévase un poco hacia atrás y hacia delante o se agotará. —Hice lo que me sugería, y anunció—: Mi padre me ha dicho que puedo correr con usted.

—Gracias, pero no tienes por qué hacerlo. No quisiera retrasarte o...

—Lesioné a su entrenador. Es lo justo.

Entonces sonó el disparo y empezamos a correr. Al instante, fue como si todos pasáramos por un cedazo. Los más rápidos se situaron delante, y los demás encontramos nuestro lugar avanzando con dificultad a nuestro ritmo.

Empezamos por el Strand, el paseo marítimo entarimado que sigue la arena, con el mar a la izquierda y hogares multimillonarios a la derecha. Nos llegaba una ligera brisa marina, y mi cuerpo se puso en marcha sin esfuerzo. Mi entrenamiento daba sus frutos. Intenté entablar conversación con Flash, pero él no me lo permitió.

—Si puede hablar es que no corre lo bastante —soltó.

¿No te fastidia? Era un pequeño Martucci.

Un kilómetro y medio después, al subir por una calle, pasamos por delante de tiendas y restaurantes, y ¡ñam, ñam!... ¡Qué olor a crepes! Doblamos otra esquina y...

—¡Oh, no, mira esa colina! ¡Es una pared!

—Puede hacerlo —me aseguró Flash—. Corra así. —Me enseñó que debía inclinarme un poco hacia delante—. Y siga mi ritmo.

—¿No se supone que hay un equipo especial para escalar montañas? —jadeé, malhumorada. ¡Ay! ¡Uf! «¡Gr...!»—. ¿No te...?

—No hable —me reprendió—. Corra.

Mis músculos no dejaron de protestar y quejarse hasta llegar a la cumbre. Flash chocó los cinco conmigo sin perder el ritmo.

—¡Sabía que lo lograría!

Ésa era la colina más empinada; una vez superada, la carrera fue pan comido. La ruta nos llevó serpenteando hasta terminar bastante cerca de donde habíamos empezado. A unos metros de la meta, oí mi nombre, y silbidos y gritos de ánimo como «¡Vamos, que tú puedes!» y «¡Adelante, que ya es tuya!». Dirigí una señal de victoria a mi grupo de animadores y, después, con el corazón latiéndome con fuerza, crucé la meta. Veintinueve minutos. No estaba mal, teniendo en cuenta las colinas.

Había muchos corredores que hacían los ejercicios de después de la carrera; puede que algunos ya estuvieran en su casa viendo la tele. Pero yo había llegado, y no en último lugar. Ni siquiera antepenúltima. Era especialmente agradable, porque no había conseguido ningún triunfo deportivo en mi vida. En ese sentido, mi historia era trágica. Como cuando mi hermano me apuntó a softball en cuarto, y resultó que lo único que aprendí fue el arte de la negociación. Lo hacía con el lanzador, con el parador corto y con la tercera base al salir corriendo al jardín izquierdo, cuando les indicaba cómo debían suplirme si la pelota iba en mi dirección. Pero hoy nadie tuvo que suplirme. Era oficialmente deportista.

Mi grupo de animadores se acercó mientras le alborotaba el pelo a Flash.

—Gracias por tu ayuda, entrenador. Sin ti no lo habría conseguido.

—Claro que sí —respondió con una expresión seria en su cara pecosa—. Puede conseguir lo que se proponga. Creo en usted. Recuérdelo.

—Muy bien, vale —dije, sin saber muy bien qué pensar de él. Al ver cómo volvía corriendo junto a su padre, no pude evitar asombrarme. ¿Cómo llegaban de repente a mi vida estos niños? ¿Dónde habían estado? ¿Siempre ahí, escondidos?

Una toalla me dio en la cabeza.

—¡Bien hecho, campeona! —me felicitó Martucci.

—Gracias.

Después de aquello, Susan, Chase, los gemelos, Martucci, Kip, Sebastian, Deedee y yo fuimos a desayunar al Uncle Bill's, la crepería frente a la que había pasado durante la carrera. Sentada a la mesa, no pude evitar sonreír ante el variopinto grupo que había reunido en los últimos meses. C. J. derramó el jarabe en el regazo de Joey. Kip no paraba de comer del plato de Sebastian. Susan no reparó en que cortaba distraídamente las crepes de su marido hasta que se lo dijo Martucci, que se pasó los diez minutos siguientes tomándole el pelo.

Pero fue Deedee quien se ganó la ovación de la mañana al soltar:

—¡Chisss, un momento! —Y entonces me tomó la mano y me la puso sobre su tripa.

Y lo noté. El bebé daba patadas.

Fue como si el local, el ruido y la gente desaparecieran, y lo único que pudiera ver, oír, oler o degustar me vibrara a través de las yemas de los dedos.

Ya no era una transacción comercial.

Era una niña.

Y, hasta entonces, nunca había estado tan cerca de tenerla en mis brazos.

18

—Pareces una esposa celosa —se mofó Phyllis—. ¿Vas a empezar a comprobar si lleva lápiz de labios en el cuello de la camisa?

Había visto a Lou Bigwood meterse en el ascensor con una mujer. Una mujer hermosa. Era la tercera que había visto con él esa semana. Como es natural, había corrido hacia la oficina de Phyllis para que me contara la historia. No sabía por qué me molestaba en hacerlo. Lo único que me diría era el nombre de la mujer y la empresa para la que trabajaba. Podía obtener esa información leyendo el registro de entrada de la recepción, lo cual ya había hecho.

—¿Está entrevistando a gente para el cargo de Lizbeth? —pregunté.

—No.

Entrecerré los ojos para mirarla con recelo. Había sido demasiado fácil.

—Deja que te lo plantee de otra forma: ¿podría alguna de estas mujeres ocupar el puesto de Lizbeth?

—Sí.

—¡Entonces las está entrevistando! —dije, moviendo los brazos.

—No. Lou nunca entrevista.

Hablar con Phyllis era como meterse en la madriguera del conejo. Nada tenía demasiada lógica, pero todo estaba muy claro. Tenía que hacer algo pronto.

Fuera lo que fuera. Todavía no tenía idea de qué podría impresionar al jefe para que me diera el ascenso que tanto merecía.

—¿Cuánto tiempo crees que tengo? —quise saber, y me preparé para otra de las evasivas respuestas de Phyllis.

—No sabría decirte.

—Supón que te están apuntando a la cabeza con una pistola. ¿Qué dirías entonces?

—Tres semanas.

—¿De veras? ¿Tan rápido?

—No, pero me apuntan a la cabeza con una pistola. Diría cualquier cosa.

Pedí a Phyllis que me organizara una reunión con Bigwood dentro de unas semanas; un viernes por la tarde, antes de que se fuera de la ciudad para asistir a una conferencia. Era fundamental que lo viera antes de que se marchara. Había conocido a Lizbeth en una conferencia. No podía arriesgarme a que la situación se repitiera. Aunque ya tenía muchas cosas en la cabeza, jamás me perdonaría haberle dejado contratar a otra ricura (alguien con esa mezcla de agresividad y de belleza que parecía atraerlo) sin haber hecho nada por evitarlo.

Cuando regresé a mi mesa, sonó el teléfono. Lo descolgué, y era Troy. En cuanto oí que me saludaba, noté que mis labios dibujaban una sonrisa y que mi coeficiente intelectual disminuía involuntariamente. Sí, el enamoramiento ejercía su hechizo sobre mí. Iba a más, en realidad. Troy había estado haciendo de intermediario para ayudarme a elaborar un plan para su madre y su abuela en Las Vegas. Hasta entonces habíamos intercambiado mensajes breves y educados por teléfono en lugar de llamadas en sí, pero eso bastaba para acelerarme el pulso.

El viaje a Las Vegas estaba previsto para el último fin de semana de junio, y me había dicho que a su madre y a su abuela les hacía mucha ilusión. De hecho, todo parecía tan atado que me sorprendió tener noticias suyas entonces.

A no ser que pasara algo. A lo mejor habían cambiado de opinión.

—¿Qué pasa? —Me mordí una uña.

—Oh, eres tú —dijo, y parecía sorprendido—. Creía que me saldría el buzón de voz.

—Puedes dejarme un mensaje si lo prefieres.

—Es mucho mejor tenerte en persona —aseguró, y tras intercambiar los habituales «cómo estás», comentó—: te llamaba para ofrecerte mis servicios, si crees que puedes necesitarme en Las Vegas.

—¿Servicios? ¿De qué? ¿De acompañante?

—Pues sí. Si necesitas ayuda con mamá y la abuela, estaré encantado de hacer lo que pueda. —Y añadió rápidamente—: Iría por mi cuenta y reservaría mi propia habitación, claro.

Me encontré diciendo que fuera; que cuantos más, mejor. Pero, como me preocupaba qué habría tras su ofrecimiento, pregunté:

—¿Estás seguro de que tu madre y tu abuela se sienten cómodas con este viaje? Porque no merece la pena hacerlo por la lista si eso las va a...

—Están entusiasmadas, te lo prometo; aunque mentiría si te dijera que no tendrán momentos de tristeza. Por eso, he pensado que quizás iría bien que yo estuviera allí. Por si acaso.

¿Por si acaso qué? Me vino a la cabeza el comentario de Susan sobre el hecho de que perder un hijo era lo peor que le podía pasar a alguien. ¿Sería pedirle demasiado a una madre afligida? No tenía forma de saber si estaba siendo sincero al decir que les apetecía el viaje, pero decidí confiar en él.

—Muy bien —dije—. Pero no tienes por qué ir solo. Puedes venir con nosotros. Saldremos el viernes a las tres.

—Te agradezco la oferta, pero esa tarde tengo una reunión —comentó—. Iré en moto; así que es probable que, de todos modos, llegue antes que vosotros.

—¿Ah, sí? ¿Crees que tu moto puede ganar a la Caravana del Rideshare?

—No la llamaréis así, ¿no?

—Ya lo creo. Es una caravana de nueve metros con esas palabras pintadas en letras enormes en el costado. Espero que tu madre y tu abuela no tengan el sentido del ridículo demasiado desarrollado.

—Claro que no; son fans de Wayne Newton. Y sí, puedo ganaros. Yo puedo ir esquivando el tráfico. Vosotros os quedaréis atascados en él.

—¡Ah!, pero olvidas que podemos usar el carril para coches compartidos.

Se me ocurrió en cuanto lo dije. Debí de dar un grito ahogado, porque me preguntó si me pasaba algo.

—Eres un genio —respondí.

—Gracias por darte cuenta. ¿Me lo estás diciendo ahora por alguna razón en particular?

—Me acabas de dar una espléndida idea para el trabajo.

—¿Ahora mismo?

—Sí, y podría tener una buena cobertura mediática. Es posible, incluso, que no provoque disturbios en las calles.

—Lástima —dijo—. He llegado a esperar que pasen cosas emocionantes contigo cerca.

El viernes por la noche estaba sentada en casa, frustrada. Me había pasado horas rebuscando entre álbumes de fotos y anuarios, sin éxito.

Al día siguiente era la fiesta de mis padres, donde daría la carta a mi hermano para demostrarle lo agradecida que le estaba. Tenía que encontrar un momento cariñoso para recordar, pero no podía.

Querido Bob,
Te escribo para expresarte mi gratitud por aquella vez en que tus amigos y tú decidisteis que sería «divertido» sujetar contra la pared a mi cita para la fiesta de inicio de curso y preguntarle cuáles eran sus intenciones conmigo. ¡Muy gracioso!
Besos,

JUNE

P. D. Fue especialmente divertido; porque, aunque sólo íbamos al baile como amigos, creo que se meó encima.

Querido Bob,
Nunca te agradeceré lo bastante que llevaras en la cartera una foto mía con el parche en el ojo y la enseñaras lo más a menudo posible. ¿Cuántas chicas tienen un hermano que lleve una foto suya? Me siento halagada y, huelga decirlo, agradecida.
Voto a bríos,

JUNE

Querido Bob,
Acepta, por favor, mi más sincera gratitud por la gente que introdujiste en mi vida, en especial a todas las chicas que fingían ser mis amigas sólo para pasarse el rato adulándote cuando venían a casa. Tu popularidad y tu magnetismo siguen siendo una inspiración para mí.
Tu familiar y amiga,

JUNE

227

Querido Bob,

No tengo palabras para expresar mi agradecimiento por mi reciente visita a tu casa un fin de semana en que te fuiste a jugar un torneo de golf en cuanto yo llegué. Fue una oportunidad espléndida para que Charlotte y yo estableciéramos lazos afectivos. Preparó unas comidas deliciosas, fuimos de compras, vimos películas e hicimos cosas de chicas; a pesar de que, por lo menos según el registro civil, eres tú mi pariente.

Recuerdos de tu hermana,

JUNE

Querido Bob,

¿Cómo diablos conseguiste que Charlotte se casara contigo? Es muy buena y cariñosa, y me cae muy bien. ¿Le hiciste chantaje?

JUNE

—¿Diga? —Mi madre pareció recelosa al contestar el teléfono.

—¿Qué ocurre? —pregunté—. ¿Te pillo en mal momento?

—Oh, eres tú, cielo. No, no pasa nada. Creía que era alguien que llamaba para cancelar su asistencia. Estamos en esa fase en que siempre empiezan a fallar invitados. Los Kolesar acaban de llamar para decir que se van al norte. Tu padre y yo celebramos esta fiesta el mismo fin de semana desde hace diez años, y nos habían confirmado su asistencia con un mes de antelación.

—Yo iré —le aseguré.

—Bueno, entonces habrá alguien seguro. Espero que tengas apetito.

Esta fiesta anual servía para recaudar fondos para una beca que mi padre había ayudado a crear en memoria de su mejor amigo, George Ku, un profesor que había muerto de cáncer. Son cincuenta dólares por barba, y toda la comida y la bebida que puedas engullir. Suele reunir a unas cien personas. Me sentía culpable porque, normalmente, ayudaba a picar y cortar comida, y todas esas cosas; no soy muy buena cocinera, pero hago bien las veces de pinche. Sin embargo, últimamente había estado evitando a mis padres; porque tenía la tentación de decirles que iba a adoptar a la hija de Deedee y no quería hacerlo hasta que fuera seguro.

—Ya sé que estás ocupada —dije—. Pero, ¿puedo preguntarte algo?

—Claro. Estoy centrifugando la lechuga. Puedo hacerlo y hablar al mismo tiempo.

—Estoy redactando la carta de que te hablé para Bob. Y tengo problemas para encontrar recuerdos que comentar.

—Dime qué tienes hasta ahora.

—«Querido Bob».

Silencio.

—¿Eso es todo?

—Esperaba que pudieras llenar las lagunas.

—¿Fui una madre tan horrible? —suspiró—. ¿Cómo puede ser que no tengas un solo recuerdo feliz de tu infancia?

—Tengo muchos recuerdos felices. ¿Recuerdas aquella vez que fuimos a Nueva York y nos dimos cuenta de que, sin querer, habíamos dejado a Bob solo en casa? ¿Y entonces...? ¡Oh, espera! Era una película.

—¿Tú quieres a tu hermano? —insistió.

—Claro que lo quiero. Es mi hermano. Es sólo que, a veces, no me cae precisamente bien.

—Bob fue un hermano maravilloso.

—¿En qué sentido dirías que fue un hermano maravilloso? —pregunté cautelosamente con las manos preparadas para atacar el teclado del ordenador—. Y procura decir frases enteras.

—¡Oh, por el amor de Dios! Está bien. ¿Qué me dices de esa vez que te apuntó a softball?

—¡Fue una de las peores experiencias de mi vida!

—A mí me parecía encantador que fuera a todos tus partidos.

—¿Iba a mis partidos?

—No se perdió ni uno. No era culpa suya que jugaras tan mal. No te ofendas. Sólo repito lo que tú misma me contaste.

Mis dedos teclearon: «Bob, nunca olvidaré verte en la grada, animándome...»

—¿Qué más tienes?

—¡Oh, espera! —pidió, y gritó a mi padre—: ¡Martin! ¡El agua está hirviendo! —Después, volvió a hablar conmigo—: Veamos, hay tantas cosas... Siempre interpretabais esas obras tan bonitas, y nos cobrabais un dólar de entrada. ¿Y qué me dices de esa vez que fuimos a ver la película *Los pájaros*? Te acompañó del colegio a casa todos los días durante una semana porque se te metió en la cabeza la locura de que iban a atacarte.

—¡Esa película era aterradora!

Mientras tecleaba «Bob, siempre me has protegido», tomaba nota mentalmente de que nunca dejaría que un hijo mío viera una película tan espeluznante. ¿En qué estarían pensando mis padres?

—Dios mío... ¡Oh, espera otra vez! La olla está hirviendo.

Dejó el teléfono, y oí cierto estrépito mientras gritaba a mi padre para preguntarle si quería o no que apagara el fuego.

—Parece que tienes cosas que atender —dije, cuando finalmente volvió—. Te dejo.

—Tengo que ir corriendo a la tienda otra vez —explicó y, tras una pausa, me pidió—: Dale una oportunidad a tu hermano, cielo. Sé que no siempre fue muy cariñoso cuando erais pequeños. Podía hacerse un poco pesado. Pero tuvisteis vuestros buenos momentos. Siempre veíais la televisión, jugabais a algo o escuchabais discos. Ha cambiado con los años, ¿sabes? Deberías verlo con Charlotte. La adora, la trata como a una reina. No sé, quizá tenía que madurar. Y (por favor, no te enfades por lo que te voy a decir) no siempre eres justa con él.

Después de colgar, volví a ponerme a escribir la carta deseando haberme propuesto demostrar mi agradecimiento a mi hermano de una forma más fácil, como hacerle una bandeja de pastelillos u ofrecerme a lavarle el coche. Aun así, logré reunir unas cuantas razones por las que estaba agradecida de tenerlo como hermano. Resultó que Sebastian Forbes no era el único que podía escribir ficción.

La señora Mankowski agitó una gamba en el aire.

—Si fuera a morirme, me lanzaría en paracaídas.

—¡Madre mía! —replicó mi padre, evidentemente horrorizado—. Yo preferiría morirme mientras duermo.

—Martin —intentó explicar mi madre—, creo que se refería a antes de morirse.

La lista fue la comidilla de la fiesta anual de Ku. Estaba allí desde las dos, y en ese tiempo había averiguado más de lo que quería saber sobre los sueños no realizados de los amigos de mis padres. Han quedado por hacer muchos lanzamientos en paracaídas, muchos viajes, muchas inmersiones de buceo, muchos bailes de salón y muchas novelas, la verdad. La pobre señora Gorman dijo que le gustaría aprender algún idioma, y su marido (que terminaba las frases por ella, porque no paraba de olvidar lo que iba a decir) le gruñó:

—¿Por qué no empiezas con el tuyo?

En cuanto vi a mi cuñada, Charlotte, me alegré de no haber mencionado aún la adopción. Pesaba fácilmente diez kilos más que la última vez que la vi. Es más, parecía rígida e hinchada. Era como si su cara, normalmente en forma de corazón, estuviera cabeza abajo, y su pelo rubio tenía un aspecto lacio y opaco. Había oído decir que esas inyecciones de hormonas son terribles. Si pasas por ello y sigues sin tener hijos, supongo que los bebés son, en general, un tema doloroso. Había llamado a Susan antes de la fiesta y le había pedido que recordara a Chase que no había que tocar el tema. Supe que éste había recibido el mensaje porque, nada más llegar, me llamó la atención y simuló cerrar una cremallera en los labios.

Pasadas unas horas, la fiesta había quedado reducida a la familia inmediata, Susan y Chase, y unos cuantos vecinos. El sol se estaba poniendo, y el calor asfixiante del Valle por fin remitía. Mis padres habían tenido ventiladores y humidificadores en marcha todo el día; había sido abrasador. Estábamos sentados en sillas de jardín dispuestas en círculo en el patio, con esa sensación de que la fiesta casi había terminado.

Tomé un trago de cerveza sin alcohol, la bebida que había elegido para ese día. Mi padre prepara unos Mai Tai mortales; pero no me acerco a ellos, porque se te suben a la cabeza sin que te des cuenta.

—No entiendo qué le ve la gente a lanzarse en paracaídas —comenté—. Conociéndome, después de saltar me daría cuenta de que se me había olvidado el paracaídas. O lo llevaría puesto, pero no me lo pasaría bien porque estaría demasiado preocupada por abrirlo a tiempo.

—*En cuancho los niños hayan crechido, haré para caidismo* —soltó Susan, que al parecer no había recibido mi nota sobre los Mai Tai—. *Ech el chueño de mi vida.*

Chase me miró y me guiñó el ojo. El guiño decía: «Seguro que esta noche tengo premio, y eso que no celebramos nada.»

—¿Y tú, Bob? —quiso saber mi madre—. ¿Qué pondrías en tu lista?

—No sabría decir. En estos momentos de mi vida, no me preocupa esta clase de cosas. Tengo a Charlotte, una casa estupenda, un buen trabajo. No tengo que «hacer» cosas para sentirme realizado.

Perdón, ¿era mi hermano el que había dicho eso? Se parecía a mi hermano. Tenía el mismo pelo corto y castaño, la misma nariz y los mismos hoyuelos. Pero empezaba a entender por qué Charlotte no conseguía quedarse embarazada; era evidente que unos extraterrestres habían abducido a mi hermano y utilizaban su cuerpo a modo de disfraz.

Mi madre me dirigió una mirada. ¿Lo ves?

—¿Os podéis creer a este hombre? —sonrió Charlotte, encantada.

—¡Qué *bodito*, Bob! —dijo Susan, que había levantado el Mai Tai para dar un sorbo pero no se había acertado los labios—. ¡Qué *bodito*!

—Es lo que siempre trato de decir a mi hermano —intervino mi padre—. No para de presumir de que sus hijos han hecho esto y aquello. Uno es médico. Una es una gran productora. Y yo pienso que todo eso son fanfarronadas. ¡Mis hijos no harán una puñetera cosa importante en su vida! ¡No salvarán la vida a nadie! ¡No escribirán ninguna novela! ¡Pero si mi hija tiene casi cuarenta años y ni siquiera se ha casado, coño!

—¡Tengo treinta y cuatro! —farfullé.

—¿Y sabéis qué? —prosiguió—. Eso es porque los Parker sabemos qué es la vida. La vida es estar con tus amigos, beber y disfrutar de una buena comida, escuchar un disco de Roy Orbison. No es sacarse estúpidos doctorados ni tener un excelente de nota media.

Levantó la copa para brindar a la luz del ocaso, y todos lo imitamos mientras yo deseaba que encontrara otra forma de alardear.

—Bueno, me alegro de que sólo queden seis cosas por hacer —dije, para que el tema de conversación volviera a ser la lista—. Después podré volver a ser la adorable fracasada de antes.

—¿Hay algo en la lista sobre encontrar marido? —se regodeó la señora Mankowski.

—¡Tictac! —se sintió obligado a añadir su marido.

Y pensar que había ido todos los veranos a ayudar a esa gente a preparar mermelada...

—June se casará cuando conozca al hombre adecuado —indicó mi hermano (o quien parecía serlo).

—Treinta y cuatro no son nada —asintió Charlotte—. Y estas cosas pueden suceder muy deprisa. Estoy segura de que, de repente, un día vendrá y nos sorprenderá. Nos dirá que está enamorada y se casará.

Mientras me preguntaba si podría meterme en casa sin que me vieran para añadir algo a la carta de agradecimiento que planeaba entregar a mi hermano antes de que se marchara, Susan agitó borracha el Mai Tai y anunció:

—¡De hecho, *June chiene una gran chorprecha*!

El grupo formó un coro de «¿Qué?», «¡Cuéntanos!», «¿Sorpresa?». Iba a matarla.

—No sé de qué está hablando —mentí, tratando de adoptar una expresión que dijera: «¿A quién vais a creer, a esa borracha o a mí?»

—¡Has conocido a alguien! —exclamó la señora Mankowski. Ahí tenía mi respuesta.

—*Ech una graaaaaan chorprecha.*

—Tendrán que disculpar a mi mujer —dijo Chase—. Suele alucinar cuando bebe.

La señora Mankowski mejoró su suposición.

—¡Ha conocido a un hombre y se va a casar con él!

—*No ech un hombre. No, cheñor.*

Chase hizo callar a Susan. Mi padre se puso blanco.

—Vaya por Dios.

Se oyeron muchos carraspeos.

—*Ya ech hora de que che lo digas a chodos. ¡El feliz día ca-chi ha llegado!*

—No sabía que fuera legal —comentó el señor Mankowski.

Susan me las iba a pagar. Iba a reservarle un sitio en el infierno donde fuera Las Vegas las veinticuatro horas del día, los siete días de la semana.

—No soy lesbiana, ¿vale? —solté—. La sorpresa no es que sea homosexual.

—Oh, gracias a Dios —gimió mi padre—. ¿Cómo habría mirado a la cara a mi hermano?

—Te habríamos querido igualmente, cielo —aseguró mi madre, después de darle un codazo.

—Entonces, ¿cuál es la sorpresa? —preguntó Bob.

—No es definitivo, por eso no quería decir nada —conté, por miedo a que Susan fuera a soltarlo de todos modos—. Pero cuando Deedee tenga el bebé en agosto...

—*Deedee ech su Little Chister* —aclaró, amablemente, Susan.

—Como iba diciendo, cuando tenga el bebé, lo adoptaré.

Si el silencio tiene algún sonido, en ese momento hubo mucho, muchísimo ruido.

—*¡June cherá mamá!* —exclamó Susan.

—¿Tú sola? —preguntó la señora Mankowski.

—Sí. La madre sólo tiene catorce años y, si no, habría tenido que criar al bebé ella misma. Yo siempre quise tener niños, así que me pareció... —Dejé que se me fuera apagando la voz. No sé qué reacción esperaba, pero no era ésa.

—No sé qué decir —aseguró mi madre, que se frotaba la frente.

—*¡Felichidades! ¡Echo ech lo que tiene que dechir!*

—Ya has hecho bastante daño. Nos vamos —dijo Chase, que levantó a Susan de la silla y asintió después con la cabeza en dirección a mis padres—. Gracias por invitarnos a la fiesta.

—*Chí. Muchas grachias.*

Charlotte se puso de pie de un salto.

—Felicidades. Es una noticia excelente —logró susurrar, a punto de echarse a llorar antes de darse la vuelta y entrar corriendo en la casa. Bob la siguió.

Volvimos a quedar en silencio, hasta que mi padre habló:

—No adoptarás al bebé con otra mujer, ¿verdad?

Como la pregunta no era digna de respuesta, fui a ver cómo estaban Bob y Charlotte. Cuando entré en la casa, Bob sacaba un bolso de su antigua habitación.

—¿Os vais? —pregunté.

—Sí. Charlotte está en el coche.

—Lo siento, Bob. No quería decir nada hoy.

—No te preocupes. Nos volvemos a casa. Iba a despedirme.

—Mamá me contó por todo lo que habéis pasado y...

—Tengo que irme. No quiero dejar a Charlotte sentada ahí sola.

—¿Puedo ir a hablar con ella?

—No es nada personal, June. —Sacudió la cabeza—. Tardará un tiempo en asimilar la noticia. Hace tanto que queremos tener un hijo...

—Pero mamá me dijo que no queríais adoptar.

—Duele igual. Es lo único que puedo decirte. —Alargó un brazo y me rodeó con él—. Felicidades.

—Gracias —dije en voz baja. Y entonces le entregué la carta metida en un sobre—. No corre prisa que la leas. Sólo son cosas que quería que supieras.

Después de eso, a los Mankowski les faltó tiempo para irse. Mis padres y yo limpiamos la casa sin mencionar al bebé. Estábamos achispados y cansados, y los Parker no hablamos nunca de nada si se puede evitar. Y, gracias a Dios, en aquel momento, se podía evitar.

No tuve ocasión de comentar lo del bebé con mi madre hasta la mañana siguiente, mientras desayunábamos emparedados que habían sobrado de la fiesta. Dejé que me explicara un montón de historias de terror sobre la maternidad para intentar disuadirme de tomar una decisión precipitada. Asentí pa-

cientemente y sonreí cuando describía las noches de insom-
nio, las rodillas lastimadas y las respuestas descaradas que me
esperaban.

—No me malinterpretes —dijo, sorbiendo su café con los
codos apoyados en la mesa—. Estoy encantada de ser abuela.
Y vas a necesitar un piso más grande para meter todo lo que
pienso comprarle a esa niña. Sólo me gustaría saber si te lo has
pensado bien.

—A veces, es en lo único que pienso.

—Déjame que te haga una pregunta —pidió, tras dejar la
taza en la mesa—. ¿Y si mañana conoces al hombre perfecto y
te dice que le gustaría casarse contigo pero que tienes un hijo?

—Pues no sería tan perfecto, ¿no?

—No —respondió—. Supongo que no.

—Ahora déjame que te haga yo una pregunta a ti. ¿Y si
nunca conozco al hombre perfecto?

—Oh, cariño —exclamó, sujetándome la mano desde el
otro lado de la mesa—. Lo conocerás.

19

En el último minuto, la madre y la abuela de Marissa me rogaron no ir a Las Vegas en la caravana, como yo les había ofrecido. Dijeron que, en lugar de eso, irían en avión y se reunirían con nosotros en el hotel. Sospeché que no tenían ganas de pasarse cinco horas de carretera intentando hablar de algo; lo cual podría haberme ofendido si no hubiera temido exactamente lo mismo.

Necesitaba todos los minutos del trayecto para mentalizarme para el fin de semana que me esperaba, motivo por el que estaba a punto de abofetear a Brie si no paraba de hablar sobre lo largo que era el viaje y de quejarse de que no hubiéramos llevado cintas de DVD para ver.

Cuando Martucci detuvo la Caravana del Rideshare en el estacionamiento del Flamingo eran las ocho. Nos registramos y subimos a nuestras habitaciones. La madre y la abuela de Marissa ya habían llegado; pero Troy, no. (¡Ja! Le había dicho que los carriles para coches compartidos nos ahorrarían tiempo. Además, Martucci había conducido de una tirada. Brie y yo podíamos usar el cuarto de baño de la caravana y, al parecer, Martucci tenía la vejiga del tamaño de un petrolero.)

Después de llamar a Kitty Jones, la madre de Marissa, pa-

238

ra quedar los cuatro en el vestíbulo del hotel en una hora, me desplomé en la cama.

—¿Por qué me cansa tanto estar sentada? —me quejé—. No tiene sentido.

Nuestra habitación era una doble corriente, con dos camas, un tocador y un televisor. Desde la ventana veíamos el Bellagio. Las fuentes de su lago artificial estaban en pleno espectáculo de agua, luz y láser. Era bonito y a la vez grotesco, teniendo en cuenta la cantidad de agua que se derrochaba en medio del desierto.

Brie desapareció en el cuarto de baño, y yo cerré los ojos para relajarme.

—¡Despierta, vamos! —oí que decía de repente—. Tenemos que salir.

Cuando abrí los ojos, Brie estaba allí de pie, vestida con un top blanco sin espalda y unos pantalones también blancos. Se había recogido el pelo, que últimamente llevaba hasta los hombros con extensiones con reflejos de color rosa fuerte, en una cola de caballo.

—¡Caray! —dije—. Eso es lo que yo iba a ponerme.

—Son casi las nueve. Espero que tengas pensado arreglarte.

Me levanté de mala gana. No era algo que me apeteciera hacer. ¿Por qué habría dejado que Martucci me convenciera? Debería haberme limitado a volar con ellas para asistir al concierto de Wayne Newton y llevarlas en avión de vuelta a casa.

Pensé que ya era demasiado tarde para eso, así que me puse una camiseta sin mangas, una falda corta sin medias, zapatos de tacón y una chaqueta entallada. Me cepillé los dientes, me puse algo de maquillaje y di algo de volumen a mi pelo. Después de mirarme bien en el espejo, y de aplicar más maquillaje y más volumen al pelo, estuve lista para salir.

—Muy bien, tenemos que establecer un código —sugirió Brie—. Si hay un calcetín en el pomo de la puerta, significa que no se puede entrar.

—¡Oh, no, ni hablar! Voy a tener una buena noche de descanso. Ni se te ocurra traer aquí a un hombre.

—Tampoco voy a dejarle pasar toda la noche en la habitación.

—¡No! ¡Nada de hombres! ¿Está claro?

—En todas las fiestas hay algún aguafiestas, por eso invitamos a Ju...

—¿Perdona?

—Nada. No hace falta que te pongas así. Lo he entendido.

Había quedado con Kitty y la abuela junto a la tragaperras gigante de casi dos metros que había en el vestíbulo, y había hecho bien en ser tan concreta. Si no, no las habría reconocido nunca. No recordaba a la abuela en absoluto, y Kitty Jones parecía menuda y apagada en el funeral, como si la hubieran lavado y puesto en la secadora a una temperatura demasiado alta. Es decir, nada que ver con la mujer que tenía delante, que lucía un saludable brillo playero. De poco más de cincuenta años, robusta y con el cabello rubio corto en capas, tenía un aspecto tan californiano que me pareció extraño oír su acento del centro de Estados Unidos al hablar.

—Me alegro mucho de verte, June. Soy Kitty. ¿Recuerdas a mi madre, la señora Jameson?

—Llámame abuela. Todo el mundo lo hace —puntualizó la diminuta mujer que la acompañaba. Llevaba un chándal de terciopelo, y era evidente que la mata de pelo moreno rizado que le cubría la cabeza era una peluca, que se ajustó sin ningún reparo.

—¿Qué tal el vuelo? —pregunté, después de presentar a Brie.

—Sin problemas —respondió Kitty.

—Aunque te hacen pagar la bolsita de cacahuetes —bramó la abuela—. ¿Os lo podéis creer? Un dólar con cincuenta por una cochina bolsa de cacahuetes que antes era gratis. Y ya te puedes olvidar de que te sirvan una comida de verdad.

—¡Oh!, ¿tienen hambre? —pregunté—. Porque podríamos cenar.

—Gracias, pero compramos bocadillos en la tienda de comestibles del hotel —respondió Kitty.

—Bocadillos a ocho dólares —añadió la abuela—. Por ese precio, cabría pensar que por lo menos llevarían una buena mostaza, pero no. La típica amarilla de French's.

—Pase lo que pase, no se beban la botella de agua de la habitación —advirtió Brie—. Te imaginas que es gratis, pero lleva una notita que pone que cuesta tres dólares. Cuentan con que estés demasiado borracho para percatarte o demasiado sediento para que te importe.

—Yo nunca estaría tan sedienta —aseguró la abuela. Me fijé en que no mencionó que nunca estaría tan borracha.

—Oye, ¿dónde está Martucci? —pregunté, en parte por curiosidad y, en parte, porque se me estaba empezando a agotar la conversación banal.

—Es el amigo que condujo hasta aquí —explicó Brie, antes de volverse hacia mí—. Mientras descansabas, me mandó un mensaje para decir que estaba jugando al póquer descubierto y que, si no lo necesitábamos, nos veríamos mañana por la mañana.

—Troy debería llegar de un momento a otro —comentó Kitty, tras mirar el reloj—. Pero no quiero entreteneros.

—No hay ninguna prisa —dije—. Lo único que tengo que hacer es pedir hora para darme un masaje mañana.

—Eso suena divino —indicó Kitty entusiasmada—. ¡Oh!, ¿te importaría que nos apuntáramos? Podría ser divertido ir juntas al *spa*. Y, después, por la noche, Wayne Newton. ¡Será un viaje de lo más agradable!

Dudé si mencionar que el masaje era una de las cosas de la lista, pero decidí no comentarlo.

Resultaba mucho más fácil fingir que nuestro viaje era una salida típica a Las Vegas y no la extraña odisea que en verdad era. En estos momentos, la lista era como un elefante al que queríamos ignorar en el salón: gigantesco y apestoso. Pero, ¡maldita sea!, íbamos a seguir hablando como si no estuviera ahí.

Troy apareció cuando Kitty lo estaba llamando para preguntarle dónde estaba. Y fue como encontrar agua fresca en el desierto. Unos pantalones negros, una camisa informal de seda y barba incipiente. Hum...

—Mírate —dijo Kitty, que lo abrazó al verlo—. Tienes que estar rendido. ¿Llevas levantado desde las tres?

—Sí —contestó afablemente, y abrazó también a su abuela.

Tuve la esperanza de recibir uno de esos abrazos, pero asintió con la cabeza hacia Brie y hacia mí.

—¿Cómo va todo, chicas?

—Mejor que nunca —dije, mientras subíamos los peldaños hacia el casino del hotel.

—Quiero una bebida y una mesa de dados, por ese orden —indicó Brie, frotándose las manos—. Y, si en la mesa de dados hay todo un caballero, mejor que mejor.

—Coincido contigo en lo de la bebida. Pero no en lo de los hombres —comentó Troy, y señaló el bar con la cabeza—. ¿Qué queréis tomar?

Cuando se lo dijimos, fue a buscar las bebidas.

—¿Alguien se apunta al *blackjack*? —sugirió Kitty.

—Se está demasiado sentado para mi gusto —contestó Brie—. Con los dados, puedes gritar y brincar.

Como para darle la razón, se oyeron alaridos en una de las mesas de dados. Era un grupo de hombres, la mayoría con sombrero vaquero, que se divertían de lo lindo.

—Ésa es mi mesa —dijo Brie, aunque ya estaba abarrotada—. Llevadme allí la piña colada cuando vuelva Troy, por favor.

Kitty, la abuela y yo nos quedamos un rato observando la escena.

—¿Juegas mucho? —me preguntó Kitty.

—Un poco. Lo mío es la ruleta. Pienso ganar mucho esta noche.

—Pareces muy segura. Debes de presentir un golpe de suerte —comentó la abuela.

Y ahí estaba de nuevo el elefante. Sí, pensaba ganar dinero... para donarlo a una obra de caridad. Otra cosa de la lista. La lista que me afanaba en fingir que no existía, aunque era la única razón de que estuviéramos allí.

Cuando Troy regresó con las bebidas, Kitty y la abuela fueron a buscar tragaperras que funcionaran con monedas de cinco centavos. Me imaginé que eso no me permitiría ganar una gran cantidad de dinero, así que estuve encantada cuando Troy se volvió hacia mí y me dijo:

—¿Te apetece ir a las mesas?

—Me encantaría.

Era la hora en que más gente había en el casino. Sólo encontramos un asiento libre en una de las ruletas, que era una mesa de veinticinco dólares de apuesta mínima. Aunque más bien suelo jugar con apuestas de cinco dólares, me senté en el taburete vacío.

—Para ganar grandes cantidades, tienes que apostar grandes cantidades —aseguré con bravuconería.

Troy hurgó en la cartera y sacó un billete de cien dólares.

—Toma, apuesta por mí.

Lo rechacé con un gesto de la mano. Tengo unas cuantas normas básicas para Las Vegas que nunca incumplo y que son las siguientes: viste de forma desvergonzada, acepta todas las copas a las que te inviten y siempre, siempre, apuesta tu propio dinero.

—Observa y aprende —alardeé, mientras depositaba cinco billetes de veinte dólares en la mesa.

En la mesa también había una pareja mayor; un hombre borracho al que, a primera vista, creí dormido; y cuatro chicas que habían ido a una despedida de soltera, porque una de ellas llevaba un velo de novia.

El crupier, un hombre asiático cuya tarjeta de identificación indicaba que se llamaba José, me dio veinticinco fichas verdes.

—A juego con sus ojos —comentó con una sonrisa.

—Nunca me había fijado en que tuvieras los ojos color verde fluorescente —dijo Troy, inclinado hacia mí.

—Esperaba que me diera fichas púrpura —susurré—. A juego con mi piel.

Cinco giros de ruleta después, estaba sin blanca.

—Parece mentira que ni siquiera hayas acertado una esquina —observó Troy, sin que hubiera demasiada necesidad. El borracho tenía una pared de fichas delante. Mi único consuelo era que la fiesta nupcial no había tenido mucha más suerte que yo.

—Cámbieme otra vez —pedí a José, tras depositar otros cien dólares en la mesa.

Esta vez acerté una línea, con lo que me pagaron seis a uno. Eso bastó para mantenerme viva cinco minutos más antes de que me quedara otra vez sin nada.

—No hay amor en esta mesa —dije con el ceño fruncido, y me levanté—. Puede que tenga más suerte en las tragaperras.

Eché un vistazo al casino, que ahora bullía de jugadores y grupos de personas que lo cruzaban para ir a cenar o a ver algún espectáculo.

—¿Máquinas de veinticinco centavos o de dólar? —preguntó Troy.

—De veinticinco centavos. Fuiste testigo del inicio y del final de mis días de gran apostadora.

—No tenemos que jugar si no te apetece.

—Sí, tenemos que hacerlo —afirmé en tono grave—. Quiero ganar mucho dinero para poder donarlo a una obra de caridad. Y tachar así otra cosa de la lista.

—Ah, la recuerdo. Bueno, contribuiré con todo lo que gane esta noche, y da igual lo tarde que sea, no nos rendiremos hasta que nos forremos. —Nos acercamos a dos máquinas vacías situadas la una junto a la otra—. ¿Qué te parecen éstas? —preguntó.

—Estupendas, sobre todo porque puedo sentarme directamente bajo este cartel que dice «Premio seguro». ¿A qué mujer no le gustaría?

—¡Oh, no me provoques!

Dios sabe que me habría gustado hacerlo, si no hubiera estado tan preocupada por que todo saliera bien.

—Dime, Troy —dije para intentar mostrarme desenfadada mientras me sentaba en la punta del taburete e introducía una moneda en la máquina—, ¿cómo está tu madre? Parece que bien; pero, como no la conozco, no puedo estar segura.

—Está bien.

—¿Debería darle una copia de la lista? ¿O hablarle más de ella? Quiero decir, no he...

—No te preocupes, June. Todo va perfecto. A ella y a la abuela les emociona que estés haciendo esto.

—Porque podría hacer una fotocopia. Estoy segura de que el hotel tiene fotocopiadora.

Me puso una mano en el cogote para masajearlo. Me invadió una sensación de calor.

—Juro que te puedes relajar.

¡Como si fuera posible, tocándome así!

Vino una camarera para preguntar qué íbamos a tomar. Troy pidió una cerveza. Como presentí que nos esperaba una noche larga, pedí un café con nata montada.

—Con mucha nata montada —precisé.

—¿Quiere que le pongamos una sombrillita? —preguntó, sarcástica.

—¡Oh, sí! ¡Gracias!

Cuando se fue, esperaba que Troy volviera a masajearme el cuello, pero no lo hizo.

—¿Qué tal el trabajo? —dijo, en cambio—. ¿Has evitado alguna crisis últimamente?

—Pues sí. La semana que viene tengo que hacerle una importante presentación al jefe. Si lo hago bien, podrían ascenderme a un cargo de dirección —expliqué—. Por eso estaba tan contenta el otro día por teléfono, cuando me ayudaste a tener una idea.

—¿Un ascenso? Debo de haberme perdido algo. La última vez que hablamos, estaban a punto de echarte.

Tiré de la palanca de la tragaperras y gané doce monedas de veinticinco centavos.

—Es la clase de montaña rusa en que se ha convertido mi vida.

—No me digas. ¿Y cuál es la gran idea?

Cuando iba a decirlo en voz alta, de repente me dio vergüenza. ¿Y si era una estupidez? Supuse que era mejor descubrirlo ahora que con Lou Bigwood, pero tampoco quería parecerle tonta a Troy.

—Una carrera en la calle —dije, vacilante—. Bueno, en la autopista, para ser exactos. Se trataría de hacer competir dos coches en medio del tráfico, hora punta. En uno iría sólo el conductor, y en el otro, más de una persona.

—Creo que no te sigo. No sería demasiada carrera en hora punta. ¿A cuánto podrían ir, a treinta kilómetros por hora?

—De eso se trata. El conductor que iría solo tendría que lidiar con el tráfico. El otro podría utilizar el carril para coches compartidos. Es prácticamente seguro que ganaría este último. Sería una demostración práctica de que los carriles para coches compartidos son más rápidos.

—¿Se me ocurrió a mí esa idea? Soy un genio.

—¿De verdad crees que es buena?

—Seguro que interesará a los medios de comunicación.

No tienes nada de qué preocuparte, créeme. El cargo de dirección es tuyo.

—Bueno, tengo que ser realista. A ti te van las carreras. No estoy tan segura de que pase lo mismo con nuestro director general. Puede que no lo capte.

—Si es hombre, lo captará. No podemos evitarlo; tenemos una especie de necesidad imperiosa de conducir deprisa; beber cerveza; hacer la guerra. Pero, si tanto te preocupa, ¿qué te parece si voy a tu presentación y te ayudo? Podríamos hacer una demostración en vivo a tu jefe.

—¿Hablas en serio?

—Claro, ¿por qué no? Yo iré por los carriles normales, y tu jefe y tú podéis utilizar el carril para coches compartidos. Hasta llevaré prendas de piloto de carreras para que sea evidente que no competís con una anciana. Tendré un aspecto profesional.

Demasiado bonito para ser cierto. Seguro que habría algún pero.

—Es el viernes que viene, a las tres —dije con cautela, e imaginé que me diría que no le iba bien.

—Allí estaré. Cuenta conmigo.

Tiré otra vez de la palanca de la máquina tragaperras, con la cabeza dándome vueltas. «Allí estaré. Cuenta conmigo.» ¿Se puede decir algo aparte de «No, no, insisto, toma tú el último bombón» que llegue más al corazón de una mujer?

Kitty y la abuela se acercaron a nosotros mientras reflexionaba sobre este feliz pensamiento.

—¡Estáis aquí! —exclamó la abuela—. Venimos de las tragaperras de cinco centavos. He ganado mil quinientos. ¡Tendríais que haberlo visto!

—¡Qué bien, abuela! —la felicitó Troy—. Aunque podrías donarlos al fondo que estamos creando. June quiere ganar dinero para una obra de caridad. De hecho —soltó, como si tal cosa—, es una de las cosas de la lista. Marissa quería hacer un gran donativo.

Miré a Troy con el ceño fruncido; ¿no le había explicado nadie que estaba prohibido mencionar al elefante?

—¡Oh, qué maravilla! —comentó Kitty—. ¡Tenemos que contribuir con nuestras ganancias, mamá!

Teniendo en cuenta su indignación por el bocadillo de ocho dólares, esperaba que la abuela se negara.

—¡Mecachis! —dijo la abuela—. De haberlo sabido, habría jugado en las de veinticinco centavos.

—¿Qué obra de caridad? —quiso saber Kitty.

—No lo especificó. Aquí hay muchos grupos que hacen colecta por las calles. ¿Había alguno que gustara particularmente a Marissa?

—¡Las bebidas!

La camarera regresó con la cerveza de Troy y mi café con nata montada y, sí, una sombrillita.

—Una sombrillita —oí que Kitty chillaba, cuando yo tomaba la taza y dejaba propina en la bandeja de la camarera.

—¿Umf?

De repente, Kitty tenía ese aspecto pálido grisáceo que le recordaba al del funeral.

—Una sombrillita —masculló—. Marissa... A ella siempre le gustaron las sombrillitas en las bebidas. Incluso de niña, si íbamos a un restaurante, insistía en que le pusieran una en la leche. ¿Quién pide una sombrillita en el café? Lo habría esperado en una copa elaborada, pero, ¿en el café?

Las lágrimas le resbalaban por las mejillas, mientras se le iba descomponiendo el rostro, convertido en un pañuelo de papel arrugado.

Troy se puso de pie y la rodeó con un brazo.

—Tranquila, mamá. Todo va bien —la reconfortó.

—Lo siento —farfullé—. Yo no... Quiero decir, es... Yo...

Troy se llevó a Kitty a un lado para consolarla y yo estaba allí plantada, sin habla, desconcertada.

—Ya estamos —dijo la abuela, tras chasquear la lengua.

—Me siento fatal —gemí—. No debería haber...

¿Qué? ¿Pedido una bebida con una sombrillita? ¿Cómo iba a saberlo?

—No te apures —me tranquilizó la abuela—. Haces todo lo que puedes. Lo sabemos. Es sólo que las pequeñas cosas llegan de improviso. Kitty puede prepararse de cara a un fin de semana en el que vamos a ver a Wayne Newton para contribuir a terminar una lista. Y, por cierto, a mí me hace bastante ilusión. Soy su mayor fan. Pero, a veces, las cosas te pillan por sorpresa. No vio venir lo de la sombrillita. Nadie lo habría hecho.

La abuela se acercó a Kitty para tomarla del codo y llevársela. Troy vino a hablar conmigo:

—Mi madre preferiría retirarse.

—Por supuesto.

—¿Nos vemos mañana?

—Claro.

Una mujer de menos valía habría observado que, sin duda, la abuela podía encargarse sola de Kitty; que, si Troy se iba con ellas, se quedaría sola. Totalmente sola.

En Las Vegas, rodeada de máquinas que sonaban y de grupos de personas que beben y gritan felices.

Sí, una mujer de menos valía habría lamentado perderse una noche alocada de juego y flirteo, y una promesa de Troy de que la acompañaría y la ayudaría a ganar dinero.

Incluso podría haberle molestado ligeramente ver cómo tres personas se dirigían hacia los ascensores mientras ella se quedaba allí sola, recogiendo las monedas del cajón de la máquina tragaperras.

Dos monedas de veinticinco centavos hicieron un ruidito metálico al caer en la bandeja.

Entonces la tensión del día me pasó factura y se apoderó de mi cuerpo. Dormir. Necesitaba dormir. No había razón por la que no pudiera esperar hasta mañana para jugar.

Pero, antes de volver a mi habitación, me paseé por la zona de póquer. Necesitaba relacionarme con alguien. Con cualquiera. Empezaba a darme cuenta de lo duro que iba a ser el fin de semana, y no quería enfrentarme sola a ello. Y ahí estaba Martucci, sentado aún en la mesa de póquer descubierto. Nunca me había alegrado tanto de verlo.

—¡Martucci!

Gruñó un saludo, sin apartar la vista de sus cartas.

Me situé detrás de él.

—¿Has estado aquí toda la noche? ¿Cómo te va el juego? ¿Vas ganando? ¿Tienes una buena mano?

Uno de los otros jugadores se rio con disimulo.

Martucci tomó una ficha de veinticinco dólares de un montón que tenía delante y me la entregó.

—¿Qué es esto? —dije.

—Ve a jugar a algo.

—¿Qué?

—Parker, estoy en mitad de una partida —me soltó, con el ceño fruncido.

—Vale.

Me marché y, al no ver a Brie (por favor, que no hubiera un calcetín en la puerta cuando subiera), me rendí. Había llegado el momento de cerrar los ojos y dar por terminado el día. Cortar por lo sano.

De camino a los ascensores, pasé junto a la ruleta donde anteriormente había perdido mi dinero. Había otro crupier, y las chicas de la despedida de soltera se habían ido hacía rato. La única persona que quedaba en la mesa era el borracho, cuya pared de fichas se había reducido a un hormiguero.

¡Qué diablos! El crupier hizo girar la ruleta y, antes de que la bola se detuviera, deposité la ficha de Martucci. Número 11. El cumpleaños de Marissa. Cuando la bola repiqueteaba para encontrar una casilla y el crupier hacía un gesto con la mano para indicar que no se aceptaban más apuestas, lo recordé: «¡Mierda! ¡Su cumpleaños es el doce! ¡Me equivoqué de número!»

—¡Once, impar y negro! —anunció el crupier.

Había ganado.

No había nadie para vitorear. El borracho ni siquiera se enteró. Nunca había ganado tanto dinero y, aun así, no sentí nada. Me había ilusionado más cuando había ganado un tazón en una de las rifas del Rideshare.

El crupier me entregó 875 dólares en fichas sin ningún tipo de comentario.

Había estado lo bastante en Las Vegas para saber que no me costaría nada gastarme mis ganancias. Salí del casino y, pese a lo tarde que era, había mucho movimiento de gente. El aire cálido de la noche me envolvió como una manta. Apenas había cruzado la entrada del casino cuando vi a una monja con hábito sujetando una hucha de colecta que rezaba «Fondo para niños maltratados».

—¿Es una monja de verdad? —le pregunté. Había muchas estafas por ahí, pero también muchas organizaciones benéficas auténticas, encantadas de aprovechar que hubiera personas que habían perdido el sentido del valor del dinero.

—Sí. Soy de la parroquia de St. Thomas de esta misma ciudad.

Había un policía a unos metros, lo cual parecía una buena señal. Además, cuanto antes entregara el dinero a una obra de caridad, antes podría tachar ese punto de mi lista y dar por concluido el día. Parecía tan buen motivo como cualquier otro para fiarme de ella.

—¿Acepta esto? —le pregunté, mostrándole las fichas.

—Desde luego.

Introduje las fichas de una en una en la hucha de colecta.

—Que Dios te bendiga, hija mía.

—Gracias. Lo necesitaré.

20

Entre dormir hasta tarde y tomarnos después nuestro tiempo para desayunar, cuando llegamos a la piscina a la mañana siguiente, ya era la una.

—¡Dios mío, menudo caos! —exclamó Kitty al ver la escena. Para mi alivio, volvía a ser la misma de siempre; o, por lo menos, la misma que intentaba estar lo más animada posible.

Sonaba música calipso, que transportaba un aire tan caliente que casi podías ver las ondas sonoras. Nos abrimos paso entre el mar de cuerpos hasta un grupo de tumbonas que había cerca de la piscina. Brie las había reservado antes de entrar dando traspiés en nuestra habitación a las ocho de la mañana y de despertarme lo suficiente para informarme de que me había perdido una buena fiesta en el Hard Rock.

Después de una maniobra general para conseguir la tumbona deseada, terminé entre Martucci y Kitty. Troy estaba al otro lado de su madre, y Brie en el extremo de la fila. La abuela había optado por echar una siesta en la habitación del hotel, en lugar de estar tumbada al sol y arriesgarse a que el calor le provocara un paro cardíaco; una elección que apoyamos totalmente.

—Despertadme dentro de una hora —pidió Brie, que enseguida se tumbó boca abajo—. Tendré que darme la vuelta.

Me quedé en traje de baño y, cuando me agaché para buscar el libro en mi bolsa, Martucci me dio una fuerte palmada en el trasero.

—¡Oye! —protesté.

—¡Esto es el resultado de mi experto entrenamiento, señores! —alardeó en voz alta—. Todo este cuerpo es obra mía.

—Dios puede haber tenido algo que ver en ello —comentó Kitty, antes de que le propinara un bofetón a Martucci.

—Bueno, pues demos gracias al Señor —soltó Troy.

—Un poco de respeto, jovencito —le pidió su madre, con una colleja.

—¡Creía tenerlo! —rio Troy.

Entonces empecé a preguntarme si de algún modo había creado mi propia forma de infierno: un lugar donde un hombre inteligente, guapo y divertido no paraba de coquetear conmigo sin que pudiéramos llegar a nada; y menos con su madre interponiéndose literalmente entre ambos.

Además, como parte de este infierno, Martucci me pedía que le pusiera bronceador en la espalda.

—Normalmente, digo que el bronceador es para blandengues —explicó Martucci al pasarme la botella—, pero no me fío del sol del desierto. Le hace cosas horribles a la piel.

Se volvió para mostrarme la espalda. En los hombros tenía el tatuaje de un águila, que pareció batir las alas cuando se flexionó para tumbarse. Era mi sino. A pocos metros, había una espalda a la que me encantaría darle una buena friega, y ahí estaba, untando de loción a Martucci y procurando no estremecerme cuando tuve que apartar la trencita.

—Ya está —proclamé instantes después, aunque todavía estaba blanco debido a que apenas le había friccionado la loción por el cuerpo. Tomé el libro (uno barato en rústica, comprado en la tienda de regalos del hotel) y me instalé en mi tumbona.

—¿No te vas a poner bronceador? —preguntó Troy.

—Sí —metió baza Martucci—. Estaba deseando verte masajeándote todo el cuerpo con él.

«¡Uf!»

—Eres un cerdo, Martucci. Y ya me lo he puesto en la habitación. Se supone que debes ponerte el bronceador media hora antes de exponerte al sol. Por lo tanto, en este momento tú te estás friendo mientras que yo, gracias a mi gran sabiduría, sólo estoy dejando que me lleguen los rayos suficientes para obtener un tono de piel dorado —dije, y hundí la nariz en el libro para indicar que la conversación había terminado.

Martucci se durmió casi tan deprisa como Brie. Intenté leer, pero me distraía Troy, que se tumbó boca arriba, ajustó la tumbona, suspiró, tosió y volvió a tumbarse boca abajo.

—¿Cuánto rato estaremos aquí echados? —preguntó, finalmente incorporado.

—Sólo llevamos quince minutos —respondí.

—Hace mucho calor. Creía que habían pasado un par de horas.

—No es el calor —me aclaró Kitty, mirándome por encima de su revista—. Siempre es así. No puede estarse quieto.

—Sí que puedo —replicó y, acto seguido, se levantó—. Voy a nadar unos largos.

—¿Lo ves? —dijo Kitty con suficiencia.

Observé furtivamente por encima del libro cómo se dirigía al borde de la piscina y se zambullía en el agua. Luego, intentó nadar; lo cual, con tantos niños jugando y tanta gente flotando en colchonetas hinchables, seguramente era como intentar correr por un campo de minas.

—Resulta tan agradable verlo nadar —comentó Kitty—. No sabíamos si podría hacerlo. Te contó lo de su accidente en moto, ¿verdad?

—Dijo que había tenido una caída —expliqué, y dejé el libro.

—Sí. «Una caída.» Esa cicatriz es sólo un ligero recordatorio de todo lo que tuvo que soportar. No pudo caminar en un año y, después, cojeó mucho unos cuantos más. ¿Te mencionó eso?

Negué con la cabeza.

—Me puso a prueba, te lo aseguro. Me preguntaba si alguno de nosotros sobreviviría a su adolescencia.

—Sí, dijo que siempre había pensado... —Me detuve.

Mi frase inacabada quedó suspendida en el aire, y esperé que Kitty no dedujera el final, pero entonces dijo:

—Que se iría antes que Marissa.

—Lo siento. No era mi intención mencionarla. Está intentando relajarse y pasárselo bien.

—No te preocupes. Me alegra hablar de Marissa. Es curioso que la gente tenga miedo a decir su nombre. Como si, al hacerlo, me recordaran que ya no está con nosotros. Como si no lo supiera cada instante del día.

—Tiene que ser muy duro.

—Unos días son mejores que otros. —Me dirigió una tranquilizadora sonrisa—. Éste es de los buenos.

Esperé un momento para asimilar sus palabras.

—¿Le importa si le pregunto cómo era Marissa? —me atreví a pedir, eligiendo las palabras lo más cuidadosamente que pude—. Lo único que sé de ella es lo que escribió en la lista. Y algunas cosas de los anuarios que Troy me dejó. Me encantaría conocerla un poco más.

—¡Oh!, estaré encantada de contártelo. Era una chica muy alegre, ¿sabes? No dejaba que nada la deprimiera. Divertida. Animada. Y siempre tenía algún *hobby*; recuerdo que, durante un tiempo, le dio por coser. Confeccionó todas las cortinas de la casa. Después construía aeromodelos, nada menos. Y le encantaban los niños. Siempre decía que iba a adoptar un montón de niños cuando fuera mayor; niños pobres que no tuvieran otro lugar adonde ir. Supongo que sentía debilidad por los desvalidos. Quizá los años de sobrepeso la hubieran hecho más sensible a los demás. Pero, sobre todo, era un encanto. Supongo que todas las madres dicen eso de su hija; sin embargo, en el caso de Marissa era cierto. Siempre pensando en los demás. Quería influir en sus vidas.

Bueno, eso último me resultaba familiar.

—¿Sabía que una de las cosas que Marissa escribió en su lista era «cambiarle la vida a alguien»?

—Troy no me lo dijo, aunque era muy propio de ella. —Parecía satisfecha—. Sí, me contó que había una sobre ir en helicóptero y darse un masaje. Y, por supuesto, perder peso. Y algunas más. ¿Tengo entendido que son veinte cosas...?

—No llevo la lista encima, la tengo en la habitación —indiqué, tras asentir con la cabeza—. Podría subir y traérsela, si quiere verla.

—Tranquila. Sinceramente, preferiría que estuviera todo hecho antes de verla.

—Espero que Dios la oiga —dije con los dedos cruzados.

—¿Qué quieres decir? ¿Es difícil?

—No. Aunque tampoco es una lista fácil, eso seguro. Algunas de las cosas suponen clarísimamente un reto.

—¿Como llevar a su chiflada familia a Las Vegas? —insinuó Kitty, en tono de burla.

—¡En absoluto! Ha sido maravilloso. Y, para serle franca, lo necesitaba.

—¡Ah! ¿Y eso?

—Bueno, supongo que estoy totalmente absorta en hacerlo todo a tiempo. He dedicado gran parte de mi atención a apresurarme en ir tachando cosas. Anhelo conseguirlo. Pero estar aquí con ustedes me ha dado una nueva perspectiva. Para empezar me recuerda por qué estoy terminando la lista.

—¿Y por qué lo haces? —Se movió para estar de cara a mí.

«Ah, la pregunta del millón de dólares.»

Decidí ser sincera, ya que estábamos teniendo una conversación tan íntima.

—Supongo que la empecé, sobre todo, porque me sentía culpable. Me sentía fatal por lo ocurrido.

—El accidente no fue culpa tuya.

Me encogí de hombros. ¿Cómo podría decirlo? No es que lamentara haber salido de la carretera y haber volcado el coche. Ni haber pedido aquella maldita receta, lo que hizo que ella se desabrochara el cinturón de seguridad. Ni tampoco haberme ofrecido a Marissa a llevarla, para empezar. De acuerdo, me había pasado mucho tiempo lamentando estas cosas; pero la culpa no era lo que me impulsaba a seguir adelante. Era, más bien, el hecho de que había dos personas implicadas en el accidente, y no podía evitar sospechar que había salido impune la que no debía.

—Quiero mejorar las cosas. Eso es todo. Sé que lo que estoy haciendo no es mucho y que tampoco cambia nada, pero...

—Es mucho. No sabes lo agradecidos que te estamos por hacer esto. Todos nosotros. Troy no para de decir lo impresionado que está con esto de que hayas asumido la lista como tuya.

—¡Oh, vaya!

—No es por presionarte, pero cuando nos enteramos de que Marissa le daba tanta importancia a su veinticinco cumpleaños, decidimos celebrar una fiesta en su honor. Será en ese bar, el Oasis, que tanto le gustaba. Nada exagerado. Nos encantaría que vinieras. Puedes invitar a quien quieras. Y, por supuesto, trae la lista.

—Será un honor. Debería estar terminada para entonces. Estará terminada. Es la fecha límite.

—Eso tengo entendido. —Hizo una pausa—. Ni siquiera sabía que tuviera una lista, ¿sabes? Normalmente era muy franca sobre esa clase de cosas.

—A lo mejor le daban vergüenza las cosas que contenía —me apresuré a decir, porque no me gustó la expresión de dolor que había adoptado la cara de Kitty—. Una de ellas era ir sin sujetador. No se ofenda, pero no es la clase de cosa que quieres que sepa tu familia. Y otra era llevar unos zapatos *sexys*.

—¡Eso lo explica! —exclamó Kitty—. No alcanzábamos a imaginar por qué llevaba esos zapatos plateados. No le pegaban nada. Aunque —añadió con un suspiro—, quién sabe. Había adelgazado mucho. Es probable que estuviera dispuesta a probar muchas cosas.

Se me hizo un nudo en el estómago, pero la voz de Kitty no tenía nada de acusadora cuando siguió hablando.

—Mira, June, ya sé que dije que no quería ver la lista; pero dime: ¿decía algo sobre enamorarse?

—En realidad, no —contesté, tras repasar mentalmente la lista—. Aunque una de las cosas era tener una cita a ciegas.

—¿De veras? ¿La hiciste ya?

—Sí. Resultó que el chico era gay.

—¡Qué divertido! ¡Oh!, esto me hace pensar qué habría pasado si Marissa hubiera tenido ocasión de hacer ella misma la lista. ¿Habría conocido a alguien especial en esa cita? ¿Tal vez al amor de su vida?

—Oh, Kitty...

—Es una bonita idea —aseguró, haciendo un gesto con la mano para alejar mi preocupación—. No me hace exactamente feliz, pero me siento como si estuviera entre nosotros.

—Si le sirve de consuelo, le aseguro que Marissa habría tenido más suerte que yo en la cita a ciegas.

Al oír esto, Kitty señaló con la cabeza a Martucci, que roncaba tan fuerte que sonaba como si hubiera un camión descargando cerca.

—¿Qué pasa con él? ¿Hay algo entre vosotros?

—¿Martucci y yo? Ni hablar. Somos amigos.

—Yo lo encuentro atractivo —dijo Kitty—. ¿A ti no te parece atractivo?

—Somos compañeros de trabajo. Nada más.

Mi mirada se desvió hacia Troy. Estaba sentado en el borde de la piscina y le lanzaba una pelota a un grupo de niños pequeños. Procuré que no se me cayera la baba. Se le veía tan apetitoso, y hacía tanto tiempo que no daba ni un triste mordisco.

—Es una pena —aseguró Kitty, que volvió a tomar su revista—. Llámalo intuición de madre, pero juraría que se respira amor en el ambiente.

Tras ponernos el albornoz de toalla blanco que nos proporcionó el *spa*, Brie, Kitty, la abuela y yo nos sentamos en la sala de espera hasta que nos llamaran para recibir nuestro tratamiento. La habitación estaba decorada con relajantes tonos verdes, y en el aire flotaba un agradable aroma de eucalipto. Costaba creer que estaba en el mismo edificio que el casino, con sus luces brillantes y su caos.

Estaba bañada en paz... y entonces entró un hombre en la sala. Recé en silencio para que no me tocara a mí. Nunca había tenido un masajista, y éste tenía todo el aspecto de poder partirme como si fuera una ramita. Tenía la complexión de una secuoya, con los hombros muy anchos; y su cuerpo dibujaba una impecable forma de V en la cintura. Llevaba el pelo largo hasta la cintura, recogido en una coleta, y sus rasgos, aunque atractivos, parecían esculpidos en granito. Si me lo encontrara en un callejón oscuro, me desmayaría.

«Que no me llame a mí, por favor.»

—¿June Parker? —Su voz era el estruendo de un motor. No falló.

—Soy yo —dije, me levanté y me ajusté el albornoz.

Las demás murmuraron su aprobación, entusiasmadas.

—Le ha tocado la lotería; qué cara más hermosa. ¡Como la de un dios griego!

—Mirad qué manos.

—Como los guantes de un receptor de béisbol.

—¡Nunca había visto unas manos tan grandes!

—Y ya sabéis qué dicen...

—Eso son los pies.

—¿Qué más da? En cualquier caso, con esa fachada tan impresionante, me imagino que...

—Ve. Quiero ver cómo se va caminando —me dijo Brie, dándome un empujoncito.

Me despedí de ellas con la mano. Susurraban como orgullosas madres de enviar a su hijita a que yaciera desnuda en una mesa mientras un total desconocido le frotaba todo el cuerpo con las manos.

Dijo que se llamaba Runner y me acompañó hasta una sala iluminada con una luz tenue y apenas lo bastante grande para que cupiera la camilla. El procedimiento fue el habitual: se fue mientras me desnudaba y me acostaba boca abajo en la camilla y me tapaba con una toalla. Cuando volvió, avisado de que ya estaba preparada, fue totalmente profesional.

Ojalá pudiera decir lo mismo de mí. Había algo en el hecho de estar desnuda y tan cerca de semejante baluarte de la masculinidad que me hacía... bueno... pensar.

—¿Lo prefiere fuerte o suave? —preguntó inocentemente.

—Fuerte —respondí, de un modo menos inocente.

—Muy bien. Dígame si lo es demasiado.

Empezó a masajearme la espalda y los hombros con movimientos amplios y firmes. Lo oía respirar mientras trabajaba. Iba con cuidado de mantenerme tapada. Noté que me rozaba con la cadera, pero era todo muy decente, moral y sano. Y yo estaba muy caliente, ¡caramba! Era imposible evitarlo. Las velas, la música suave, las manos fuertes de un hombre sujetándome y masajeándome, sus gruñidos roncos debido al esfuerzo... ¿Cómo no iba a tener pensamientos obscenos? Que me habría horrorizado si las manos se le hubieran escurrido no significaba que no tuviera la fantasía de que pudieran hacerlo.

Me cambió las toallas de sitio y me hundió los dedos en los muslos. No pude contener un gemido. Me pregunté cuántas mujeres le entregarían dinero y le pedirían que les diera el masaje «completo».

Me pregunté si aceptaría hacerlo.

¿Y cuánto dinero sería necesario?

No era que me interesara, claro.

Sólo era curiosidad.

Runner me pidió que me pusiera boca arriba y me tapó los ojos con una toallita fresca. Dejé volar mi imaginación; primero pensé en el trabajo. Y en la lista. Y, después, en Troy Jones nadando, con los músculos de la espalda que se le tensaban al avanzar por el agua. Y en la forma en que se sacudió el agua del pelo al salir, totalmente empapado, con el traje de baño pegado a la piel.

Debí de suspirar al recordarlo, porque Runner murmuró:

—¿Va bien? —Me sujetó las caderas con las manos y me las empujó con fuerza hacia arriba y hacia abajo, lo que me devolvió al presente.

—Ajá.

—Bien.

Continuó mientras se le escapaba un gruñido de tanto apretar, empujar y sujetar. Intenté hacer lo que hacen los hombres para evitar excitarse: pensar en algo neutral como el béisbol, sólo que yo imaginé que compraba esa vajilla que me gustaba en Pottery Barn. Entonces noté que Runner cambiaba de lugar y se situaba detrás de mi cabeza.

—Ya casi hemos terminado —anunció.

Sentí que me presionaba con una mano la sien derecha. Después, que me apretaba con la otra la sien izquierda. Y luego, que me apoyaba la otra con firmeza en la coronilla.

¿La otra?

Como recordaba claramente que sólo tenía dos manos cuando empezamos, ¿qué me estaba apoyando en la cabeza?

¡Oh, no! ¡Era el pene! ¡Me estaba restregando su erección! Noté que me frotaba con ella el pelo describiendo círculos con fuerza. Debía de haberle estado lanzando señales. ¡Era probable que creyera que me estaba gustando!

No sabía qué hacer. Habría sido distinto si le hubiera pedido: «Perdone, ¿le importaría tocarme con su palpitante virilidad?» ¡Pero no había hecho tal cosa! Pues si esperaba que le diera el quince por ciento de propina después de esto...

Tenía que decir algo. Dejarle claro que estaba fuera de lugar. Porque, aunque todavía estaba tapada con la toalla, me sentía desnuda. Expuesta. ¿Cómo se atrevía?

Hizo un ruido: «hum»... Pero me quedé ahí, con la toallita sobre los ojos, sin hacer nada. Como mínimo, tendría que abofetearlo. ¡O denunciarlo!

Me armé de valor, aparté la toallita y abrí los ojos. Al hacerlo, me percaté de que no me estaba frotando con el pene. Ni siquiera estaba detrás de mí. Estaba a mi lado. Me pasaba una de sus enormes manos por encima de la cara para tocarme las dos sienes a la vez.

Lo que le dejaba la otra mano libre para tocarme la coronilla.

—¿Cómo ha ido? —me preguntó afectuosamente.

—Espléndido —respondí, intentando no sonrojarme.

¿Era culpa mía que el hombre tuviera unas manos tan increíblemente grandes? Cualquiera podría haber cometido el mismo error que yo.

Mientras me ponía el albornoz para reunirme con las demás antes de subir a la habitación para prepararme para ir a cenar, se me ocurrió que toda esa energía sexual acumulada tenía que ir a parar a alguna parte. Y sabía exactamente adónde.

Casi era injusto no llamar a Troy Jones y darle al pobre chico una oportunidad.

21

—¿Es ésta tu moto?

—¿Pasa algo? —preguntó Troy, pasándome un casco.

—¿Dónde me siento?

—Ah, veo que te han mal acostumbrado —comentó, y dio unas palmaditas en la mitad posterior de lo que parecía un asiento no demasiado grande—. Aquí. Hay sitio de sobra.

Cuando Troy se había ofrecido a llevarme en moto, le había dicho que sabía montar. El hotel donde actuaba Wayne Newton estaba a unos pocos kilómetros. Aunque podíamos haber tomado un taxi con Kitty y la abuela, ellas querían ir pronto para aprovechar el bufé, lo que yo preferí sustituir por una siesta y una cena de máquina expendedora. Además, Troy había dicho que le apetecía mucho dar una vuelta en moto. Como yo, por mi parte, también tenía una apetencia, me pareció razonable aceptar su oferta.

Eso era hasta entonces. Su moto no era como la Harley de Phyllis. ¿Dónde estaba mi caravana sobre dos ruedas? ¿Dónde estaba mi asiento envolvente? Ni siquiera había una barra posterior. Un bache en la carretera y saldría disparada hacia atrás.

Troy me ayudó a abrocharme el casco y se montó. Yo me

subí tras él, dejando un espacio razonable entre los dos. Cuando intenté notar el asiento que me quedaba detrás, vi que no había. El trasero me colgaba de la punta.

¿Por qué había tenido que ponerme estos condenados pantalones brillantes? Eran bonitos, desde luego, pero de una especie de color bronce. Y los había conjuntado con una camiseta elástica sin mangas de color negro y zapatos de tacón alto. Era muy típico de Las Vegas: algo barato y reluciente.

Pero debería haberme puesto prendas resistentes. Cuero. Seguro que tenía algo de cuero en el armario que podía haber llevado. Me apostaría algo a que Brie lo había hecho.

Troy puso en marcha el motor, lo que mandó una señal de pánico a mi cerebro. Esto era una locura; iba a tomar un taxi.

Cuando estaba a punto de bajarme y decirle a Troy que su moto no era lo bastante grande para los dos, alargó un brazo hacia atrás y tiró de mí con fuerza para dejarme pegada a él. Luego, me hizo rodearle la cintura con los brazos.

—No quiero perderte por el camino —explicó.

«¡Oh!»

Bueno, se estaba bien.

Salimos del estacionamiento hacia una calle lateral, y recordé el comentario de Phyllis sobre lo bien que yo montaba. Troy se inclinó hacia delante, y yo lo hice con él. Era perfectamente natural. Había anticipación. Había confianza. Tenía los pechos y la entrepierna contra su cuerpo, y sus músculos firmes bajo las manos. No pude evitarlo, las subí hasta su pecho. Nada demasiado provocativo. Sólo lo bastante para que pudiera confundirse con que me estaba acomodando en el asiento.

El tráfico de Las Vegas Boulevard se detenía cada dos por tres, pero fuimos sorteando el mar de automóviles parados en los semáforos: una de las ventajas de ir en moto. Una suerte, ya que habíamos salido algo tarde.

El sol empezaba a ponerse, y el aire parecía brillar como las luces de los casinos que pasábamos. Tenía las hormonas disparadas. Troy estaba tan cerca... Y la moto me daba más bien miedo. Respiraba su olor a jabón y su calor. Y notaba el aire denso de la tarde. Y el rugido de la moto debajo de mí...

Entonces nos paramos en un semáforo. Troy aguantó el peso de la moto con una pierna, se volvió para mirarme y empezó a hablar.

—¿Qué, cómo va el...?

Pero hablar no era lo que yo tenía en mente. Ya estaba harta de ser tímida. Había llegado la hora de pasar a la acción.

Levanté la visera de mi casco y, después, la del suyo. A continuación, le puse la mano en la nuca y lo acerqué a mí para besarlo, o por lo menos para intentarlo. Antes de que mis labios pudieran acercarse a los suyos, nuestros cascos chocaron.

Fruncí el ceño y traté de ver si ladeando un poco la cabeza...

—No se puede —dijo, y levantó una mano para desabrocharse el casco—. Pero tengo que admitir que me gusta cómo piensas.

El tráfico empezó a moverse a nuestro alrededor. El todoterreno que teníamos detrás enseguida tocó el claxon.

—El semáforo está verde —indiqué, con evidente decepción.

—Ajá. —No dejó de mirarme mientras seguía quitándose el casco.

—Nos están pitando.

—Que lo hagan.

Alargó la mano hacia mí, con la clara intención de desabrocharme el casco.

—¡No! —me quejé con una carcajada—. ¿Estás loco? ¡El semáforo está verde! Estamos en medio de la calle. ¡Interrumpimos el tráfico!

Troy suspiró afablemente, aunque siguió sin girarse. Me deslizó la mano por la espalda y la dejó en la piel que me quedaba al descubierto entre la camiseta y los pantalones. Como no podía llegarme a la boca por culpa del casco, se conformó con besarme con dulzura el hombro desnudo. Me deslizó el beso hacia el cuello.

—June... —murmuró, mientras yo notaba su cálido aliento contra mi piel—. No tienes ni idea...

Oh, ya lo creo que la tenía.

Si tenía por costumbre esconderme en mi madriguera como una marmota, en este momento había salido del agujero que había cavado. De hecho, corría como una loca, atravesando campos y escurriéndome entre las piernas de la gente.

Pero también estaba el todoterreno, que avanzó un poco y se acercó desde detrás. Y el hecho de que el concierto iba a empezar pronto.

—En serio, tenemos que irnos.

—Muy bien. Pero creo que debo advertirte de que siempre termino lo que empiezo. Lo que significa que estos labios tan preciosos son míos —dijo, siguiendo suavemente su contorno con la yema de un dedo.

Cuando llegamos a la zona de estacionamiento para motos situada delante del hotel, faltaban quince minutos para que empezara la actuación. Troy sujetó los cascos a la moto y entramos deprisa en el casino. Aunque Kitty y la abuela ya habrían recogido las entradas en la taquilla, no quería que se perdieran nada del espectáculo por tener que esperarnos.

—No puedo creer que esté corriendo para ver a Wayne Newton —gimió Troy.

—¡Por fin llegáis! —Kitty nos saludó desde cerca de la puerta de acceso a la sala—. Empezábamos a preocuparnos. La abuela ya está dentro.

Nos entregó una entrada a cada uno y nos hizo cruzar la cortina de la puerta. Mientras avanzábamos, nos habló sobre el bufé, sobre la gente que habían conocido en la cola y sobre lo que habían comprado en la tienda de recuerdos de Wayne Newton.

Nuestra mesa estaba exactamente en el centro de la sala, junto a una especie de mampara. No estaba cerca del escenario, pero me alegró comprobar que la vista era perfecta. Kitty y la abuela se hallaban sentadas en un lado de la mesa, y Troy y yo nos pusimos delante de ellas. La mesa estaba cubierta de bebidas.

—¿Tenemos sed, abuela? —bromeó Troy.

—Ja, ja. Me tomé la libertad de pedir las vuestras —comentó. Tienes dos copas gratis con cada entrada. Tuve la impresión de que si no las pedíamos ahora, no volveríamos a ver a ninguna camarera y nos quedaríamos sin. Así que tomároslas.

Kitty levantó un cóctel de frutas (sin sombrillita, como no pude evitar observar).

—¡Salud! —brindó.

Cada uno de nosotros tomó una bebida. Yo tenía dos vasos enormes de vino blanco delante, y levanté uno de los dos para decir:

—Por los sueños que se hacen realidad.

—Chin-chin —añadió la abuela, y chocamos las copas.

Mientras la abuela y Kitty hojeaban los libros de recuerdos de Las Vegas que habían comprado, contemplé la sala. Troy yo parecíamos las personas más jóvenes del público. Sólo salpicaban la sala cabezas plateadas o calvas: una alfombra de fans entrados en años. En la parte delantera, un hombre agitaba el bastón al ritmo de la música enlatada.

—Me han dicho que Wayne hace una versión muy buena de *Get Jiggy with It* —expliqué a Troy, tras inclinarme hacia él.

—Oye, hablando de esa canción —comentó sin darle importancia—, la emisora dará un gran concierto. El siete de agosto. Actuará Will Smith. ¿Quieres venir?

—Me encantaría.

—Tenemos una cita, entonces.

«¡Una cita!»

Aunque el siete de agosto me sonaba de algo.

No tuve tiempo de pensar en ello. Un presentador saludó desde el escenario y nos pidió que diéramos la bienvenida a Mister Las Vegas en persona. Se oyó un clamor en la sala cuando los focos lo iluminaron. El público centró en él su atención.

Fue emocionante ver cómo Wayne Newton dominaba el escenario. Estaba exactamente igual a como lo recordaba del museo de cera de Hollywood, incluidos el pelo negro y las cejas pintadas. Me fascinó ver cómo forzaba la voz para que se le oyera por encima de su conjunto de doce músicos, sentados en hileras detrás de él: los hombres, inofensivos; y las mujeres, demasiado maquilladas y pechugonas, aunque sin malicia. Mientras Wayne cantaba y contaba historias sobre los viejos tiempos de Las Vegas, Troy me susurraba cosas como: «¿Te lo puedes creer?», «Es el peor espectáculo que he visto en mi vida» y «¡Oh, qué bien hueles!»

Después de cantar muchos de sus grandes «éxitos», Wayne empezó un popurrí de canciones patrióticas. La abuela se inclinó hacia delante entusiasmada.

—Esto va a ser fantástico. Una señora que conocimos en la cola nos dijo que su versión de *America the Beautiful* es trepidante.

Una camarera avanzaba despacio entre las mesas repartiendo banderitas para que pudiéramos unirnos a la fiesta. Kitty y la abuela tomaron una cada una, y las agitaron al ritmo de la música. No pude evitar sonreír, especialmente cuando observé a Kitty. Pese a que debía de resultarle doloroso, estaba decidida a pasárselo bien en honor a su hija.

Y, con ese pensamiento, tuve otro que me zarandeó como si me hubiera caído un yunque en la cabeza. La fuerza del impacto me reclinó en mi asiento. Porque, en aquel momento, recordé qué planes tenía el siete de agosto.

Era cuando Deedee salía de cuentas. El día que yo iba a ser madre.

Y lo había olvidado por completo.

—Yo... ¡Oh, Dios mío! Yo...

—¿Estás bien? —preguntó Troy.

Tomé el vaso de vino y me lo bebí de un trago. ¿Cómo podía habérseme olvidado?

Entonces la gente empezó a dar palmadas y, desconcertada y sin querer llamar la atención mientras ponía mis pensamientos en orden, yo también lo hice.

—El siete de agosto... —le dije en voz baja a Troy—. Acabo de acordarme. No puedo ir. Deedee sale de cuentas.

—¿La pequeña Deedee?

—Sí.

—¿Está embarazada? Dios mío. Ni siquiera me di cuenta. —Pasado un instante, añadió—: ¿Y tienes que acompañarla?

—Voy a ser su acompañante en el parto —aclaré, y dejé de dar palmadas el rato suficiente para empezar a tomar el segundo vaso de vino, ya que todavía no notaba el primero. Luego, volví a dar palmadas—. Y luego, voy a adoptar al bebé.

—¿Vas a... qué?

—Adoptar al bebé. Deedee es demasiado joven para ser madre, y yo siempre quise tener un hijo; así que... —Se me apagó la voz cuando vi la cara de Troy. Parecía como si le hubiera contado un chiste y le costara entenderlo—. Bueno —terminé—, ése es el plan.

Soltó una carcajada, aunque no con demasiado humor.

—¡Mierda, un hijo! Vas a tener un hijo en cuestión de semanas. Un recién nacido. Es... —Se frotó la nuca—. ¡Vaya!

De repente, me di cuenta de que estaba lejos de mí, prácticamente sentado en la mesa de al lado.

—Es una niña —comenté, sin saber qué otra cosa decir.

Asintió, con el ceño fruncido.

—¿Sabes qué es lo más divertido? Todas las veces que hablamos por teléfono organizando cosas. Y el rato que estuvimos juntos ayer por la noche y hoy. Sería de esperar que en todo este tiempo me lo hubieras mencionado.

—Te lo estoy mencionando ahora.

—Muy amable por tu parte. —Su voz tenía una mordacidad que no le había oído nunca.

—¿Qué...? ¿Por qué estás enfadado?

—No estoy enfadado. Es fantástico. Un bebé.

Cuando Wayne terminó el popurrí y anunció que iba a cantar una de sus canciones favoritas, la de un hombre que amaba Las Vegas tanto como él, las palmadas rítmicas del público se convirtieron en aplauso. Y entonces empezó *Can't Help Falling in Love,* de Elvis.

—No puedo creer que tengas la cara de enojarte —siseé—. Voy a adoptar un bebé. Si mal no recuerdo, la respuesta habitual es «felicidades».

—Tienes razón. Disculpa mis malos modales —dijo con brusquedad—. Felicidades.

—Gracias —solté.

¿Qué le pasaba? La cabeza empezó a darme vueltas por la decepción. Por no hablar del vino barato.

Por un momento, fingimos estar absortos en Wayne Newton, que iba a mezclarse con el público mientras cantaba. Al parecer, la mampara junto a la que estábamos sentados era una rampa. Wayne la recorrió agachándose para estrecharle la mano a la gente mientras cantaba. Unas lucecitas lo guiaban hacia nosotros.

—¡Oh, June! —exclamó Kitty—. Viene hacia aquí. ¡Intentemos estrecharle la mano!

Contenta con la distracción, levanté un pulgar hacia Kitty a modo de aprobación.

Miré a Troy con los ojos entrecerrados; es increíble la facilidad con que el encaprichamiento puede convertirse en irritación.

No importaba, porque teníamos al único, al inigualable Wayne Newton delante de nuestra mesa. Delante de mí.

¡Qué diablos! Ya puestos, podríamos sacar partido de la noche. Alargué la mano hacia él.

No la tomó. En lugar de eso, negó con la cabeza antes de detenerse y encogerse de hombros al público como para decir: «No me puedo contener.» Antes de que me diera cuenta, me indicó que me levantara y, cuando lo hice, me plantó un beso húmedo y sudoroso en los labios. Era como si una boa me atrajera cada vez más y más hacia su interior. Temí que me tragara entera empezando por la cabeza, hasta que por fin me soltó.

—Gracias, preciosa —dijo, mientras el público lo aclamaba.

Retomó la canción y siguió adelante mientras yo utilizaba una servilleta para secarme la cara y quitarme el maquillaje que me había dejado al rozarme. Necesitaría una ducha y varias semanas para librarme del olor de su *aftershave*.

—¡Qué suerte! —exclamó la abuela.

Podría haberme sentido especial de no haber sido porque después besó prácticamente a todas las mujeres de la sala; hasta bajó de la rampa para darle un beso a una mujer mayor en su silla de ruedas.

—Es el «Paseo de los cien besos». Es famoso —explicó Kitty—. ¡Pero tú fuiste la primera!

—Y es una suerte —añadió la abuela—. No sé si me gustaría que me tocara esa boca después de ver dónde ha estado.

A juzgar por la fría expresión de Troy, era seguro que ése era el único beso que me iban a dar esa noche.

Tras acabarme los vasos de vino, gorroneé el segundo daiquiri de la abuela, que ésta no había querido. Cuando finalmente terminó el espectáculo y nos levantamos para irnos, la habitación me daba vueltas. Tropecé. Troy me sujetó, pero le faltó tiempo para soltarme.

Al salir, Kitty y la abuela iban charlando. La vuelta en moto al hotel no iba a ser el festival de arrumacos que había sido la ida. Empecé a preguntarme si mi situación de futura madre consternaba tanto a Troy como para llevarme a remolque en lugar de sentada con él en la moto. Pero Troy tenía otros planes.

—Será mejor que vuelvas en taxi con mi madre y la abuela —me dijo, inclinándose hacia mí—. No estás en condiciones de ir en moto.

—Bien. No era mi intención molestarte con mi borrachera.

—No quiero que te lastimes.

Demasiado tarde. Era evidente: en cuanto había mencionado un bebé, ya no quería saber nada de mí.

Recordé lo que me había preguntado mi madre sobre el hombre perfecto y se me cayó el alma a los pies.

No era justo. Troy parecía tan perfecto... De acuerdo, puede que no hubiera sacado el tema de la adopción hasta entonces. Pero él tampoco había sido franco sobre el hecho de que no le gustaban los niños. Parecía la clase de cosa que podía haber mencionado: «Hola, ¿vienes aquí a menudo? Y, por cierto, no me gustan los niños.»

—¿Qué tienes en contra de los niños? —le pregunté, furiosa de repente.

—Sé justa, vamos. Tienes que admitir que me has pillado desprevenido.

—En realidad, no es tan extraño. La gente adopta niños constantemente.

Esperó un momento, cerró los ojos y se pellizcó el puente de la nariz para recobrar el dominio de sí mismo. Luego, sin hacerme caso, se acercó a Kitty y a la abuela para decirles que se reuniría con nosotras en el hotel. Dijo que sería mejor que fuera con ellas.

—Tampoco te estoy pidiendo que seas el padre —me vi obligada a comentarle a Troy antes de seguir a Kitty y a la abuela hasta la cola de la parada de taxis.

—No es nada personal. Ahora mismo, un bebé no es algo

para lo que esté preparado. Quiero decir, me han pasado muchas cosas últimamente. Además, tú y yo ni siquiera nos hemos... —Y se detuvo.

No era necesario que acabara. ¿Besado? ¿Estado viendo? ¿Acostado? Daba igual, porque el resultado era el mismo.

Finalmente lo acepté. Comprendí que mi vida iba a ser así a partir de entonces. Sería mejor que me fuera acostumbrando.

Me despertó el ruido de la ducha. «¡Uf!» Tenía la cabeza aturdida, y la boca, pastosa. Tuvieron que pasar unos minutos antes de que pudiera deducir que estaba en mi habitación de hotel de Las Vegas y que era por la mañana.

Cómo había llegado allí, no tenía ni idea.

Agua. Necesitaba agua. Hasta me tomaría esa agua de tres dólares la botella, ¡caray! Moví las piernas para levantarme. Se me revolvió el estómago.

Mala idea.

A lo mejor no necesitaba agua tan deprisa.

Fue entonces cuando vi en el suelo los pantalones y la camisa de hombre. ¿Y eran eso unos calzoncillos?

Frenética, intenté recordar cómo había llegado a la habitación y me miré; llevaba una camiseta, sin nada de ropa interior debajo.

La ducha paró, y oí canturrear a un hombre.

Muy bien, June, piensa.

La noche anterior. Después del concierto, me había encontrado con Brie y Martucci en el bar del hotel. Estaban tomando tequila. Kitty y la abuela habían decidido irse a dormir. Su vuelo salía por la mañana temprano, así que me habían dado las gracias y nos habían invitado a todos a la fiesta de cumpleaños de Marissa. Después de que se marcharan, Troy había bajado vestido con unos vaqueros y una chaqueta de cuero, y con una bolsa de viaje en la mano. Había dado su llave a Brie porque, como él se iba ya a casa, había pensado que podría cedérsela para que tuviera una habitación para ella sola.

Lo último que podía recordar era que Martucci me había retado a tomar un tequila cabeza abajo.

No sabía si me había despedido de Troy. Sólo que me había reclinado en el taburete del bar. Y, cabeza abajo, había visto cómo se iba mientras Martucci me vertía tequila en la boca hasta que la garganta me quemaba y los ojos se me llenaban de lágrimas.

Martucci.

Empezaba a recordarlo todo. Cómo me cargó hasta la habitación. Cómo me quitó la camiseta sin mangas. Cómo yo me quité las braguitas.

Había una papelera junto a la cama. Miré dentro, preguntándome si vería un condón usado o un envoltorio. Estaba vacía. Lo cual podía ser positivo o negativo: o no había hecho nada o sí, y sin protección. En ese mismo instante, el semen de Martucci podría estar en mi interior intentando crear pequeños Martucci.

El pomo de la puerta del baño giró, y no sé por qué de repente sentí la necesidad de ser pudorosa, pero me tapé con las sábanas.

Y salió... Runner. Mi masajista. ¡Oh!

Llevaba una toalla alrededor de la cintura, con el tórax enorme desnudo. Y el pelo mojado, suelto.

—Buenos días —me saludó, alegre.

—Hola.

—¿Cómo estás?

—Confundida.

—Sí, anoche fue una locura. —Recogió la camisa del suelo y se la puso. Aparté la mirada mientras se ponía los calzoncillos y los pantalones—. Estabas realmente fuera de combate.

¿Fue Runner quien me desnudó? Debió de haber sido él, aunque el recuerdo de Martucci era muy claro. La forma en que le había tirado de la trencita. Pero quizá fuera la coleta de Runner. O ambas. ¿Quién sabe? Podía haber sido mi primer ligue de una noche o mi primera orgía.

—Bueno —dijo Runner, dirigiéndose hacia la puerta—. Brie ya debería de haber terminado de bañarse. Gracias por dejarme usar la ducha.

«¿Usar la ducha?»

—Entonces, ¿no dormimos juntos? —pregunté.

—Tenía que ducharme antes de ir a trabajar —respondió, tras soltar una fuerte carcajada—. Brie ya estaba en la bañera y no tenía prisa por salir, ni quería compartirla. Sugirió que usara ésta.

—Ah, así que tú y Brie...

—Un pedazo de mujer, esa amiga tuya. Me alegro de haberme unido a vosotros. Oye, hay que ver lo deprisa que te bebías el tequila ayer por la noche. Perdiste el conocimiento antes de llegar siquiera a las doce.

—Hablando de eso —me atreví a decir—, ¿fuiste tú quien me trajo hasta la habitación?

—No —contestó, sacudiendo la cabeza—. Fue tu amigo. El italiano.

Asentí con una sonrisa, como si fuera una buena noticia.

Runner se marchó y logré ducharme, hacer la maleta y reunirme con los demás para volver a casa en la caravana, donde me metí inmediatamente en una de las literas y me dormí. Sólo me desperté el rato suficiente para procurar comer en un McAlgo.

Martucci dejó a Brie primero y después me llevó a casa; lo cual me dejó un rato a solas con él para preguntarle lo que temía pero necesitaba saber.

Me cambié al asiento del copiloto para estar a su lado mientras conducía.

Comía pipas y escupía las cáscaras en una bolsa que tenía en el salpicadero.

—No sé cómo preguntarte esto, así que te lo preguntaré y punto —solté.

—De acuerdo.

—¿Nos acostamos?

—No te acuerdas de nada, ¿eh?

—Si quieres saberlo, me acuerdo claramente de que me desnudaste.

—Ah... —suspiró feliz—. Yo también.

—Muy divertido. El fin de semana fue muy duro para mí. Estaba muy vulnerable. No puedo creerme que te aprovecharas. Que...

—No te acalores, Parker. Sólo te estaba pinchando. No pasó nada.

—Oh, por favor. No me mientas.

Entonces recordé estar lamiéndole la cara.

—No miento. Estabas totalmente pedo, así que te llevé a tu habitación. Y, cariño, lo estabas suplicando. Prácticamente te me tiraste sin preámbulos. ¿Sabes qué? No deberías estar tanto tiempo sin sexo.

—¿Y esperas que me crea que me rechazaste? —Estaba escéptica y, francamente, algo ofendida.

—Puede que no te lo creas, pero tengo principios.

—Supongo que ahora me dirás que me desnudaste, pero que no miraste.

—Coño, ya lo creo que miré. Pero no toqué. ¿Y sabes por qué?

—Porque me respetas —sugerí, con los ojos entornados.

—No. Porque me acojonaste. No parabas de lamerme la cara. Me tirabas de la trencita, y me decías que era la fuente de mi poder. Que yo era Sansón y que ibas a cortarme mi fuente de poder mientras durmiera.

—¡Oh!

—Tuve miedo de que anduvieras tras mi otra fuente de poder. Que hicieras de Lorena Bobbit conmigo. Me sentí afortunado de salir vivo de la habitación.

—Perdona —dije, avergonzada.

Se volvió hacia delante con una expresión dolida.

—¿Puedo saber qué tienes en contra de mi trencita?

22

—Es mejor que lo hayas descubierto ahora —afirmó Susan—. No debes perder el tiempo con un hombre que quiere esperar una eternidad para tener hijos.

—Agosto no es exactamente una eternidad.

—No lo disculpes —protestó, señalándome con un tenedor de plástico—. Así es cómo terminas en esas relaciones que nunca van a ninguna parte. Mereces algo mejor.

Era lunes por la mañana, y Susan me había invitado a desayunar. Tomábamos emparedados de huevo y macedonia de frutas en el restaurante-charcutería de la misma calle de nuestra oficina mientras la ponía al corriente de los detalles del fin de semana. Al menos, de la mayoría. Omití que casi había violado a Martucci.

Me había pasado el resto del domingo durmiendo la resaca y deseando que las cosas hubieran ido de otro modo con Troy. De acuerdo, la idea de que esta lista me permitiría encontrar a mi amor verdadero era sensiblera; pero no podía sacudirme de encima la decepción. Troy me había parecido la clase de hombre con el que podía tener una relación, con o sin bebé.

No es que estar con él no me exigiera ningún esfuerzo, ya que estaba la cuestión de sentirme cohibida por lo de su hermana, pero esperaba que pudiéramos superarlo.

—Puede que este bebé sea lo mejor que te haya pasado jamás —comentó Susan—. Te servirá de barómetro. Enseguida sabrás si un hombre está dispuesto o no a comprometerse. Y punto.

—Pero Troy parecía... ideal —gemí.

—Siempre son ideales hasta que los conoces bien. Pero todo el mundo tiene defectos. Podría pasarme días aquí sentada contándote lo que me molesta de Chase. Ahora bien, alejarse de ti porque vas a tener un hijo... Diría que es para mandarlo a hacer gárgaras.

—Me sentiría mucho más digna si no hubiera olvidado al bebé —dije, tras soltar el aire con fuerza.

—Oh, June. No se te olvidó el bebé. Olvidar al bebé sería dejarlo sobre el techo del coche y marcharse en él. Tuviste un rato la cabeza en otra parte. Puede pasar.

—¿Te ha pasado alguna vez?

—Venga... ¿Embarazada de gemelos? Ojalá pudiera haber pensado en otra cosa. O dormido, en realidad. Pero, en tu caso, entiendo que te ocurriera. Tampoco es que la gente se te acerque constantemente a tocarte la tripa. —Se mordió un labio—. June, detesto decirte esto ahora. Es muy inoportuno, pero voy a decírtelo de todos modos. Nadie, y quiero decir nadie, te culparía si te lo estuvieras repensando.

—No me lo estoy repensando.

—¿Seguro? Porque no pasaría nada si quisieras echarte atrás.

—No voy a echarme atrás. —Erguí la espalda.

—Perfecto —dijo, tomando la bandeja de comida y levantándose para irse—. Porque, mientras hablamos, hay treinta personas reunidas en mi despacho con regalos para ti. Así que, si vas a seguir adelante con ello, tendrás unas cuantas cosas bonitas para el bebé. Por si cambiaras de opinión, no quites ninguna etiqueta. —Al vaciar las bandejas en el cubo de la basura, añadió—: ¡Oh!, y finge sorpresa.

Meryl Streep puede estar tranquila: su carrera no corre peligro. Me llevé las manos a la cara y chillé después de que exclamaran a coro «¡Sorpresa!», pero todo el mundo se imaginó que Susan me había avisado.

No importaba. Aun así, me llevé un buen botín.

Al final, tras años de contribuir a pagar los regalos de las bodas y los hijos de los demás, y de comprar montones de galletas de niñas exploradoras y suscripciones a revistas, era yo quien recibía mi parte.

Abrí entusiasmada los regalos. El más grande era un cochecito para el que todo el personal había puesto dinero. Y, según me informaron, no era un cochecito cualquiera, sino el Cadillac de los cochecitos. Esperaba que llevara un manual de conducción.

Además, me regalaron un columpio, una bañera, mantas, un termómetro de oído, toallas y varias prendas de ropa más bonitas que cualquiera de las que yo tengo. El regalo que más me asombró fue una camiseta con un estampado de coches y autobuses. Era tan pequeñita... No hacía más que levantarla y maravillarme de que un ser humano fuera a caber en ella.

Más tarde, mientras comíamos pastel, recibí un aluvión de preguntas. ¿Cómo iba a llamar al bebé? (Hum... No lo he decidido.) ¿Iba a tomarme la baja? (Sí, por supuesto, aunque no estaba segura de cuánto tiempo.) ¿Iba a estar en la sala de parto? (Probablemente.) ¿Estaba nerviosa? (Sí.) ¿Le daría de mamar? (Ésta fue de Martucci. No me molesté en contestar.)

—La niña nacerá en agosto, ¿verdad? —me preguntó en

un momento dado Mary Jo, del departamento de viajes compartidos en camioneta.

—Sí.

—¿Este agosto?

—Sí, este agosto. ¿Por qué me lo preguntas?

—Es sólo que es muy pronto, y no pareces demasiado preparada.

—Estoy preparada —aseguré, a la defensiva, aunque sabía muy bien que tenía razón. Ni siquiera había pensado el nombre. No cabía ninguna duda de que eso no era bueno, pero dejé a un lado la preocupación.

Al final, la gente regresó a su oficina. Susan tenía que irse corriendo a una reunión.

Cuando recogía los regalos, apareció Phyllis, que se disculpó porque una reunión con Bigwood había durado más de lo previsto.

—Esto es para ti. —Me entregó una caja envuelta para regalo—. Le di lo mismo a mi nieto.

No se me escapó el mensaje que ocultaban sus palabras.

—Tu hija recibió la carta —dije en voz baja—. Habéis hecho las paces.

—Bueno, no es que estemos sentadas tomándonos las manos y cantando el Kumbayá, pero hemos estado hablando —explicó, y se le había iluminado la cara—. He conocido a su marido. Y sus hijos son preciosos. Tienen el cabello rizado; no sé de dónde lo habrán sacado. Danny tiene tres años, y Jennifer acaba de cumplir uno.

—Son unos nombres bastante comunes para una chica que se llama Sunshine.

—Sally —me corrigió—. Ahora se hace llamar Sally. Pero no te lo pierdas: su marido va en moto. Menudo puntapié en el trasero, ¿no? Una simple Honda, pero aun así... Si eligió un marido motorista quiere decir que todavía hay esperanza para ella. —Y añadió, señalando el regalo—: Bueno, ábrelo.

Mientras rasgaba el papel, Phyllis me preguntó cómo iba la lista.

—Ya casi estoy. Me quedan dos cosas —expliqué, sujetando una diminuta chaqueta de cuero Harley-Davidson—. ¡Oh, Phyllis, es preciosa! Gracias.

—¿Cuáles te faltan? —quiso saber, tras asentir.

—Encontrar a un chico llamado Buddy Fitch y hacerle pagar algo; ésta es difícil. No sé qué hacer. Me paso todas las noches buscando en Internet. La otra es que tengo que cambiarle la vida a alguien.

—Esa carta que escribiste me cambió la vida —indicó Phyllis—. Así que ya puedes tacharla.

—Gracias, pero no puede ser —negué con la cabeza—. Sólo puse palabras en un papel. Lo de volver a tratarte con tu hija... eso lo hiciste tú sola. De todas formas, el sábado llevaré los papeles finales de adopción a Deedee y su familia. Me imagino que, en cuanto los firmemos, será oficial. Entonces tendré la impresión de haberle cambiado la vida a alguien.

Se me encogió el corazón al decir todo aquello en voz alta.

—No tienes por qué estar nerviosa —comentó Phyllis, que debió de darse cuenta—. Lo harás muy bien.

Eso esperaba. Comoquiera que fuera a llamarse se merecía tener la mejor madre posible.

Deedee palideció al ver cómo la mujer se retorcía desnuda en la pantalla que teníamos delante. Puede que esta clase de preparación para el parto fuera un error.

El abogado que llevaba la adopción la había recomendado porque estaba especialmente destinada a chicas que renunciaban a sus hijos.

Prometí llevar a Deedee todos los miércoles por la noche hasta que estuviera de parto. Por desgracia, al ver lo que le esperaba en unos pocos meses, Deedee parecía más asustada de lo que debía de estarlo yo al ver *Los pájaros*. Hice lo que pude por consolarla.

—La clase de mujer que deja que filmen cómo da a luz para que lo vea todo el mundo es de las que gritan mucho —susurré—. Y sé, a ciencia cierta, que no tienes que estar totalmente desnuda.

—Sí —intervino una chica cuya tarjeta indicaba que se llamaba Janai—. Y sólo puedo decirle una cosa a esa mujer: «¡Depílese las ingles!» Creí que esa pelambrera era la cabeza del niño que ya salía.

—¿Por qué lo hace sin calmantes? —metió baza otra.

—A mí, que me den el Demerol y me despierten cuando se haya acabado —añadió Janai—. Y voy a hacerme una depilación brasileña antes del parto. Si un montón de gente me va a mirar el coño, por lo menos que esté bonito.

—Sobre todo, si eso sirve para desviar la atención de mi culo —asintió una tercera, afligida—. Ya sé que a los hombres les gusta un buen pandero, pero es que yo tengo una banda entera, joder.

—Ya te digo —alguien secundó.

Sabía que Deedee quería participar en la conversación, pero estaba muy por encima de su nivel.

Aunque las demás chicas eran adolescentes, parecían estar más rodadas. No obstante, pese a tanta fanfarronería (habían pasado la primera parte de la sesión intercambiando historias sobre novios tan estúpidos que hacían que Troy Jones pareciera el Padre del Año), era evidente que estaban asustadas.

La película del parto terminó y la monitora les dio la palabra para que hicieran preguntas. Janai levantó la mano. Esperaba que preguntara sobre los calmantes, que es lo que yo habría querido saber en su lugar.

Pero no.

—¿Qué pasa si el niño tiene algo mal y no lo quieren? —quiso saber.

La monitora, una mujer con un trabajo difícil, facilitó entonces un debate sobre los derechos de la madre biológica frente a los de los padres adoptivos. Eso derivó hacia cómo conseguir un buen abogado y hacia cómo el consumo de cualquier droga o fármaco durante el embarazo afecta a la salud del bebé.

—Supongo que tendrás que dejar de tomar *crack*, ¿eh? —le susurré a Deedee, pero o no me oyó o fingió no hacerlo.

De camino a casa, Deedee iba tan callada como durante nuestros primeros encuentros. No la presioné. Yo misma tenía mucho en qué pensar.

En un momento de la película, una chica entregaba a su bebé a una madre adoptiva. La cara de pura felicidad de la mujer al aceptar el pequeño debería haberme emocionado, pero me hizo sentir una oleada de pánico. Habría apostado cualquier cosa a que ella no había olvidado la fecha prevista del parto; que tenía un nombre elegido; que conocía la diferencia entre un pijama y un pelele. Lo más probable era que se hubiera leído *Qué se puede esperar cuando se está esperando* de cabo a rabo una docena de veces, ¡caramba!

¿Me pasaba algo?

Había dicho a Susan que no me lo estaba repensando, pero ¿qué decir del hecho de que no me lo estaba pensando en absoluto?

Estaba convencida de que me iría ilusionando más a medida que se acercara la fecha. En lugar de eso, había empezado a temer que podía estar cometiendo un terrible error. Cada vez me costaba más dominar ese temor, pero tenía que hacerlo. Estaba a punto de nacer una niña que me necesitaba. No podía defraudarla.

Cuando detuve el coche para dejar a Deedee, había un automóvil desconocido en el camino de entrada.

—Parece que tenéis compañía.

—El prometido de mi madre —gruñó.

—No sabía que tu madre fuera a casarse —me sorprendí—. Jamás mencionaste que tuviera novio.

—Es el director del restaurante donde trabaja. Ya llevan un tiempo saliendo.

—¿Te cae bien?

—Se besan con lengua en el salón —dijo a modo de respuesta, e imitó el ruido de una arcada.

—¿Cuándo van a casarse?

—Por alguna razón, mi madre quiere hacerlo antes de cumplir los treinta —respondió Deedee a la vez que se encogía de hombros—. Eso será en diciembre.

—¿Tu madre sólo tiene veintinueve años? —Abrí tanto la boca de la sorpresa que casi golpeé el volante con el mentón.

—¿Por qué? —Rio—. ¿Cuántos creías que tenía?

—No sé. Alguno más que yo, supongo. ¡Está a punto de ser abuela!

—No, no lo está —me contradijo Deedee en voz baja, y abrió la puerta del coche para bajarse.

¿Qué podía decir? Tenía razón. Mi madre estaba a punto de ser abuela. Mientras observaba cómo Deedee subía los peldaños de entrada de su casa, pensé de nuevo en aquella película.

Todo el tiempo había tenido los ojos puestos en los brazos que recibían al bebé. Por primera vez, se me ocurrió que lo más probable era que Deedee los hubiera tenido puestos en los que lo entregaban.

Cuando llegué a casa, eran las diez. Me puse una camiseta grande y mi bata de algodón, y pulsé el botón *Play* del contestador automático mientras preparaba la cafetera para la mañana siguiente.

Había tres mensajes.

El primero era de mi madre, diciendo que quería dar una fiesta para celebrar el futuro nacimiento de la niña y preguntándome si me iría bien el sábado de la semana siguiente.

El segundo era de mi hermano, Bob.

—¿June, estás en casa? Contesta, si estás en casa... No, ¿eh? Bueno, vale. Ya intentaré localizarte más tarde.

Era la primera vez que tenía noticias suyas o de Charlotte desde la escena en la fiesta de mis padres. Bob no llamaba casi nunca. De hecho, más bien nunca. Incluso el día de mi cumpleaños era Charlotte quien llamaba por los dos.

En cuanto oí el principio del siguiente mensaje, me dio un vuelco el corazón.

—Hola, June, soy Troy. He intentado ponerme en contacto contigo, pero me ha resultado imposible. Aunque detesto dejar esto en un mensaje, ahí va: sé que hablamos de que fuera el viernes a tu reunión para...

Una llamada a la puerta me distrajo. ¿Quién podría ser a estas horas?

Paré el mensaje; no quería oír cómo Troy volvía a rechazarme. Había dejado muy claro qué pensaba, y francamente, que me clavara un puñal en las entrañas no había sido nada divertido la primera vez.

—¿Quién es? —grité.

—Soy Bob.

«¿Mi hermano? ¿En mi casa?»

Abrí la puerta.

Bob estaba ahí, con una sonrisa que le marcaba los hoyuelos y una bolsa de lona en la mano.

—Traté de llamar, pero... —dijo.

—Pasa —pedí, y me aparté para dejarle espacio—. ¿Ha venido Charlotte contigo?

—No. —Echó un vistazo a mi piso—. Bonita casa.

Le ofrecí una cerveza, me serví un refresco *light* y charlamos de banalidades mientras él se instalaba en el sofá y yo me sentaba en una silla.

—Bueno, ¿y qué te trae por aquí? —pregunté, por fin.

—¿Podría gorronearte el sofá unos días? Iría a casa de papá y mamá, pero... —Se encogió de hombros, en lugar de acabar la frase.

—Por supuesto. Puedes quedarte todo el tiempo que quieras. Tengo la habitación de invitados.

—La habitación de la niña.

—Ahora mismo, es el trastero, así que espero que consigas llegar a la cama. Pero sí, planeo decorarla pasado el fin de semana. ¿Qué pasa? ¿Estás aquí por cuestiones de trabajo? —Su empresa tenía una oficina en Los Ángeles, cerca de donde yo trabajaba. Habíamos hablado de ir a almorzar juntos cuando estuviera ahí, pero nunca habíamos llegado a hacerlo.

—Sí. No —soltó, y se hundió en el sofá—. Lo que quiero decir es que puedo trabajar desde la oficina de Los Ángeles, pero no estoy aquí por eso. Charlotte y yo... necesitamos tomarnos un tiempo.

—No os estaréis separando, ¿verdad? —Era imposible. Sabía que la adoraba.

—En absoluto —dijo para mi alivio—. Pero ya no puedo seguir oyéndola hablar de esta adopción. Necesito respirar.

Entonces me tocó a mí hundirme en la silla.

—Es culpa mía —comenté.

En lugar de asegurarme que no era así, Bob rio para mostrarse de acuerdo.

—Enterarse de que ibas a adoptar un hijo le ha hecho perder la cabeza. La última semana y media no hemos hablado de otra cosa. Me despierta para seguir haciéndolo. Necesito dormir urgentemente.

Una parte de mí se sentía mal por él, pero también pensé que se lo había buscado por ser tan testarudo.

—¿Te importa si te hago una pregunta personal? —dije, aunque podía ser que me estuviera extralimitando.

—No tendrá nada que ver con mi recuento de espermatozoides, ¿verdad?

—No, pero siento curiosidad: ¿por qué te opones tanto a la adopción? Verás, que un hijo no lleve tus genes no significa que no puedas quererlo.

—¿Te crees que no lo sé? —Parecía haber recibido un golpe a traición—. June, no soy yo quien está en contra de la adopción. Es Charlotte. Yo daría lo que fuera por tener un niño. Cualquier niño.

—¿Charlotte?

—Se le ha metido en la cabeza que tener un hijo propio es la única forma posible —explicó Bob—. Y entiendo por qué. No conoció a su padre, y quiere asegurarse de que me siento ligado a ella. Pero, llegados a este punto, me importa un comino. Entre sus problemas médicos y los míos, hemos oído cómo una docena de médicos nos decía que nuestras probabilidades de concebir eran entre muy escasas y ninguna. La mayoría utiliza el término «milagro» cuando habla de ello. Estoy harto de hormonas y de termómetros. Me está empezando a hartar el sexo, coño.

—Me cuesta creerlo.

—De acuerdo, puede que esté harto de practicar el sexo de forma programada. —Sonrió—. De todos modos, en cuanto Charlotte se enteró de que ibas a ser madre, le dio algo. Insiste en que intentemos de nuevo la fecundación in vitro, que hagamos más pruebas. Y yo ya no puedo más. No quiere oírlo, pero tiene que hacerlo: ya no puedo más, ¡joder!

—Bueno, espero que lo solucionéis —aseguré—. Serías un padre estupendo.

—Gracias. —Se tomó lo que quedaba de la cerveza—. Y, por cierto, me gustó tu carta. Siempre supe que adorabas a tu hermano mayor.

288

Mientras le ayudaba a hacer la cama en la habitación de invitados, vi cómo miraba los regalos para la niña que me dieron en el trabajo y que había guardado allí.

—Siento que haya tantos trastos —comenté, deseando haberlo hecho dormir en el sofá, donde por lo menos no estaría rodeado de lo que merecía y, por alguna extraña razón, yo recibiría en su lugar.

23

Desperté a mi hermano a las tres de la madrugada.

—¿Qué co...? —gruñó. Encendí la lámpara de techo y se tapó los ojos protestando.

—Deberíais adoptar vosotros al bebé —sugerí entusiasmada. Tenía todo el cuerpo tenso. No había dormido nada.

—No me jodas. ¿No lo habíamos hablado ya? Sí, espero adoptar un bebé. Apaga la luz y déjame dormir.

—No lo entiendes. No cualquier bebé. Mi bebé... Es decir, el bebé de Deedee. Creo que aceptará. Eres familiar mío, así que es como si fuera yo. Serías un padre estupendo. Y ya sé que Charlotte no quiere adoptar, pero si le explicamos que no es un sueño remoto, que es una niña de verdad que nacerá de aquí a un mes, quizá cambie de parecer.

Bob se incorporó y se frotó los ojos para despabilarse.

—No corras tanto. Me he perdido. ¿Por qué ibas a querer que adoptáramos a tu bebé?

—Porque alguien tiene que hacerlo —dije, tras sentarme en la cama—. Y yo no puedo. —Estas palabras me pesaron como si fueran de plomo.

—¿No puedes?

—O, al menos, no debería. —Negué con la cabeza.

—¿Por qué?

—Yo misma me he hecho esta pregunta. Supongo que deseaba tanto cambiarle la vida a alguien que me persuadí de que mi reloj biológico me apremiaba. No sé. Ahora me pregunto si serían gases. —Sonreí sin entusiasmo—. A medida que se acerca la fecha, en lugar de estar más ilusionada, cada vez estoy más segura de que es el mayor error de mi vida.

—Estás asustada. Estoy seguro de que le pasa a todo el mundo.

—Si fueran a entregarte un bebé, ¿es así como te sentirías? ¿Asustado?

—Claro. Un poco.

—Pero estarías, sobre todo, ilusionado, ¿no?

—Sí.

—Pues yo no. En absoluto. O finjo que no pasará o me animo a mí misma. Intento convencerme de que todo irá bien. De que estaré bien cuando tenga a la niña conmigo. Pero, cuando esta noche te oí hablar sobre todo lo que has hecho para tener un hijo, ya no pude fingir más. No estoy preparada para ser madre. Por lo menos, no sola. No de esta manera.

Desde que había dado las buenas noches a Bob unas horas antes, la cabeza me había dado vueltas. Ya no podía ignorar más la creciente inquietud que había empezado a sentir cuando olvidé la fecha prevista para el parto de Deedee. No se trataba de algo que tacharía en una lista. Se trataba de un bebé: de un bebé que pronto respiraría, viviría. Me había estado preparando para apretar los dientes y seguir adelante con la adopción. De repente, me daba cuenta de lo mal que eso estaría. Claro que sería mejor madre que una chica de catorce años, aunque no mucho mejor. Sin embargo, no podía dejar a Deedee en la estacada cuando sólo faltaba un mes. Había hecho planes de futuro. Era inconcebible que fuera a su casa el sábado y le dijera que había cambiado de opinión. Pero sí podía decirle que había encontrado una opción mejor: una pareja de la que sabía con certeza que daría a su niña todo lo que ésta merecía tener.

—¿Hablas en serio? —dijo Bob.

—Del todo.

—¿Sabes qué? —Una sonrisa le iluminó el rostro—. Charlotte podría aceptarlo. Porque hay un bebé que la necesita; un bebé que, de lo contrario, estará con una madre que sólo lo hace porque se había comprometido, no porque le interese de verdad.

—No soy tan terrible —solté, a la defensiva.

—Como sea. Lo que quiero decir es que no se me ocurrió ninguna forma de convencer a Charlotte de que adoptemos un niño, y ésta podría resultar. Estaba muy cabreada porque ibas a tener un bebé. No paraba de decir que ella sería mucho mejor madre que tú para esa niña. Que merecía tener padre y madre, y no una madre sola que apenas podía conservar viva una planta y, mucho menos, un bebé. Ésta sería su oportunidad de demostrarlo.

Cuando estaba medio resuelta a retirar mi oferta por lo ofendida que estaba, vi que mi hermano ya estaba marcando el número en el móvil.

—Pichoncito, soy yo. Bien. Sí, ya sé que soy un desgraciado por haberme ido y que no son horas, pero escucha... —Y le propuso la idea. Había tenido razón; no fue necesario presionar demasiado a Charlotte para que aceptara este nuevo plan. De hecho, cuando le dijo que la niña nacería en un mes, oí su chillido a través del móvil.

La media hora siguiente, acordamos por teléfono que Bob volvería a San Diego a buscar a Charlotte, que ya estaba diciendo que estaría dispuesta a trasladarse a Los Ángeles si era preciso. Vendrían el sábado por la mañana e iríamos juntos a ver a Deedee. Así podría conocerlos y, si todo iba bien, decidiríamos allí mismo cambiar los papeles de la adopción. Prácticamente podía oír a Charlotte decorando el cuarto de la niña mientras hablábamos, y me apostaría algo a que ya tenía nombres elegidos.

—Es increíble, Char —dijo Bob en voz baja, antes de colgar—. Después de tanto esperar, podríamos lograrlo.

El viernes por la tarde, Martucci se acercó a mi mesa con una caja de coches Matchbox sobrantes de una promoción que hicimos el año anterior.

—¿Para qué los querías?

—¡Justo a tiempo! Son para mi reunión con Bigwood a las tres —expliqué, tomando la caja, y añadí tras mirarlo un instante—: Oye, te veo distinto. ¿Te has hecho algo?

—Te ha salido perfecto. A Bigwood le encantará. No hay mejor halago que imitarlo a uno, ¿sabes?

—Lo digo en serio. Estás cambiado.

—Bueno, ¿me dirás para qué querías los coches?

Le enseñé el mapa de autopistas en tres dimensiones de metro veinte por metro ochenta que me había llevado la mayoría de la mañana hacer. Estaba especialmente satisfecha de cómo me habían quedado las estribaciones de arcilla.

—¿El trabajo de ciencias de quinto? —preguntó Martucci con una mueca.

—Es para demostrar cómo sería una carrera por la autopista. Mira, tomaré los coches y haré «¡brrrum, brrrum!», así. —Tomé dos coches y los puse en la maqueta—. Y el del carril para coches compartidos ganará.

Martucci se quedó callado, lo cual me preocupó. No era de los que se contienen.

—¿Qué?

—Nada.

—Dime.

—De acuerdo. Es lo más estúpido que he visto en mi vida.

—Es lo mejor que he hecho —gemí, desmoralizada—. Troy

Jones tenía que ayudarme a disputar una carrera en una autopista de verdad, pero se excusó.

—¿Por qué no me lo pediste a mí?

Buena pregunta. ¿Por qué no se lo había pedido? A lo mejor era porque no tenía prendas de piloto de carreras como las que Troy dijo que llevaría puestas.

—¡Oh, sería estupendo si pudieras...!

—Demasiado tarde. Hoy no he venido en coche, y la caravana está en el tren de lavado.

—Entonces tendré que quedarme con el trabajo de ciencias —suspiré—. Porque lo que no voy a hacer es plantarme ahí de pie para hablar sobre mi idea.

—¿Por qué no?

—Phyllis me dijo que tenía que cautivar a Bigwood. Dijo que es lo que espera, que lo cautiven.

—Estoy de acuerdo, pero una carrera es una carrera. Puedes describirla en una frase; hay que ser muy tonto para no captarlo. ¿No lo entiendes? Lo que le vas a vender a Bigwood no es ninguna carrera.

—¿Ah, no? ¿Y qué es?

Martucci se cruzó de brazos y se apoyó en mi escritorio.

—Tú.

—Entonces, estoy perdida. —Y, cuando entornó los ojos hacia mí, dije—: Hablo en serio. Ya lo he intentado antes; escribí una propuesta con toda clase de ideas para mostrar lo estupenda que era, y le dio mi puesto a Lizbeth.

—Dudo que Bigwood leyera tu propuesta. Y aunque lo hiciera (no te lo tomes a mal), no lo culpo por no haberte tenido en cuenta entonces.

—¡Muchas gracias!

—Es verdad. Francamente, no parecías demasiado entusiasmada por nada; lo hacías todo como una autómata. Siempre tuve la impresión de que sólo estabas aquí porque no tenías ningún otro sitio adonde ir.

—Bueno, no era así como me sentía. No me conocías.

—No creo que nadie, salvo Susan, te conociera.

Era un argumento difícil de replicar.

—Así que lo que tienes que hacer es lograr que Bigwood sepa que June Parker es una persona a la que hay que tener en cuenta —prosiguió—. Que tienes historial. Que tienes ideas. Que tienes pelotas.

—No sé si puedo hacer eso.

—¡Claro que sí! —Me dio una palmada en el brazo—. Llévalo a tomar unas copas; por cierto, le gusta el *bourbon*. Enséñale fragmentos de las entrevistas que concediste cuando la campaña de la gasolina de regalo.

—¿Quieres que le recuerde ese fiasco?

—Quiero que le demuestres que eres buena bajo presión.

—Bueno —comenté—, supongo que podría pedirle los archivos de las entrevistas a Brie. Tiene un reproductor de DVD portátil. Podría llevar a Bigwood al Brass Monkey y enseñárselo allí.

—Así me gusta. Y, hagas lo que hagas, no le dejes pagar; por más que lo intente. Túmbalo en el suelo, si es necesario. Pagar es señal de dominio.

—Entendido.

—Perfecto. Pero, por curiosidad, ¿por qué es tan importante para ti este ascenso? Me imaginaba que ahora que serás mamá tratarías de pasar inadvertida.

—En primer lugar, estás siendo machista —le reprendí—. Una mujer puede compaginar familia y carrera profesional. Y, en segundo lugar —proseguí, quitándome un hilo imaginario de la blusa para no tener que mirarlo a los ojos—, no voy a adoptar al bebé.

—Lo siento, no lo sabía. ¿Qué ha pasado?

—Sólo que he cambiado de opinión.

—Eso es bueno, ¿no? Podrás volver a tus alocados días de soltera.

—Sí, bueno, en cuanto a eso, el rumor de que iba a ser madre ahuyentó a mi principal futurible —aseguré con tristeza. Cuando Martucci me miró desconcertado, aclaré—: Troy. En cuanto le conté que iba a adoptar un bebé, salió corriendo.

—¡Ah! Ya veo.

—Es frustrante. Creía que la lista iba a servirme para orientar mi vida. Pensé: «¡Ajá! Lo que te faltaba eran una relación e hijos.» Pero no deben de ser estas cosas, porque, si no, no habría desaprovechado la oportunidad de tenerlas.

—Venga. Hay muchas más oportunidades.

—Supongo, pero sigo estando triste. En el fondo, esperaba que la lista influyera más, que me sirviera para identificar qué quería realmente.

—Puede que, al menos, descubras lo que mereces.

—¿Como qué?

—Seguro que algo mejor que un hombre que echa a correr en cuanto mencionas la idea de tener un bebé.

—Sí, Susan dijo más o menos lo mismo.

—Tiene razón. Mereces algo mejor. Alguien que te quiera por lo que eres, con o sin niño. O con una docena de niños, en realidad. Créeme, a algunos hombres les resultaría muy *sexy* lo que has estado haciendo.

—¡Ay, caramba, Martucci! —exclamé. Y lo abracé entre carcajadas. Cuando me devolvió el abrazo, miré por encima de su hombro y me quedé de piedra: ¿quién estaba allí de pie, sino Troy?

—Hola, June —dijo, saludándome vacilante con la mano. Llevaba una chaqueta de piloto de carreras sobre la camisa y la corbata.

Me separé de Martucci, perpleja. ¿Qué estaba Troy haciendo allí?

—Cre... creí que no podías venir —farfullé.

—¿No recibiste mi mensaje?

Martucci y él se estrecharon la mano mientras yo intentaba recordar la llamada telefónica de Troy. La estaba escuchando cuando mi hermano llamó a la puerta. Me había parecido tan evidente que Troy se estaba excusando que no me había molestado en escucharla entera.

—Se cortó —dije, lo más cerca de la verdad que me atreví a llegar—. ¿Qué decía?

—Que si no me llamabas para decirme que no querías que viniera, aquí estaría. —Y, tras mirar tímidamente a Martucci, añadió—: También intentaba explicar por qué me marché tan deprisa de Las Vegas.

—¡Oh!

¿Acababa de decir Troy que había una explicación para su retirada precipitada o había sido el ruido de las dos mitades de mi cerebro al abrirse y cerrarse de golpe?

Martucci, con las manos en los bolsillos, empezó a alejarse de mi mesa.

—Bueno, Parker —comentó antes de llegar al pasillo—, supongo que has vuelto al plan A. Buena suerte.

Consulté mi reloj. Faltaban quince minutos para la reunión. Sin duda, la carrera sería llamativa, especialmente porque Troy lucía muy profesional; pero todavía me sonaban las palabras de Martucci en la cabeza. ¿Qué quería hacer? ¿Quería vender a Bigwood la idea de una carrera o tenía agallas para presentarme a mí misma?

—Me sabe mal haberte hecho venir hasta aquí —dije, tras girarme hacia Troy—, pero he cambiado de plan.

—Entonces ¿no va a haber carrera ?

Sacudí la cabeza.

—Oh, muy bien. No pasa nada. Pero... —Dirigió de nuevo los ojos hacia Martucci—. Si tienes un segundo, me gustaría hablar de... unas cuantas cosas...

Quería oír lo que tenía que decirme, pero no unos minutos antes de mi presentación. Tenía que encontrar a Brie y grabar los archivos de mis entrevistas en un CD. Tenía que comer algo consistente si iba a beber *bourbon*. Después, sin que nadie me viera, podría ir corriendo a casa y reproducir el mensaje para averiguar qué razón tuvo Troy para defraudarme. Quizá fuera una razón válida; y si lo era, bueno, ¿quién sabe?

—Ojalá pudiera —dije—, pero ahora mismo tengo prisa.

—Te dejo, pues —comentó Troy, y no pareció sorprenderle mi reacción. Pese a que estaba ahí, vestido de piloto de carreras, tenía aspecto de habérselo esperado. Y preguntó con preocupación—: ¿Sigue en pie lo de venir a la fiesta el martes?

—No me lo perdería por nada del mundo —le aseguré—. Martucci también vendrá... y Brie... y unos cuantos amigos más que me han estado ayudando con la lista. Tu madre me dijo que podía invitar a quien quisiera, así que lo he hecho.

—Suena bien. —Rio—. No para de llamarlo una pequeña reunión, pero cada vez va a ir más gente. Pronto tendremos que alquilar el Centro de Convenciones.

Cuando Troy se fue, devolví la caja de coches a Martucci.

—Muy bien —dije—, voy a enfrentarme a Bigwood yo sola. Más vale que tengas razón.

—¿Cuándo vas a aceptar que siempre tengo razón?

Dos horas y tres *bourbons* después, regresé tambaleándome a la oficina. La mayoría de la gente se había ido de fin de semana. Pasé por el despacho de Susan, que estaba a punto de apagar las luces para marcharse.

—¡Temía que no iba a verte! —exclamó—. ¿Y bien? ¿Cómo fue?

—Digamos que me he asombrado hasta a mí misma.

Debí de arrastrar las palabras porque sonrió:

—Te convenció para que tomaras una tercera copa, ¿eh?

—Sí, aunque no importa. Para entonces, ya lo tenía comiendo de mi mano.

—Seguro que sí. ¿Es tuyo el puesto?

—Me ha dicho que lo ha reestructurado, de modo que el cargo ya no existe tal como era antes; pero sí que va a ascenderme. Le ha encantado la idea de la carrera, pese a tardar un rato en entender de qué le hablaba. —Me recordé que debía decirle cuatro verdades a Martucci cuando lo viera—. Dijo que le habría gustado que se lo mostrara visualmente —añadí, pensando que esto incluía el trabajo de ciencias de quinto.

—¡Bueno, felicidades! Me ofrecería a llevarte a tomar una copa para celebrarlo, pero tengo que ir a recoger a los niños, y ya llego tarde. Hoy has venido en autobús, ¿verdad? ¿Quieres que te lleve a casa?

—No, gracias.

—¿Seguro? Podrías venir a casa a cenar, si no te importa comer de Burger King; se lo prometí a los niños.

—Seguro. Lo único que quiero es ir a casa y relajarme. Esta última semana ha sido una locura, y Bob y Charlotte vendrán a las nueve para repasar algunas cosas de última hora antes de ir a ver a Deedee.

—Cierto. Oh, June, es increíble que las cosas se estén solucionando así.

—Todavía no es definitivo —le recordé—. Deedee todavía tiene que aceptar.

—Lo hará.

Tras prometerle a Susan que la llamaría si necesitaba algo, me fui directa a la oficina de Martucci.

—Hum... —soltó, cuando apenas había llegado a la puerta—. Olvidé advertirte que intentaría convencerte de que tomaras una tercera copa.

Todavía no había hablado, de modo que me imaginé que debía de apestar a alcohol.

—¿No vas a preguntarme cómo me fue?

—¿Con esa sonrisa traviesa que tienes en la cara? Me temo que vas a decirme que te ha nombrado mi jefa.

—Ya veremos. Está cambiando las cosas, pero es seguro que formaré parte de la dirección.

—Y has venido a decirme que me lo debes todo a mí.

—Quería darte las gracias. Te daría otro abrazo, pero ya sabes cómo me pongo después de haber tomado unas copas. Podría volver a andar tras tu trencita.

Al oír eso, me sonrió y se volvió un poco a la vez que se tocaba la nuca. Llevaba el pelo muy bien cortado. Sin ningún renacuajo peludo a la vista.

—¡No está! —exclamé—. Sabía que te habías hecho algo. ¿Por qué lo hiciste?

—Decidí que ya era hora.

No mencioné que ya lo era hacía veinte años.

—Bueno, te favorece —aseguré.

—Me alegro de que pienses eso.

Tenía que darme prisa si quería tomar el autobús de las cinco y cuarto, pero sabía que todavía no había dado las gracias a Martucci por todo. Al menos, se lo debía.

—Por cierto —dije, vergonzosa de repente—. Gracias por lo de la otra noche. Podrías haberte aprovechado. Hablabas en serio, ¿verdad? Cuando dijiste que no pasó nada, me refiero.

—Si me hubieras probado, muñeca —soltó, tras recostarse en la silla—, por mucho que hubieras bebido, te acordarías.

24

Escuché el mensaje que Troy me había dejado en el contestador cinco veces antes de haberme quitado siquiera los zapatos.

Cuando me lo dejó, había oído sólo lo suficiente para deducir que se estaba excusando. Y, cuando me dijo en la oficina que había intentado explicar por qué se había ido de Las Vegas de forma tan repentina, supuse que sería una mala excusa, del tipo: «Surgió algo inesperado.»

Lo último que me esperaba era lo que decía.

Pulsé el botón Play otra vez.

«Hola, June, soy Troy. He intentado ponerme en contacto contigo, pero es imposible. Aunque detesto dejar esto en un mensaje, ahí va: sé que hablamos de que fuera el viernes a tu reunión para ayudarte con tu carrera, y comprendería que no quisieras que fuera. Aun así, tengo previsto estar ahí. A las tres. Lo tengo en la agenda. Llámame si no quieres que vaya, ¿de acuerdo?

»Y, bueno, ¿cómo puedo decirlo? Es probable que te preguntes por qué me marché tan deprisa el sábado por la noche. Quería asegurarme de que supieras que no fue por nada que dijiste ni hiciste. Es sólo que... Te va a parecer una locura pero, de golpe, me pareció que no estaba bien estar ahí sentados, escuchando música, divirtiéndonos y haciendo planes, y con eso de que ibas a adoptar un bebé, ver que la vida seguía. No sé por qué, pero me enfureció. No es racional, pero fue así. Supongo que mi madre llora para superarlo. Yo golpeo puertas, conduzco demasiado rápido y digo estupideces a chicas simpáticas. Así que te pido perdón. Supongo que estoy peor de lo que pensaba por la muerte de mi hermana. Ojalá te hubiera conocido por, no sé, por haber chocado los carritos de la compra o algo así. Sé que estoy divagando, pero no me sentiría bien si no te dijera que pienso que eres estupenda y que, si las circunstancias fueran...»

«¡Piiii!»

El contestador lo cortó; y, aunque antes no había rellenado correctamente los espacios vacíos de su mensaje, creía que ahora podía hacerlo con exactitud: que si las circunstancias fueran otras, podríamos estar juntos. Pero no lo eran. De modo que no podíamos.

Me sentí extrañamente en paz.

Tampoco era que me hubiera dejado plantada en el altar. Como Troy había estado a punto de decir una vez, ni siquiera nos habíamos besado/estado viendo/acostado.

Cuando por fin me había cambiado y, en chándal y zapatillas, me preparaba una taza de té, pensé que quizá la verdadera pregunta no fuera tanto por qué no me sentía emocionalmente destrozada, sino por qué, para empezar, me había hecho ilusiones.

Era una monada, desde luego, pero muchos hombres lo son. ¡Caray! Ahora que Martucci ya no llevaba esa asquerosa trencita, podría decirse que hasta él... No. Borré esa idea de mi mente. Martucci nunca sería una monada. Las conejitas son una monada. Él más bien tenía aspecto de devorar conejitas.

En cualquier caso, la cuestión era que una cara bonita no

llegaba demasiado lejos conmigo. Tenía que haber habido algo más en el caso de Troy.

Cuando nos encontramos por casualidad en el cementerio unos meses antes, estaba sumida en una depresión. Terminar la lista me había proporcionado un objetivo. En cierto modo, eso se lo debía a él, aunque no tuviera idea de que había sido el impulsor. Había sido la mirada que me había dirigido cuando le había dicho que iba a terminar la lista por su hermana. Con ella, había borrado mi pasado rutinario. El reflejo de mí misma que vi en los ojos de Troy fue como mirarme en un espejo de feria que me hacía parecer más valiente y audaz de lo que era. Aunque supiera que no era real, no podía apartar la mirada de él.

Al día siguiente, sin embargo, no iba a necesitar efectos ópticos. Iba a propiciar algo que unos meses atrás habría parecido inconcebible. Iba a cambiarles la vida a muchas personas a la vez. Mi hermano y Charlotte tendrían el hijo que siempre habían deseado. Un bebé estaría en un buen hogar. Deedee podría seguir con sus estudios e ir a la universidad. Y Troy, Kitty y toda la familia Jones sabría que aquello de la lista de lo que más les había hablado su querida Marissa («Cambiarle la vida a alguien») se había resuelto de forma muy elegante.

Tenía los papeles de la adopción en la mesa de centro. Mi hermano y Charlotte llegarían por la mañana e iríamos a casa de Deedee. Ya había llamado para mencionar que tenía que revisar algunas cosas.

Removí distraída el azúcar en el té. El bebé iba a ser niña. A lo mejor le pondrían June.

Cuando llamé a la puerta de la casa de Deedee, procuré no pensar en lo mucho que había en juego en ese momento. A mi lado, notaba el olor a nuevo del vestido de Charlotte y oía a mi hermano tararear en voz baja para tranquilizarse.

Había repasado mentalmente mis frases durante el trayecto. Diría a Deedee lo importante que era que su niña lo tuviera todo, y que me había equivocado al creer que yo podía dárselo. El bebé merecía tener padre y madre. Recordaría a Deedee que no quería que su hija estuviera con unos desconocidos, y no lo estaría. Eran familiares míos. Podía dar fe de la clase de padres que serían: cariñosos, atentos, ilusionados.

Abrió la puerta un hombre, que dijo ser Javier, el prometido de la madre de Deedee. Llevaba puesto un gorro pese al sofocante calor de julio; pero tenía una sonrisa enorme y unos ojos saltones que le daban tal aire de jovialidad que le sonreí de vuelta.

—Las chicas saldrán en un minuto —anunció—. Siéntense, por favor.

Hice las presentaciones y, cuando Maria y Deedee aparecieron, volví a hacerlas. Deedee se sentó junto a su madre y Javier en el sofá. La joven había cambiado el habitual jersey holgado por una camiseta sin mangas que le resaltaba la tripa en todo su esplendor. Charlotte ocupó la butaca, y trajeron sillas de la cocina para Bob y para mí.

—Tiene una casa realmente bonita —comentó Charlotte a Maria.

Javier hizo la traducción y Maria dio las gracias en español.

Como Charlotte y yo no hablábamos español, aunque Bob lo dominaba, la conversación sobre banalidades no iba a ser fácil, de modo que me imaginé que sería mejor ir al grano.

—Antes de firmar el contrato de adopción —dije—, tenemos que comentar algunas cosas.

Javier empezó a hablar con Maria en español, supuse que para traducirle mis palabras, pero siguió y siguió. Ella le respondió algo. Parecían estar en medio de una discusión en toda regla. Pero Bob entendía lo que estaban diciendo, y por esta razón me asusté cuando se tapó la cara con las manos y murmuró:

—¡Oh, Dios mío! Esto va mal.

—¿Qué pasa? —susurré. Javier y Maria siguieron hablando como si no estuviéramos ahí. Deedee tenía los ojos puestos en la alfombra.

Bob se secó la cara con las manos y suspiró.

—Tengo que sacar a Charlotte de aquí —dijo en tono tan bajo que no estaba segura de haberlo oído bien. A continuación, habló en voz alta en español. Javier y Maria interrumpieron su conversación, con un aspecto de culpabilidad como si los hubieran pillado besándose con lengua en el sofá. Bob tomó la mano de Charlotte, cuya confusión era evidente, y soltó—: Esperaremos fuera.

Empecé a preocuparme cuando me besó en la mejilla antes de irse. Fuera lo que fuera lo que estaban discutiendo, tenía que ser malo.

—¿Qué pasa? —pregunté por fin, cuando la puerta se cerró tras ellos.

—Queremos darle las gracias por venir hoy aquí —respondió Javier tras carraspear muy estirado; se notaba que había estado ensayando—. Le agradecemos que estuviera dispuesta a adoptar al bebé de Deedee, pero queremos decirle que ya no será necesario.

¿Que no sería necesario? Intenté, sin éxito, captar la mirada de Deedee.

—Maria ha aceptado ser mi esposa —prosiguió Javier—. Iniciaremos una vida juntos y formaremos una familia. Lo hemos estado hablando, y queremos empezar esa familia criando al hijo de Deedee como si fuera nuestro.

Mi discurso sobre la importancia de tener padre y madre, y una familia, se me secó en la boca. Noté que yo también me marchitaba, como si mi tamaño físico quisiera equipararse a la insignificancia que sentía en mi interior.

Se quedaban el bebé.

Ya no era necesaria.

Bob y Charlotte no eran necesarios.

—Deedee —conseguí decir—, ¿es eso lo que quieres?

Asintió, sin alzar la vista.

—Podrá seguir estudiando —indicó Javier—. Necesitaremos ayuda en casa, pero será la de una hermana mayor. No la de una madre.

Vaya forma de cambiarle la vida a alguien. No había influido en nada. Pese a mis esfuerzos, la vida de Deedee se desarrollaba exactamente como lo habría hecho si nunca me hubiera conocido.

En cambio, mi hermano y su mujer estaban peor debido a mi intromisión. Los había conducido a lo alto de la montaña y les había enseñado lo que podían tener: una nueva vida, un bebé en brazos; la familia con la que habían soñado. Luego, los había vuelto a bajar bruscamente con las manos vacías.

Aun así, todavía parpadeaba una lucecita de esperanza. Al menos Deedee me necesitaría en la sala de parto. Su madre no podría encargarse de ello, puesto que era ciega y sólo hablaba español.

—Nos veremos el miércoles por la noche en la clase de preparación para el parto, ¿no?

—Voy a dejar esa clase —masculló Deedee, y fueron las primeras palabras que decía desde que habíamos llegado—. Como no voy a dar la niña en adopción, ya no puedo ir.

—Pero, de todos modos, tienes que saber qué hacer durante el parto.

—Rose, del programa Big Sisters, me encontró otra clase —explicó, después de carraspear—. Es bilingüe, así que yo y mi madre podemos ir juntas. Mi madre y yo —se corrigió como buena alumna que era, antes de precisar—: Pero es los sábados, así que...

—No podrás quedar más conmigo —terminé por ella.

El último rayo de esperanza se apagó. Se acabó.

Permanecimos en silencio. No fue uno de esos silencios cómodos de los que habla la gente; captaba nuestra atención como un niño precoz. Al final, me levanté para irme. ¿Qué más podía decirse? La niña de Deedee necesitaba un padre y una madre, y una familia, y eso era exactamente lo que iba a tener. Después de felicitarlos de forma poco convincente, me dirigí hacia la puerta.

—No me odies. —Deedee pronunció las palabras en un tono tan bajo que apenas la oí. Salí y pude ver a Bob y a Charlotte, desanimados, dentro del coche, bajo el sol abrasador de julio.

—No sabéis cuánto lo siento —dije, tras acomodarme en el asiento trasero.

—Nos dejaste claro que no era seguro —indicó Bob—. Lo intentamos. No pudo ser.

—Había oído hablar de situaciones como ésta —añadió Charlotte, con voz temblorosa—. La madre biológica cambia de parecer. Pasa continuamente.

En lugar de consolarme, sus palabras hicieron que se me cayera el alma a los pies. Gracias a mí, Charlotte había vivido en primera persona lo mal que podían ir las cosas.

Partieron hacia San Diego en cuanto me dejaron en casa. Yo me dirigí directamente al sofá y me senté en él, aturdida.

¿Cómo había podido ser tan tonta para creer que podría hacer lo que decía la lista? Ya puesta, ¿por qué no había intentado formar parte del equipo olímpico de patinaje artístico? ¿O escalar el Everest en chancletas? Por decepcionante que fuera, había llegado la hora de afrontar la verdad: terminar la lista de Marissa estaba fuera de mi alcance. No podía hacer lo que realmente contaba. Ni siquiera había encontrado a Buddy Fitch. Había ido sin sujetador un día; tirado una báscula a la basura. Ya ves. Había pensado que podía asumir los sueños de otra mujer y que, de alguna forma, eso me infundiría sus ansias de vivir. Lo que había pasado era que había sido incapaz de conseguirlo, como siempre.

El teléfono fue sonando todo el sábado y el domingo, y dejé que saltara el contestador. Ya devolvería las llamadas más adelante. Mientras tanto, apenas podía soportar escuchar los mensajes de Susan, mi madre, de nuevo Susan, y Susan cuatro veces más, que sonaban grotescamente alegres y ansiosas de hablar conmigo para que les diera la buena nueva.

El lunes me di cuenta de que lo que había pasado se había propagado rápidamente por la oficina, y al principio la gente se acercaba para darme su apoyo. Al ver lo poco que quería hablar de ello, se solidarizaron dejándome en paz. Eso sí que son amigos. Susan incluso llamó a Sebastian por mí para decirle que podía abandonar los últimos intentos de encontrar a Buddy Fitch.

Me concentré en el trabajo; era la mejor forma de alejar de mi pensamiento las ideas que me rondaban por la cabeza. Y había mucho que hacer. Aunque Bigwood dijo que no ocuparía el cargo de Lizbeth, lo cierto es que había guardado muchos de sus proyectos fracasados para endosármelos. Aun así, debió de darse cuenta de que algo malo pasaba, porque aunque me había convertido en un zombi, no me preguntó ni una sola vez qué me había hecho.

Como Troy había dicho, la vida seguía, por mucho que quisiera hacerme un ovillo y esconderme. Logré mantenerme más o menos distraída hasta el temido martes por la noche en que, cuando faltaba media hora para que empezara la fiesta de cumpleaños de Marissa, Susan y Brie fueron a buscarme a mi mesa.

—Ya nos vamos. ¿Quieres venir con nosotras? —preguntó Brie.

—Antes quiero hacer unas cosas. Tomaré el autobús.

—No irás a escaquearte, ¿verdad? —me comentó Susan, mirándome con escepticismo—. Estoy dispuesta a llevarte a rastras a la fiesta, si es preciso. Esa gente cuenta contigo. A nadie le va a importar que no hayas acabado la lista.

—Te prometo que iré. El autobús 440 va directo hasta Wilshire. No tardaré nada. Mientras tanto, representadme.

—«Representadme» —murmuró Brie—. Hablas como si fuéramos abogadas.

—Te guardaremos una silla —dijo Susan, antes de volverse para irse.

—Al fondo, por favor —pedí con voz de súplica.

Iría a la fiesta, claro. Pero pensaba presentarme algo tarde y lo más discretamente posible. Si no tenía oportunidad de hablar con nadie, tal vez supusieran que había terminado la lista. También se me había ocurrido mentir; y, si no hubiera sido por cierto temor a que me partiera un rayo, eso es exactamente lo que habría hecho.

Además, todavía no se había acabado. Ese mismo día, había recordado una de las ideas de Martucci. Había dicho que, si la adopción fallaba, podría intentar cambiarle la vida a la gente regalando lotería. Si le tocaba a una persona, habría cambiado con toda seguridad una vida.

Era lamentable, pero, aun así, iba a hacerlo.

Cuando estuve segura de que los demás se habían marchado, fui a comprar cien tarjetas de rasca y gana. Empecé a parar a personas en la calle y a pedirles que rascaran la tarjeta ahí mismo. (Si algún día quieres saber lo desconfiada que es nuestra sociedad hoy en día, trata de ofrecer algo gratis.)

Para que no fuera demasiado tarde, empecé a entregar unas cuantas de cada vez. A las siete, cuando oficialmente la fiesta ya se estaba celebrando, sólo había habido dos ganadores: uno de diez dólares y otro de sesenta. El ganador de diez dólares dijo: «Vaya, gracias, me irá bien para comprar un par de cajetillas», y la ganadora de sesenta dólares estaba entusiasmada, pero, como su anillo de prometida tenía todo el aspecto de haber costado sesenta mil, dudé de que le hubiera cambiado lo que se dice la vida.

Con la última tarjeta en la mano, me dirigí a mi parada de autobús. Al lado, había una mujer desdentada con la ropa muy sucia; precisamente lo que había estado esperando encontrar. Aunque ganara poco dinero, bastaría para influir en su vida.

—Hola —saludé con alegría—. Tengo esta tarjeta de rasca y gana para usted.

—¿Para qué? —se mofó—. ¿Es algún timo?

—No. Tenga —respondí, y se la di. Cuando fue a guardársela en el escote, añadí—: Rásquela ahora, por favor. Tengo que ver si gana algo.

—No tengo ninguna moneda.

—Busqué en el billetero y le di cinco centavos.

—Va mejor una de veinticinco centavos —sugirió, astuta.

Seguí buscando hasta que encontré una moneda de veinticinco centavos y, después, contuve el aliento mientras rascaba la tarjeta.

Nada.

Me invadió la decepción. Debió de verme afligida porque me consoló.

—No pasa nada, mujer —dijo.

—Ya lo sé. Pero, si hubiera ganado, tal vez habría mejorado su vida. Me gustaría haber hecho eso.

—¿Quieres mejorar mi vida?

—Desesperadamente.

—Tus zapatos parecen cómodos —comentó, tras mirarme de arriba abajo—. Los míos me aprietan muchísimo. Me apuesto lo que quieras a que, si me das los zapatos, mi vida mejoraría mucho.

¿Mis zapatos? Estaba a punto de reírme, cuando pensé: «¡Qué diablos!» Me quité los zapatos, un par que me había comprado hacía poco en Macy's por la friolera de ciento veinte dólares.

Los tomó y, sin dar las gracias ni decir ni pío, se marchó. Me quedé allí, en la parada de autobús, a la espera de que llegara mi número. Quizás al día siguiente, tras una noche de descanso, se me ocurriría otra forma de cambiarle la vida a alguien. Decidí en ese mismo instante que no iba a devolver la lista hasta haberla acabado. Iría a la fiesta y me enfrentaría al mundo como una fracasada. Pero, bueno, al menos lo había intentado.

Con sólo pensarlo, me quedé atónita.

Lo había intentado.

Había fracasado. Me había levantado, me había sacudido el polvo y había vuelto a intentarlo. ¡Yo!

Por supuesto, ¡era eso!

Alguien tocó un claxon cerca y me sacó de mi ensimismamiento.

—¡Eh! —Era Martucci, que me llamaba a través de la ventanilla bajada del asiento del copiloto de su Mercedes—. ¡Sube, chiflada! Te llevaré.

Me acerqué corriendo y me subí al coche. Hum... Hay que admitir que la fragancia de la piel auténtica de la tapicería era mejor que la de cualquier parada de autobús urbano. Martucci rio entre dientes al arrancar.

—Te preguntaría por qué estabas ahí en calcetines, pero no estoy seguro de querer saberlo.

25

20 cosas que debo hacer antes de cumplir los 25
1. ~~Perder 45 kilos~~
2. ~~Besar a un desconocido~~
3. ~~Cambiarle la vida a alguien~~
4. ~~Llevar unos zapatos *sexys*~~
5. ~~Correr un 5.000~~
6. ~~Atreverme a ir sin sujetador~~
7. Hacer que Buddy Fitch pague
8. ~~Ser la chica más explosiva del Oasis~~
9. ~~Salir en la tele~~
10. ~~Ir en helicóptero~~
11. ~~Proponer una idea en el trabajo~~
12. ~~Intentar hacer *bodyboard*~~
13. ~~Comer helado en público~~
14. ~~Tener una cita a ciegas~~
15. ~~Llevar a mamá y a la abuela a ver a Wayne Newton~~
16. ~~Darme un masaje~~
17. ~~Tirar la báscula del cuarto de baño~~
18. ~~Contemplar un amanecer~~
19. ~~Demostrar a mi hermano lo agradecida que le estoy~~
20. ~~Hacer un gran donativo a una obra de caridad~~

El salón privado del Oasis estaba lleno. Había gente sentada en mesas de cóctel y de pie con copas y platos de comida en la mano. Cuando Martucci y yo entramos, una mujer llamada Norma a la que recordaba como la monitora del programa Weight Watchers, que había entregado a Marissa su pin de toda una vida la noche en que ésta murió, se hallaba cerca del bar contando una historia con un micrófono en la mano. El hecho de que terminara con «Y, a partir de ese día, todas las mujeres del grupo se pesaban prácticamente desnudas», seguido de grandes carcajadas de la gente, me dio una idea del estado de ánimo general. Era, como Kitty Jones había esperado, una fiesta.

Después de que un camarero situado cerca del fondo nos sirviera unas cervezas, nos acercamos a la mesa donde Susan y Brie estaban sentadas con Sebastian y Kip.

—Empezaba a pensar que no vendrías —comentó Susan, retirando un par de bolsos de las sillas que nos había estado guardando—. ¿Qué ha pasado con tus zapatos?

—No preguntes.

Cuando me senté, Troy recogía el micrófono a Norma. Llevaba unos vaqueros, una camisa con cuello con botones y el cabello recién cortado; pero, más que despertar mi lujuria, me incitaba a pellizcarle las mejillas.

—Si alguien más quiere contarnos algo, que se acerque —pidió Troy, a la vez que alargaba el micrófono.

—Ve —me ordenó Brie con un codazo.

Una chica se acercó al micrófono, lo que me permitió ganar tiempo. Se presentó como una amiga del colegio de Marissa, y empezó a contar cómo ella y Marissa solían pasarse notas en la clase de álgebra.

—June no tiene que hablar si no quiere —dijo Susan en voz baja a todos los de la mesa, como si yo no estuviera delante.

—Que haya venido ya es mucho —asintió Sebastian.

—Claro que debería hablar —opinó Martucci, después de

dar un trago de cerveza—. Para empezar, es la razón de que celebren esta fiesta.

—¡No es cierto! —siseé. ¡Como si necesitara esa presión!—. La celebran porque Marissa escribió una lista que quería que estuviera terminada antes de que fuera su veinticinco cumpleaños; lo cual, por cierto, no es el caso. Me refiero a que no está terminada.

—Dieciocho cosas tachadas, dos por hacer —comentó Brie, sacudiendo la cabeza—. ¡Qué pena!

—En realidad, sólo falta una por hacer —solté, incapaz de contener una sonrisa llena de orgullo.

—¿Encontraste a Buddy Fitch? —preguntó Sebastian, tan entusiasmado que se olvidó de susurrar. Unas cuantas cabezas se volvieron en nuestra dirección, y lo hice callar.

—No, ésa todavía me falta.

—Entonces, ¿qué...? ¿Cómo...? Quiero decir, creía que... Mientras Sebastian se embarullaba, Brie aprovechó para darme un codazo.

—Tu chico, Troy, está estupendo.

—¿El hermano? —preguntó Kip—. ¿Tienes algo con él?

—Es muy guapo —aseguró Sebastian con evidente interés.

—No hay nada entre Troy y yo.

—Al menos, de momento —bromeó Brie—. La noche es joven.

—Sí —intervino Martucci, algo brusco incluso para él—. Ahora que no vas a adoptar un bebé, es probable que vuelva a interesarse por ti.

—Déjala en paz —gruñó por mí Susan, indignada.

—No es lo que pensáis —dije, deseosa de aclararlo y, por alguna razón, me giré hacia Martucci—. Sólo está destrozado por la muerte de su hermana; estaban muy unidos. Me da algo de lástima.

—¿Me he perdido algo? —quiso saber Susan—. ¿Sales con Troy?

—No —contesté. Troy volvía a tener el micrófono en la mano y lo alargaba a quien quisiera hablar a continuación—. Es simpático —dije, levantándome—. Pero, para ser sincera, no es mi tipo.

Pedí el micrófono a Troy, que me dio un breve beso en la mejilla antes de volver cerca de su familia. Solté el aire para procurar calmarme y, a continuación, observé el grupo de alrededor de sesenta personas que ocupaba el salón. No había escrito ningún discurso. Lo había dicho muchas veces mentalmente, desde luego, pero siempre pensando que habría terminado la lista. El discurso que había ensayado una y otra vez era triunfante, y me servía para regalar la lista a la afligida familia. Iba a tener que improvisar.

—Hola, me llamo June Parker —dije mientras examinaba la sala. Reconocí algunas caras del funeral, aunque parecía que hubiera pasado toda una vida desde aquel día—. Como algunos de ustedes sabrán, soy quien tuvo el accidente de coche con Marissa. Lo que quizá no sepan es que descubrí que Marissa había escrito una lista muy especial. En ella había veinte cosas que planeaba hacer antes de su cumpleaños... de hoy. —Me detuve, y oí un murmullo entre la gente. Me di cuenta de que la mayoría lo desconocía.

»En honor al recuerdo de Marissa, decidí terminar la lista. Ella ya había tachado dos de las cosas. Una de ellas era perder cuarenta y cinco kilos; un objetivo que había conseguido y del que, según tengo entendido, estaba muy orgullosa. Por suerte para mí, no todas las cosas eran tan difíciles. La otra que Marissa hizo por sí misma fue llevar un par de zapatos *sexys*, estupendos. —Sonreí, bajando la vista hacia mis pies descalzos—. Lástima, porque no me habría importado hacerla yo.

Esto provocó unas cuantas risitas, y observé un mar de caras francas, sonrientes. No iba a ser, de ningún modo, un público difícil; estaban ansiosos por oír cómo los sueños de

Marissa se habían hecho realidad. Sólo esperaba que mi infructuoso intento no los decepcionara demasiado.

—No tuve ocasión de tratar demasiado a Marissa —proseguí—. La Marissa que conozco es la que escribió la lista, y a partir de ésta, sé que tuvo que ser una persona extraordinaria.

Varias personas asintieron con la cabeza.

—Me imagino que querrán saber qué hay en la lista —pregunté sin saber muy bien qué decir.

Recibí algunos aplausos y unos cuantos «¡Sí!» a modo de respuesta.

—Veamos... —comenté, más relajada—. Había: intentar hacer *bodyboard*, darse un masaje, tener una cita a ciegas, hacer un gran donativo a una obra de caridad, llevar a su madre y a su abuela a... —hice una pequeña pausa para dirigir una mirada hacia donde estaba sentada la familia de Marissa, y Kitty me guiñó el ojo— a ver actuar al gran Wayne Newton.

Esto último se ganó algunos gemidos y aplausos, mientras buscaba otras en mi cabeza. Aunque la lista había formado una parte importante del último año de mi vida, me estaba costando recordarlo todo.

—Había más —aseguré—, pero quiero hablarles sobre la más importante, la que creo que Marissa valoraba más que perder peso. Había escrito en su lista que quería cambiarle la vida a alguien. Es probable que aquellos de ustedes que fueran íntimos de Marissa sepan lo mucho que lo habría deseado. Todo el mundo me dice lo generosa que era.

»Así que me propuse cambiarle la vida a alguien, lo que, estoy segura de que coincidirán conmigo, no es coser y cantar. Quería hacer algo especial, y creí que lo tenía. Había conseguido encontrar la forma de ayudar a una familia que ansiaba tener un hijo a adoptar al de una muchacha adolescente que no podía quedarse con él. Sólo que... —Me percaté de que estaba entrando en cuestiones más personales de lo previsto, y me costaba pronunciar las palabras—. Bueno, no salió bien. La chica se quedó con el bebé, y la pareja... sigue sin tener hijos.

Crucé una mirada con una mujer mayor que tenía esa expresión temerosa de alguien que presiente que un discurso va a tomar una dirección muy desagradable. Creí que sería mejor ir al grano.

—Y, aun así, cambiarle la vida a alguien está tachado en la lista. Para explicar por qué, tendré que confesarles algo que no puede decirse que me guste admitir. Porque la verdad es que, antes de empezar a hacer esta lista, no había hecho gran cosa con mi vida. En realidad, una persona que en los últimos meses se ha convertido en un amigo íntimo, alguien que siempre me ha apoyado cuando lo he necesitado y cuya opinión he llegado a valorar y respetar de verdad, me dijo que siempre le había parecido que lo hacía todo como si fuera una autómata. Y, por mucho que me doliera oírlo, tenía razón.

»Si hice la lista fue, en parte, para saber qué se sentía al tener un objetivo y un rumbo como Marissa. No sabía si la terminaría, y ahora mismo tengo que reconocer que no lo hice. Todavía hay una cosa pendiente. Pero no es esto lo que estoy intentando decir. De camino hacia aquí, seguía intentando acabar la lista. Aunque no la había terminado a tiempo, no iba a rendirme.

Las últimas palabras me salieron de la boca como un chillido. Los ojos se me llenaron de lágrimas.

—Lo estás haciendo muy bien, cielo —oí que me decía Kitty.

—Comprendí que no necesitaba cambiarle la vida a nadie —expliqué con voz temblorosa—. Porque Marissa me la ha cambiado a mí. Me ha enseñado lo que significa valorar la vida. Intentar algo. Esforzarme por algo que es más importante que yo.

»Esperaba venir aquí esta noche para contarles lo que había hecho por Marissa, pero lo mejor que puedo hacer es decir lo sinceramente agradecida que le estoy por todo lo que ella me ha dado. Nunca lo olvidaré. Y nunca, jamás, dejaré de valorarlo.

Dicho esto, dejé el micrófono y volví hacia mi silla mientras la gente aplaudía y vitoreaba. Susan me recibió con uno de esos abrazos suyos que te quitan el aliento, y Sebastian y Kip estaban ambos sollozando.

—El mejor discurso que he oído en mi vida —dijo Martucci, que me secó una lágrima de la cara con el pulgar.

—Decidido, voy a hacer mi propia lista —aseguró Brie, y se sorbió la nariz.

Un hombre que llevaba una gaita y que dijo que estaba en la banda musical de Marissa se dirigió hacia la parte delantera de la sala y anunció que iba a tocar su canción favorita: *Amazing Grace*. Lo escuchamos atentamente porque, para ser francos, cuesta tener una conversación cuando una gaita suena a todo volumen. Cuando terminó, como nadie más quiso tomar el micrófono, Troy agradeció a la gente su asistencia.

—Quedaos, por favor —pidió—. Todavía hay muchísima comida. Además, pronto cortaremos el pastel.

La máquina de discos empezó a sonar y Norma se acercó a nuestra mesa con un pedazo de tarta. Teniendo en cuenta que era monitora del Weight Watchers, me admiró que no sintiera la necesidad de disculparse por ello.

—Muy bien, lo de terminar la lista —comentó.

—Casi terminarla —la corregí.

—¡Ah, bueno! Más que suficiente. Siento que no volvieras nunca al grupo, pero tienes muy buen aspecto. Estás delgada.

—Estaba demasiado deprimida para seguir una dieta —dije.

—Ojalá me pasara lo mismo —intervino Brie, sacudiendo la cabeza—. Siempre como cuando tengo un disgusto. Y cuando estoy enfadada. O nerviosa. O si estoy contenta. Entonces también como.

—Te entiendo perfectamente —aseguró Norma, después

de tragarse la tarta que tenía en la boca—. Y eso de que Marissa muriera tan poco después de haberse adelgazado fue muy triste. Fue muy duro para el grupo. Celebramos un par de reuniones que estuvieron más dedicadas al duelo que a la comida. El pobre Buddy fue el que peor se lo tomó. No...

Casi me atraganté con la bebida.

—¿Has dicho Buddy?

—¿Quién ha dicho Buddy? —Sebastian alzó los ojos.

—Yo —respondió Norma, claramente sorprendida—. Estaba contando a June que Buddy se tomó especialmente mal la muerte de Marissa. Está en mi grupo del Weight Watchers y él y Marissa estaban muy...

—No se llamará Buddy Fitch por casualidad, ¿verdad? —la interrumpió Sebastian.

—Creo que su apellido es Fitch, sí. ¿Por qué? ¿Lo conocéis?

No podía creerlo. Lo había estado buscando por todas partes, y jamás se me ocurrió que pudiera ser uno de los miembros del grupo del Weight Watchers. Puede que incluso lo viera la noche que fui a mi única reunión. Lo último que quería era volver a encontrarme con esa gente; pero, si tenía que hacerlo, lo haría. Podría terminar la lista.

—Quiero conocerlo —dije—. ¿Todavía va a las reuniones?

—No, desde que alcanzó su peso ideal —contestó Norma.

—¡Oh, no! —No pude ocultar mi decepción. Pero seguramente tenían sus datos. ¡Por supuesto que sí! Podría...

—Si quieres conocerlo, no hay ningún problema. Está aquí.

Sebastian dio una palmada en la mesa con tanta fuerza que hizo saltar las copas.

—No me jodas. ¿Aquí? ¿En el bar?

—Pues sí. Cuando Kitty Jones me invitó, me dijo que podía hacer extensiva la invitación a quien quisiera.

—Está aquí —dije, estupefacta. Buddy Fitch estaba allí—. ¿Dónde?

—Allí —contestó Norma a la vez que señalaba a un hombre que estaba con su familia—. Ven, te lo presentaré. Deja que...

Ni siquiera esperé a que acabara. ¡Era mi oportunidad de terminar la lista! Oh, esperaba que confesara cualquier fechoría que hubiera hecho a la pobre Marissa. En caso contrario, haría lo que fuera necesario para sonsacárselo.

—Un discurso excelente —me comentó cuando me acerqué. Era un hombre fornido, con el pelo rojo que empezaba a clarear y una cara cuadrada pero simpática.

—Gracias —dije y, acto seguido, fui directa al grano—. ¿Es usted Buddy Fitch?

—¿Yo? No. Me llamo Peter Fitch.

Me desanimé de golpe, pero entonces se oyó la voz de un niño.

—Yo soy Buddy.

Solté un grito ahogado.

—¡Eres Flash! —exclamé, a la vez que él me señalaba y decía: «¡Es la señora de la carrera!»

—¿Tú eres Buddy Fitch? —¿Cómo podía ser que el niño simpático de la carrera hubiera lastimado a Marissa? Tenía que ser un error. Así que me lo llevé aparte mientras le comentaba—: Tengo que hablar contigo un minuto.

—¿Todavía corre? —preguntó, tras sentarse en una silla detrás de un helecho gigantesco, donde pensé que estaríamos más en privado.

Le dirigí una mirada de culpa y admití que sólo lo había hecho por la lista.

—Y, hablando de eso —dije a la vez que la desdoblaba—, quizá puedas explicarme algo.

Le enseñé el punto número 7: «Hacer que Buddy Fitch pague.»

—¿Tienes alguna idea de por qué Marissa escribiría que tenía que hacerte pagar algo? —pregunté.

—Sí. Ella y yo habíamos hecho una apuesta. Cuando me uní al Weight Watchers, tenía que perder catorce kilos. Quería entrar en el equipo de atletismo y un día, cuando estaba sentado al lado de Marissa, le dije que me apostaba algo a que nunca lo lograría. Ella apostó a que sí, y acordamos una cantidad de dinero. Me prometió que me ayudaría a entrenarme.

Increíble.

—Así que era literal: hacer que pagaras.

—Vino a correr conmigo un par de veces al salir del colegio antes de... Bueno, de todos modos, no lo dejé. Seguí corriendo.

—¿Cuánto os apostasteis?

—Un dólar.

Me agaché para situar mis ojos a la altura de los suyos.

—Supongo que lo que ahora tengo que saber es: ¿conseguiste entrar en el equipo de atletismo?

—Sí.

—En ese caso, Buddy Fitch —anuncié con la mano extendida con la palma hacia arriba—, paga.

7. ~~Hacer que Buddy Fitch pague~~

Poco después, llevé la lista a la mesa y taché el último punto mientras mis amigos se preparaban para marcharse.

—Tengo tanta suerte de contar con vosotros —aseguré, abrumada por la emoción. Por fin estaba asumiendo que había hecho todas las cosas de la lista. Apenas unos minutos antes, creía que todavía me faltaba mucho para lograrlo—. Nunca podría haber terminado la lista sin vuestra ayuda.

Les oí murmurar cosas como «De nada» y «Ha sido un placer» hasta que Martucci soltó:

—No empieces a lloriquearme encima, Parker. Llevo una camisa nueva.

—¿Vas a devolver la lista? —quiso saber Susan.

—Ése siempre fue el plan —asentí—: que la devolvería en cuanto estuviera todo hecho. Empezaba a pensar que jamás ocurriría.

—Ocurrió, y a tiempo —intervino Sebastian, con cariño—. Debe de ser la escritora que llevas dentro: no puedes saltarte un plazo de entrega.

Todos se habían ido excepto Martucci, que dijo que se quedaría para llevarme a casa en coche. Encontré a Kitty Jones arreglando un ramo de globos.

—Tenga. Está terminada. —Le entregué la lista y le expliqué lo de Buddy Fitch—. Me contó que había entrado en el equipo de atletismo de su colegio gracias a Marissa. Así que ésta es otra de las cosas que hizo ella misma.

—No me hagas llorar. Hasta ahora he logrado contenerme —me pidió tras apretarme el brazo, y aunque le fallaba la voz, añadió con la lista en la mano—: Me la llevaré y le echaré un buen vistazo en cuanto llegue a casa.

Miré a mi alrededor y observé que la gente ya se iba marchando.

—Tengo que irme, pero me gustaría despedirme de Troy.

—Está junto a la mesa del bufé con su tía Lorraine. Seguramente lo esté acribillando a preguntas sobre por qué no se ha casado todavía. Seguro que te estará eternamente agradecido si lo rescatas.

No bromeaba.

—Me ha encantado charlar contigo, tía Lorraine —soltó en voz alta Troy en cuanto me acerqué—, pero tengo que hablar un momento con June.

—¿Sabes qué? —dije, en cuanto me llevó a un rincón tranquilo del bar—. Encontramos a Buddy Fitch. Está aquí, y es un niño de su grupo del Weight Watchers. Así que la lista está terminada.

—Es increíble, June.

—Bueno, estaba a punto de irme, pero no quería hacerlo sin darte las gracias por todo.

—No hice demasiado, pero ya sabes que estaba encantado de poder ayudarte en la medida de lo posible.

—Por cierto, acabé consiguiendo el ascenso en el trabajo —presumí.

—Sabía que lo conseguirías. —Se pasó nerviosamente una mano por el pelo—. Mira, sobre el otro día, cuando fui a tu oficina. Me dijiste que el mensaje que te dejé en el contestador se cortó. Tal vez fuera mejor así. Divagué mucho. Pero lo importante era, y ya sé que parece un cliché, que lo que pasó en Las Vegas no tenía nada que ver contigo. Tenía que ver conmigo.

—No pasa nada.

—No, sí que pasa. Te contesté mal porque ibas a adoptar un bebé. Y ¿te entendí bien? Parece que ahora no vas a hacerlo.

—Lo cierto es que no quería ser madre soltera; me dejé llevar por la situación. Y, en lo que a Las Vegas se refiere, no tiene importancia. De veras. Lo has pasado muy mal; Marissa y tú estabais muy unidos. Comprendo que tuvieras sentimientos encontrados.

—Debería haberlo visto venir —dijo, sacudiendo la cabeza sonriente—. Recuerdo la primera vez que te vi, en el funeral, cuando hacías cola para darnos el pésame. Tenías un ojo morado y, cuando llegaste donde yo estaba, pensé que estabas muy bien y me encontré mirando con disimulo el escote de tu blusa para ver hasta dónde llegaba el cardenal. Después, me repugnó haberme fijado en algo así en el funeral de mi hermana.

Antes de que pudiera responder (aunque, ¿qué podía decirse?), se acercó una mujer para hablar con él.

—Troy, tu abuela quiere que te pida que vayas. Están a punto de cortar el pastel.

—Dile que ahora voy. —Se volvió hacia mí—. ¿Te mantendrás en contacto conmigo?

—¿Hablas en serio? Ahora que tendré nuevas responsabilidades, necesitaré contactos en todos los lugares adecuados.

—A mandar. Estoy a tu disposición.

Abracé a Troy para despedirme y regresé donde estaba Martucci, que comentaba las estrategias que usaba durante las carreras con Buddy Fitch.

—Cuando quieras, podemos irnos —le indiqué.

Antes de salir, me detuve en la puerta para echar un último vistazo a la sala. Troy y su familia se habían reunido alrededor del pastel. Había veinticinco velitas encendidas, y la luz de las llamas les bailaba en la cara cuando se agacharon hacia ellas. Nadie cantó *Cumpleaños feliz*. Observé, agotada aunque satisfecha como nunca, cómo Kitty respiraba hondo. Y, después, todos los que la rodeaban la ayudaron a apagar las velas con un «fuuu» colectivo.

26

—Me resulta extraño no tener nada que hacer —comenté a Martucci, mientras estacionaba delante de mi edificio. La noche era cálida, y llevaba abierto el techo corredizo; de modo que podíamos ver el centelleo de las luces de la ciudad.

—Lo has hecho muy bien.

—No quiero volver a mi vida de antes.

—Pues no lo hagas —sugirió, mientras apagaba el motor.

—¿Cómo? —le pregunté.

No pude evitar asombrarme. Una vez más, pedía consejo a Martucci, cuando hacía sólo unos meses apenas soportaba estar en la misma habitación que él. Había pasado de considerarlo repulsivo a... Bueno, no estaba segura.

Me gustaba estar con él. De repente, me fijaba en cosas como lo bien que olía, los tonos graves de su voz, cómo se le formaban unas arruguitas en el rabillo del ojo cuando sonreía...

—Muy fácil —contestó con una sonrisa, y ahí estaban las arruguitas—. Piensa en lo que habrías hecho antes, que no habría sido nada, y haz algo.

—Muy gracioso —solté—. Tal como era antes, ahora mismo me habría metido en casa.

—¿Y tal como eres ahora? —quiso saber con una ceja arqueada.

Me cambié de postura en el asiento para estar de cara a él, le puse una mano tras la cabeza y tiré de él hacia mí para besarlo. Y fue agradable: cálido, suave y dulce. Lo besé otra vez, y otra, y pronto me apoderaba de sus labios y él me estrechaba contra su cuerpo, me tocaba el pelo con las manos, y era una locura. ¡Dominic Martucci ni más ni menos! Pero, por una vez, no me estaba cuestionando a mí misma ni estaba sumida en un mar de dudas. Sabía con certeza que, dondequiera que eso me llevara y pasara lo que pasara, estar ahí, medio tumbada en el asiento delantero del coche de Martucci buscando ávidamente su lengua con la mía, era exactamente donde quería estar en ese momento.

Me miró, apartándose el pelo de la cara.

—A propósito, Parker —dijo—, esto puede considerarse definitivamente algo.

—Me alegro de que te parezca bien. Tengo que actuar sobre la marcha, ahora que no tengo ninguna lista.

—Hum... He estado preparando una por mi cuenta, ¿sabes?

—¿Ah, sí?

—Sí. Desde que tuve un anticipo de tus encantos en Las Vegas, me he pasado un montón de horas pensando exactamente qué me gustaría hacerte —murmuró, mientras me deslizaba besos con suavidad cuello abajo—. Será mejor que no tengas una lista en este momento. La mía te va a tener muy ocupada.

Miraba fijamente el papel en blanco mientras mordía la punta del bolígrafo. Era más difícil de lo que me había imaginado.

Hasta ahora sólo había escrito: «Lista de cosas que hacer de June.»

Supuse que no necesitaba una lista. Mi vida ya era muy distinta a como solía serlo antes, y la lista de Martucci estaba resultando muy satisfactoria. Aun así, no me irían mal unos cuantos objetivos que tuvieran que ver con mi ropa.

Lo primero que había hecho el sábado, después de la fiesta de Marissa, había sido recoger los regalos que me habían dado para el bebé en el trabajo e ir a casa de Deedee. Aunque sabía que tenía clase de preparación para el parto, me imaginé que no iba a llevarle todo el día. Tal vez quisiera cortar su relación conmigo, pero iba a necesitar un machete para hacerlo.

Deedee abrió la puerta vestida con una camiseta sin mangas que le cubría una tripa enorme.

—Madre mía, ¿te tragaste a las gemelas Olson desde la última vez que te vi? —pregunté, boquiabierta.

—Ya lo sé. Estoy hecha una foca, ¿verdad?

—No. Estás tan hermosa como siempre. Pero la panza es enorme.

—¿Cómo es que has venido? —dijo con el ceño fruncido—. Estaba convencida de que me odiabas.

—Ni hablar. Admito que me llevé una decepción, pero ¿cómo iba a enfadarme? Tomaste la decisión correcta. ¿Vas a tenerme en la calle o me dejas entrar para que te pueda dar estos regalos?

Llamó a Maria, y no necesité traducción para sus «¡oh!» y sus «¡ah!», especialmente cuando entré el Cadillac de los cochecitos. No tenía ningún reparo en quedarme los regalos de mis compañeros de trabajo. Podía haber dado la entrada de un piso con todo el dinero que había puesto para los demás a lo largo de los años. Me limité a informar a todo el mundo de que habían ido a parar a manos de una pobre abuela ciega y basta. No había ninguna necesidad de mencionar que la susodicha abuela tenía veintinueve años.

Mientras Deedee explicaba cómo se había encontrado por casualidad un día con su antagonista, Theresa, sonreí por dentro. Casi había adoptado un bebé porque me entusiasmaba la idea de que una niña me necesitara.

Bueno, todavía había una niña que me necesitaba.

Era cierto que tenía tendencia a decir palabrotas y a llevar demasiado lápiz de ojos, pero me necesitaba.

Unos días después, mi hermano me llamó para decirme que mirara mi correo electrónico.

—Te he enviado un archivo con una página que tenemos que mandar a nuestra agencia de adopción. Como eres escritora, quería saber si tenías alguna sugerencia.

—Vais a adoptar. ¡Eso es fantástico! ¿Qué pasó?

—Espera —dijo—, dejaré que te lo explique la jefa.

Y Charlotte se puso al teléfono y me contó cómo Bob y ella habían hablado en el camino de vuelta a casa el día que fuimos a ver a Deedee, y cómo se había dado cuenta de que, si podía entusiasmarse tanto con un bebé del que sólo había oído hablar menos de un día, no habría ningún problema en establecer vínculos afectivos con otro. Me dijo que el proceso de adopción podía durar un año, o más, pero que eso no era nada en comparación con el tiempo que ya llevaban esperando.

—¿Y no te disgustó no poder quedarte con el bebé de Deedee?

—Un tiempo. Después, por primera vez, comprendí que lo vamos a conseguir. Bob y yo seremos padres. Ya llegará el adecuado. Por triste que sea, tenía que aceptarlo: ese bebé no era el nuestro.

Puede que pusiera «Nadar con delfines».

O puede que no. A mi madre podría gustarle juguetear con los amiguitos de *Flipper*, pero eso no formaría parte de mi lista.

La verdad era que me había pasado la mayor parte de mi vida sin pensar demasiado qué quería. Incluso el año anterior, en que me había esforzado tanto en terminar la lista, había sido la lista de los sueños de otra persona. Ya era hora de que pusiera en marcha la mía.

Pero cuando escribí el primer punto, me sorprendí a mí misma.

Después de todo, había tantos sitios que visitar, tantas cosas que hacer. Puede que casarme o tener hijos. Tomar clases de claqué. Leer los clásicos. Comprar un coche deportivo. Había un millón de cosas que podría poner en mi lista.

Pero lo que escribí fue: «1. Lanzarme en paracaídas.»

¿A qué venía eso?

No había tenido nunca el menor deseo de lanzarme en paracaídas. De hecho, siempre me había parecido la cosa más absurda que podía hacer una persona.

Aun así, la idea de saltar al vacío y surcar el aire a toda velocidad con la confianza de que sabría cuándo abrir el paracaídas para aterrizar con suavidad cobraba de repente el aspecto de ser algo que me gustaría probar.

Agradecimientos

Me gustaría elaborar una pequeña lista en la que incluir a las personas con las que estoy en deuda por todo lo que han hecho para que este libro fuera posible.

Muchas gracias a Sally Kim (si hubiera una galería de editores famosos, merecería figurar en ella) y a todo el mundo de Shaye Areheart; a Kirsten Manges, por ser una agente maravillosa (y por motivarme), y a Jenny Meyer por ayudar a June a ver más mundo.

Gracias, también, a los «Javier», Candy Deemer, Kate Holt y Sandra O'Briant, por mantenerme en marcha; a las lectoras Kate McMains, Rose Morales, Mary Jo Reutter y Shelly Smolinski, por sus consejos y aportaciones; a Monique Raphel High, entrenadora y amiga excelente; a las agencias de transporte compartido y a todos mis compañeros del transporte compartido, especialmente a Cheryl Collier, Harlan West, Carolyn Hart, y a los supervivientes de la «gasolina de regalo», Al Rangel, Donna Blanchard, Norma Elston-Adams, Aileen Landau, Brenda Stevenson, Robert Lew, Sarah Zadok y Teresa Milliken (es un milagro que me dirijáis la palabra); a Lisa Kemp Jones y Susan Smolinski, por la inspiración de Las Vegas; a las chicas del Club del Libro, por preguntarme siempre

331

cómo me va la escritura; a Scott Strohmaier, que siempre estaba ahí para escuchar mis lamentos; a Marcy Brown, Jerri Simpson y a sus familias, por impedir que me volviera loca durante el proceso de revisión; a mis hermanos Bob y Jim por ser (espero) comprensivos (y se me ocurre un millón de razones por las que les estoy agradecida); y a mi hijo, Danny, que siempre detenía un videojuego si realmente necesitaba su opinión sobre algo.

Por último, quiero dar las gracias a mis padres, que no sólo no intentaron impedir que fuera escritora, sino que me animaron a ello.